FANTASTIC ORIENTAL HEROES

장씨세가 호위무사 11

조형근 新무협 판타지 소설

초판 1쇄 찍은 날 § 2020년 10월 28일
초판 3쇄 펴낸 날 § 2024년 12월 30일

지은이 § 조형근
펴낸이 § 서경석

편집책임 § 황창선
편집 § 박현성

펴낸곳 § 도서출판 청어람
등록번호 § 제387-1999-000006호
등록일자 § 1999. 5. 31
어람번호 § 제2-2851호

주소 § 경기도 부천시 부일로 483번길 40 서경B/D 3F (우) 14640
전화 § 032-656-4452 팩스 § 032-656-4453
E-mail § chungeorambook@daum.nct

ⓒ 조형근, 2019

ISBN 979-11-04-92271-8 04810
ISBN 979-11-04-92269-5 (세트)

第四幕

장씨세가 호위무사

조형근 新무협 판타지 소설

도서출판 청람

목차

第一章

운 각사와의 조우

갑자기 터진 폭발은 모든 사람들의 시선을 붙들었다.

거침없이 상대를 베어가던 광휘도, 이를 악물던 방호도, 웅산군을 향해 소리치던 염악도 모두 손 놓고 그쪽을 바라보았다.

퍼억.

폭발로 인해 웅산군이 저만치 튕겨 나가 고꾸라져 있었다.

소녀는 형체도 없이 사라졌고 그 근처에 있던 몇 명은 화마에 휩쓸려 모두 쓰러졌다.

"크으으으……."

이윽고 웅산군이 신음을 토해냈다.

다행히 그 찰나에 방어를 했는지 외관은 멀쩡했다. 다만, 오른손을 부여잡고 있는 걸로 보아 폭발의 피해를 완전히 방어해

내진 못한 모습이었다.

"저기일세."

"아직 안 죽었나?"

몇 마디 주고받던 무리가 갑자기 이를 드러낸 채 웅산군 쪽으로 달려 나갔다.

그들의 의도를 눈치챈 광휘가 소리쳤다.

"웅산군을 지켜!"

염악의 동작이 가장 빨랐다.

피이이이잉.

그의 도신에서 광채가 발하는 순간 웅산군을 노리고 달려 나가던 이십여 명의 무리가 일거에 잘려 나갔다.

패애애애액!

뒤이어 방호는 달려가던 열 명의 무리도 재차 날려 버렸고 의심스러운 자들을 모두 죽여 버렸다.

"네년이 한 짓이냐?"

그사이 광휘의 시선은 다른 곳으로 향해 있었다.

폭발과 함께 도망쳤을 거라 여긴 소복의 여인이 자신을 바라보고 있었기 때문이다.

"그럼 이제……."

여인이 씨익 미소를 지으며 말했다.

"다시 웃어도 될까요?"

빠득.

이를 악문 광휘의 눈빛이 차츰 변했다.

분노로 잠시 일렁이더니 평상시처럼, 그러다 어느 시점에는 고요하게 가라앉았다.

전투 상황에서 감정은 곧 독이란 것을 체득하고 있는 것이다.

파파파파팟.

눈 깜짝할 사이에 십여 장을 단숨에 좁혀 버린 광휘.

이번엔 신녀도 가만히 있지 않았다.

지이이잉.

손가락 열 개에서 가닥가닥 뻗어 나온 줄기가 위로 치솟더니 광휘의 앞뒤 전후로 꺾이며 날아왔다.

구마도로 막아서는 것을 일절 차단하겠다는 의도였다.

"태극혜검(太極慧劍)."

"뭐?"

광휘의 입에서 나온 말에, 여인의 얼굴에 한 줄기 놀라움의 빛이 스쳐 지나갔다.

얼핏 듣기에도 무당파 최고의 절학인 것이다.

패애애액!

그녀의 감정에 변화가 생긴 그 시점에 광휘의 반격은 이미 시작되었다.

구마도를 휘두르자 사방으로 퍼진 지풍이 가닥가닥 끊겨 날아가 버렸다.

사아악!

삽시간에 여인 앞까지 다가간 광휘는 망설임 없이 그녀의 목을 베어버렸다.

신녀가 다시금 증발하듯 사라졌다.

"헛짓거리!"

어느새 환술을 쓴 그녀였지만 광휘는 무려 배 이상 빨라진 움직임으로 대응했다.

피우우우욱―!

어둠 속 가닥가닥 내려오는 아홉 개의 실선(實線) 중 세 개를 베고 도약했다.

산처럼 솟아오르는 거대한 장막의 중심을 뚫어버리자, 비로소 도망치던 여인의 모습이 보였다.

파파파파팟.

기다렸다는 듯 창날과 암기들이 날아들었지만 광휘를 스치지도 못하고 지나갔다.

"헉!"

슬쩍 돌아본 신녀의 표정이 처음으로 일그러졌다.

방금 그녀는 두 개나 되는 환술을 썼다. 그것이 너무나 쉽게 부서진 것이다.

처음 그녀가 쏘아댄 아홉 개의 실선은 역상술(易相術).

팔괘의 방향을 나타내는 것으로, 만약 모두 베거나 혹은 잘못 베기라도 하면 자신이 가는 방향과 전혀 다른 곳에 위치하게 된다.

뒤이어 펼쳐낸, 산처럼 솟아오른 장막은 정위(定位).

팔괘에 환술을 섞은 것으로, 공격하는 이는 누구든 넘어지거나 방향을 잃고 스스로의 몸을 찔러 버리고 만다.

"어떻게!"

하지만 광휘는 환각을 정확히 깨고 나온 것도 모자라 단숨에 자신과의 거리를 좁히고 있었다.

다급하게 기관을 발동시켰지만, 그 역시 옷자락 하나 스치지 못하고 헛되이 허공을 갈랐다.

퍼억!

"악!"

결국 신녀는 구마도의 도 면에 맞아 튕겨 나갔다.

일순간 광휘가 다가와 머리채를 잡고 의도적으로 눈을 맞췄다.

"또 써봐, 그 얄팍한 환술."

"이, 이놈이……."

픽!

여인의 몸이 저만치 튕겨 날아갔다.

어느새 나타난 광휘가 그녀 앞에서 노려보고 있었다.

"아니면 웃어보기라도 하든지."

퍼어억!

이번엔 더 큰 충격으로 튕겨 날아간 여인의 몸이 다 쓰러져 가는 민가를 부수며 처박혔다.

"이노오오오옴!"

맞은 충격으로 찢어진 한쪽 눈을 부여잡고 그녀가 재빨리 몸을 일으켰다.

"이제 한쪽 눈은 못 쓰겠군?"

이미 도착해 있던 광휘는 너무나 여유롭게 그녀를 바라보고 있었다.

오른손을 갈고리처럼 세운 그녀가 슬쩍 웃음을 띠었다. 그러고는 품속에서 뭔가를 꺼내 들었다.

놋쇠의 구. 폭굉이었다.

"그래, 그걸 기다렸어."

"……!"

광휘가 여인을 향해 씨익 웃어 보였다.

"어디 한번 터뜨려 봐."

"……."

"누가 죽을지 궁금하니까."

"미친 새끼."

콰아아아앙!

욕설이 나오사마자 폭발음이 지축을 흔들었다.

쓰러져 가던 민가가 산산이 터지며 신녀와 광휘의 좌우로 튕겨 나갔다.

츠츠츠츠츠측. 콱!

뒤로 밀려나던 광휘가 구마도로 땅을 찍어 몸을 지탱했다.

폭발과 함께 밀려온 뜨거운 열기가 몸을 태우는 듯했지만 그의 눈빛은 차가웠다.

'환술로 피했다.'

폭발이 일기 직전 그녀는 환술로 착각을 일으켰다.

거의 촌각이라 불리는 시간에 먼저 도약했고 그보다 먼저 폭발의 충격에서 빠져나간 것이다.

파파파팟.

광휘는 그녀에게 시간을 줄 마음이 없었다.

어차피 충분히 쫓을 수 있는 거리다.

부서진 민가 뒤로 단숨에 도약하자 흐릿하게 여인의 모습이 보였다.

그때였다.

콰아아아앙!

눈앞에서 붉은 열기와 함께 폭굉이 터져 나갔다.

한데 광휘는 오히려 그 열기 속으로 달려 들어갔다.

콰아아아앙!

콰아아아앙!

콰아아아앙!

광휘가 움직이는 동선을 따라 폭발이 연거푸 터졌다.

도망가던 여인이 그제야 걸음을 멈추고 그 모습을 보며 히죽 웃었다.

그런데… 움직이고 있었다.

"미친놈!"

폭음과 연기를 뚫고 거대한 도신을 방패처럼 받쳐 든 광휘가 나타난 것이다.

폭굉이 연속으로 터지는 충격을 구마도로 받아 내며 달려온 것이다.

"이건 어떠냐!"

여인의 일갈과 함께 또다시 터지는 굉음!

콰아아아아아아아앙—!

이번엔 폭발의 위력이 달랐다.

짙은 연기와 함께 화마가 광휘를 삼키며 무려 십 장 높이로 불꽃이 치솟은 것이다.

광휘의 몸이 밀려 나가며 이윽고 사라졌다.

그 순간 연기를 뚫고 거대한 물체가 날아오자 여인은 경악했다.

쩌저적.

급히 반응한 그녀의 손에 흰빛이 어렸다.

소수마공(素手魔功).

마공의 최상승 무학 중 하나로, 무엇이든 얼려 버리는 패도적인 수공이었다.

"어?"

파슛!

그 순간 여인의 눈이 커졌다. 당연히 튕겨 날아가야 할 대도(大刀)가 얼음으로 변한 그녀의 손을 산산이 깨뜨려 버렸다.

쫘직!

콰드드득!

그러고도 모자라 신녀의 오른쪽 어깨를 꿰뚫었고, 한참을 지나쳐 커다란 바위에 박아버렸다.

"커억!"

신녀가 붉은 선혈을 토해냈다. 구마도와 함께 돌에 박혀 버린 몸을 보고 그녀의 눈빛이 악독하게 변했다.

싸악!

*　　　*　　　*

쿵! 쿠쿵!

폭발이 멈췄다.

매캐하고 짙은 연기가 천천히 걷혔고, 조금 떨어진 곳에서 광휘가 모습을 드러냈다.

"소수마공이라니……."

광휘는 구마도 끝에 걸려 있는 얼음덩이를 보았다.

잘려 나간 팔 한쪽만 덩그러니 놓여 있었다.

여인은 도마뱀처럼 스스로 팔을 자르고 도망간 것이다.

"오랜만에 보는 수법이군."

터억.

광휘는 다시 한번 쫓을까 고민하다 이내 고개를 저었다.

결과를 내는 것보다 지금은 대원들이 걱정되었다.

웅산군, 염악, 방호, 구문중은 본시 막부단 출신으로, 은자림과 싸워본 적이 없는 사파척결단이었다.

아무리 천중단이었다 해도 은자림의 악랄한 공격 수법은 오늘 처음 당해보았을 것이다.

쩌억.

광휘는 구마도를 바위에서 빼낸 후 몸을 돌렸다.

투욱. 빠지직!

맥없이 걸려 있던 얼어붙은 팔 한쪽이 바닥에 떨어지며 부서졌다.

*　　　*　　　*

"상태는 어떠한가?"

공터는 사방에 피 냄새가 자욱했다.

대부분 시체로 들어차 있는 그곳에서 살아남은 자는 천중단 단원들밖에 없었다.

"다행히 큰 부상은 아닙니다."

방금 전에 도착한 광휘가 물었을 때는 방호가 웅산군을 바닥에 앉히고 응급조치를 하고 있었다.

"마침 딸년을 닮았었나 봅니다."

염악이 혀를 차며 말했다.

그가 알기로 웅산군은 꽤 정신력이 강한 편이었다. 그런 그가 사술에 현혹되었다니 보고도 믿기가 어려웠다.

"면목 없습니다."

웅산군은 광휘의 얼굴을 보지 못하고 고개를 숙였다.

넓은 어깨가 오늘따라 유독 축 처져 보였다.

"후우……."

크게 한숨을 내쉰 광휘가 하늘을 올려다보며 말했다.

"아직 잊지 못한 게냐?"

흠칫.

웅산군이 짧게 몸을 떨었다. 과거의 망령이 그의 눈을 스치고 지나간 것이다.

"이제는 그만 내려놓아라."

광휘의 말에 웅산군의 눈이 바닥으로 처연하게 깔렸다.

방호도, 염악도 같은 눈빛으로 변했다.

과거 웅산군은 눈앞에서 어린 딸을 잃었다.

그 정신적인 충격이 지금까지 이어지고 있다는 생각에 가슴이 아련해진 것이다.

숙연해진 분위기 속에서 광휘가 말했다.

"웅산군은 당분간 임무에서 빠진다."

"단장."

"그건 좀……."

갑작스러운 명에 방호와 염악이 반발했지만 광휘의 표정은 그대로였다.

"은자림은 지독하다."

광휘는 방호와 염악을 번갈아 보며 말을 이었다.

"너희들이 있었던 막부단, 사파척결단이 약하다는 말이 아니다. 막부단이 상대한 광림총, 사파 총주와 그를 위시하는 대마단주(大魔團主), 그리고 그의 수하들은 우리 흑우단원들도 인정할 만한 고수들이었으니까."

잠시 입을 꾸욱 다물었던 광휘가 다시금 말을 이었다.

"하나 은자림의 싸움 방식은 상식을 벗어난다. 조금 전 웅산군이 당했던 환각술. 그건 아주 기본적인 수법이다. 무공이 높으나 자만하는 자들을 노린 저들의 공격 방법 중 하나지. 싸움은 무공만으로 하는 것이 아니다."

"······."

"마음 한쪽이 결여되거나 의존적이거나 혹은 가진 것이 많은 자일수록 환각에 빠져들기 쉽다."

광휘는 과거의 기억을 떠올리듯 미간을 찡그리며 말을 이었다.

"흑우단은 감정을 죽이는 것부터 시작했다. 거기다 내력이 높을수록, 무공이 높은 자들일수록 더욱 표적이 되기에 아예 무공을 버리는 자들도 생겨났지. 마공이 섞인 환술은… 그런 무공이다. 너희는 녀석들을 너무 쉽게 보고 있다."

방호와 염악의 표정이 어두워졌다. 광휘의 말을 반박할 수 없었다.

조금 전 웅산군의 경우를 보았기에 너욱 그랬는지도 모른다.

"놈들은 몸보다 정신을 먼저 공격한다. 상상을 초월하는 무기, 상식을 벗어나는 무공. 그 모든 것이 은자림에 있다. 강한 자가 더욱 표적이 되는 그런 환경에서 우린 싸워왔다."

광휘는 초점 없이 바다을 내려다보는 웅산군을 보며 말했다.

"지금 같은 마음가짐으론 절대 은자림을 이길 수 없다. 싸움자체가 달라."

웅산군은 대답하지 않았다. 오히려 고개를 더욱 숙일 뿐이었다.

하나 그가 어떤 표정을 짓고 있는지 광휘는 누구보다 잘 알

왔다.

'산군아, 내가 지금 그런 마음이다.'

대원들은 몰랐다.

지금 광휘는 웅산군이 아니라 그 스스로에게 말하고 있다는 걸.

'단장이 되고 난 뒤, 이런 사술에 걸린 적이 없었다. 한데……'

여인이 펼친 섭심술.

그녀가 마음대로 걸면 곧이곧대로 몸이 반응했다. 확실히 예전과 달라진 것이다.

"예전과 달라지셨어요."

"좋은 거네요."

'소저, 정말 그 말을 믿어도 되는 거요?'

어떤 식으로 흘러갈지 모르는 은자림과의 전쟁.

대원들과 달리 광휘의 표정은 다른 의미로 복잡하게 변해 있었다.

시체가 가득한 공터에서.

＊　　　＊　　　＊

장대풍이 힘겹게 눈을 떴다.

다리와 허리에서 불에 덴 듯한 통증이 느껴졌다.

꿈인지 생시인지 모를 몽롱함 속에서 그는 신음했다.

"일어났나?"

화톳불 근처에 있던 사내가 말을 걸어왔다.

천천히 시야가 또렷해지자 낯익은 사람들의 얼굴이 보였다.

"놈들은……."

장대풍은 쓰러지기 전의 상황을 떠올리며 물었다.

"모두 죽었네."

"크흠."

장대풍은 짧게 신음했다.

자신을 쫓던 이들이 사라졌다는 말에도 그의 표정은 밝아지지 않았다.

저벅저벅.

광휘가 힘겹게 몸을 일으키는 장대풍에게 다가갔다.

좀 전에 고역을 치른 탓에 그의 얼굴에는 땀과 피곤함이 잔뜩 얼룩져 있었다.

"날 봐라, 장대풍."

광휘는 몸을 낮춰 장대풍과 시선을 맞췄다.

"넌 함정에 걸려든 거다. 가족을 꾀어 너를 불러낸 것도, 네가 도망친 것도 모두 함정이었다."

장대풍은 노려보는 광휘와 눈을 마주치지 못했다.

그저 눈꺼풀이 심하게 떨렸고 이내 눈을 질끈 감아버릴 정도로 고통스러워하고 있었다.

"…알고 있소."

장대풍은 처연한 투로 말을 이었다.

"왠지 그럴 것이란 생각이 들었소. 내 가족들은 없었고, 도망치는 와중에 군데군데 빠져나갈 곳이 보였으니까. 놈들은 일부러 날 잡는 것을 미루고 있었소. 마치 고양이가 쥐를 가지고 노는 듯한 느낌이었소."

"안다면 얘기가 쉽겠군."

광휘는 목에 힘을 주며 장대풍에게 얼굴을 바싹 들이댔다.

"우리가 약속한 대로 다시 일을 진행……."

"아니, 그건 좀 다른 문제요."

"뭐라고……."

광휘가 되물으려던 그때 장대풍이 눈을 치켜떴다.

"내가 당신들을 어떻게 믿고? 날 지켜준다고 하지 않았소! 하면 내가 무슨 짓을 하는지, 저들이 무슨 짓을 할지 당연히 알고 있어야 하지 않소!"

땀으로 범벅된 볼살이 푸르르 떨릴 정도로 장대풍은 흥분하고 있었다.

광휘는 한 번 크게 숨을 내쉰 뒤 말을 이었다.

"네 심정은 이해한다. 그러나 알리지도 않고 네 멋대로 움직인다면 우리도 어찌할 방도가 없다. 그와 흡사한 일이 생긴다면 앞으로……."

"말도 안 되는 소리 집어치우시오!"

장대풍이 눈을 치켜뜨며 목소리를 높였다.

"당신들이 대적할 수 있다고? 처음엔 그리 믿었소. 하나 이번에 확실히 알았지. 그들이 얼마나 거대한지. 얼마나 대단한 자들인지 말이오."

그는 상기된 얼굴로 온몸을 떨어댔다.

"방금 당신들이 처리했다는 그곳이 그들의 전부라고 생각하시오? 천만에! 그건 조족지혈이오. 난 그곳에서 그들의 힘을 보았소. 이 넓은 하북 땅에 수십 개의 지단이 설치되어 있는 것을. 놈들은 재앙이오. 고작 다섯뿐인 당신들이 그 수많은 괴인들을 어떻게 상대할 수……. 컥!"

푸욱.

순간, 도지휘사의 눈이 커졌다.

그의 다리 사이의 바닥에 길게 휘어진 검이 꽂힌 것이다.

"장대풍, 똑바로 들어라."

날카롭게 벼린 칼처럼, 광휘가 장대풍을 노려보며 말했다.

"칠 년이다. 무려 칠 년간 난 네가 본 것 그 이상을 경험했다. 사술? 마공? 폭굉? 그딴 건 이미 다 알고 있는 것들이야."

흔들리던 장대풍의 눈동자가 광휘의 잡아먹을 듯한 시선에 천천히 가라앉았다.

"죄 없는 백성들 수백 수천 명이 떼죽음을 당하고, 가족 같은 동료가, 의지하는 상관이 눈앞에서 터져 날아가는 걸 몸으로 겪고 깨쳤다. 내가 배운 게 뭔지 아느냐? 두려움? 절망? 공포? 아냐."

광휘가 이를 드러내며 자근자근 씹어뱉듯 말을 이었다.

"물러서면 죽어. 그러니 우린 싸울 수밖에 없었던 거다."

"으……."

광휘가 말하려는 의미는 장대풍뿐 아니라 대원들에게 정확히 전달되고 있었다.

도망갈 곳은 없다.

그들의 눈에 든 이상, 놈들이 죽든 이쪽이 죽든 누군가는 죽어야 끝나는 싸움이라는 말이었다.

"후-우."

장대풍의 눈빛이 그제야 진정되었다.

이쯤 되자 그도 스스로 깨닫는 게 있었다.

자신의 처지와 더불어 현재 얼마나 심각한 상황에 놓인 건지.

"운 각사라는 자요."

그는 힘겹게 숨을 몰아쉬며 말했다.

"예전에 장씨세가의 일로 군세를 일으켰을 때 조정에서 내려보낸 자였소. 오군도독부 소속으로 도독첨사 밑의 실무자. 각사난중이 바로 그의 직책이오."

"……"

"내게 가족이 위험에 처했다고, 혼자 오라고 한 건 그자가 아니었소. 하나 난 아오. 조정만이 아니라 은자림과도 깊게 관여된 인물이 바로 그라는 것을 말이오. 일전에 만났을 때도 나를 회유하려 했고, 그 일이 있은 후 불과 며칠 사이에 이런 사달이 났으니."

"운 각사라……"

광휘가 직책을 한 번 중얼거리고는 물었다.

"그는 지금 어디에 있는가?"

"도성부에 있소. 이걸 보여주면 들어갈 수 있을 거요."

도지휘사는 품속에 있던 목패(木牌) 하나를 꺼내 들었다.

"아니. 너도 같이 간다."

광휘는 고개를 저었다.

"이보시오. 난 당분간……."

"걱정 마라. 죽도록 내버려 두지 않을 테니까."

광휘는 그 말을 끝으로 몸을 돌렸다.

뭐라 항변하려던 장대풍이 추욱 고개를 떨궜다.

"단장."

광휘가 복잡한 표정을 짓고 있을 때, 오른팔에 부목을 한 장한 한 명이 앞을 막아섰다.

이제껏 침울하게 앉아 있던 웅산군이었다.

"저도 따라가게 해주십시오."

"넌 안 된다고 하시 않았느냐."

"단장."

풀썩.

웅산군이 무릎을 꿇으며 고개를 숙이자 대원들의 표정은 제 각기 달라졌다.

당황한 방호, 안쓰럽게 바라보는 염악, 말없이 고개를 숙이는 구문중 등 어느 하나 그를 말리진 않았다.

"이제야 알았습니다. 제가 무엇 때문에 여기에 와 있는지. 한 번만 더 기회를 주십시오."

"……."

"더는 이런 실수하지 않을 겁니다."

광휘는 대답이 없었다. 그저 말없이 고개를 돌릴 뿐이었다.

"단장, 그의 말대로 하시는 게 어떻습니까."

그때 방호가 다가왔다.

"무얼 염려하시는지는 알겠지만, 사실 순수하게 무공만을 따지자면 웅산군은 저희들 중 가장 강합니다."

"말했지만, 은자림은 강하다고 해서 이길 수 있는 상대가 아니다. 오히려 약점만 노출시키지."

"앞으론 그러지 않으리라 믿습니다. 이제껏 그가 해온 것들이 있지 않습니까?"

천중단 시절 사파의 총주를 쓰러뜨리고 난 뒤 막부단은 남은 팔대 거마들과 마지막까지 혈투를 벌였다.

그때 웅산군은 구문중과 함께 가장 뛰어난 활약을 보였다.

"후우."

광휘는 생각을 정리하듯 잠시 눈을 감았다.

방호의 말처럼 확실히 전력상으로는 웅산군을 배제하는 것이 부담스럽기도 했다.

"그럼 내게 약속해라."

얼마간 고민하던 광휘가 눈을 뜨고 웅산군을 향해 말했다.

"이 싸움이 끝나면 언가로 돌아가겠다고."

"……!"

"……!"

대원들의 눈이 커졌다. 전혀 생각지도 못한 말이 흘러나온 것이다.

'그거였나.'

구문중은 슬쩍 미소 지었다.

웅산군이 과거에 어떤 일을 겪었는지는 여기 있는 모두가 알고 있었다.

그걸 모를 리 없는 광휘가 이번에 실수했다고 웅산군을 배제한다는 것이 뭔가 단장답지 않다고 생각하고 있었다.

한데 이제 보니 사실은 처음부터 이럴 작정이었던 모양이다.

"네 마음속에 있는 건 그리움이다. 그 그리움 때문에 사술에 걸린 거야. 결자해지. 네 상처를 치유하기 위해선 언가로 돌아가는 게 맞다."

"하나 그리되면……."

"너만이 아니다. 방호 너도 본가로 돌아가거라. 구문중 너 역시 그렇다."

"단장."

"저는 왜……."

가만히 있던 방호와 구문중이 당황한 얼굴로 변했다.

한 번 몸을 담은 이는 본가로 돌아갈 수 없다.

천중단의 암묵적인 규율을 광휘가 정면으로 깨뜨리겠다고 나선 것이다.

"너희 좋으라고 하는 말이 아니다. 마음속에 남은 주저함, 그리움, 안타까움. 그런 미련이 남아 있으면 은자림을 이길 수 없다. 과거의 천중단은 동료들의 죽음을 통해 적개심을 끌어올리는 방식으로 대항했지. 하지만 너희들은 그런 방식을 쓸 수도 없고, 써서도 안 되는 일이다. 그러니 차라리 너희들의 마음부터 먼저 채워 넣어라."

"그리되면 무림이 혼란스러워질 겁니다."

"당장 맹에서 나설 겁니다. 백도의 구대문파도 가만히 있을 리 없고요."

구문중과 방호가 우려 섞인 목소리를 냈다.

"그건 나와 무림맹주가 해결할 거다."

광휘는 단호한 표정으로 말을 이었다.

"내가 천중단을 떠나고 나서 느낀 게 뭔지 아느냐?"

"……."

"지독한 공허함이었다. 돌아갈 곳이 없는, 반기는 사람 하나 없는 적막한 집. 은자림과도 싸웠던 나는 결국 그것 때문에 무너질 뻔했다. 아니, 한 번은 무너졌었지."

"……."

"요즈음 들어서야 알게 되었다. 내게도 내 삶이 있었다. 하고 싶은 일이 있었고, 보고 싶은 사람도 있었어. 그걸 인정하고 나니 마음의 공허가 천천히 메워지더구나."

광휘는 그들을 보며 말을 이었다.

"약속해라. 너희들 모두 이 일이 끝나면 본가로 돌아가겠다고. 대답이 없으면 그런 걸로 알겠다."

"어……."

"음……."

다들 주저하고 있었다.

광휘는 믿지만 맹의 힘은 역시 거대하다.

하지만 반대하려고 해도 지금은 웅산군의 문제가 걸려 있는 상황이었다.

휘익!

"단장!"

"단장님!"

더구나 잠시 주저하는 그때 광휘는 마치 도망치듯 그곳에서 사라져 버렸다.

'뭐, 난 해당 사항이 없는데……'

지켜보던 염악은 속으로 웃었다.

과거 녹림 소속이었고, 지금은 특이하게도 녹림으로 돌아간 상황이었다.

물론 그런 말을 입 밖에 내지는 않았다.

방호와 구문중, 웅산군이 느끼는 감정이 어떤지 어렴풋이 알고 있었으니까.

"가세. 일단은 운 각사라는 놈을 만나러."

터억!

염악은 사람들을 다독이며 장대풍을 어깨에 둘러메었다.

＊　　　＊　　　＊

끼이익. 끼이익.

고즈넉한 방 안을 밝히는 작은 호롱불.

부채를 든 사내가 흔들의자에 앉은 채 과하게 몸을 움직여 대고 있었다.

"예상대로 광휘란 자가 암습을 해왔습니다. 그로 인해 신도들이 많이 죽어나갔습니다."

그의 앞에서는 머리를 똬리 모양으로 묶은 노인이 다급히 보고를 이어 나가고 있었다.

"그런데 예상 못 한 고수가 몇 명 더 있었던 것 같습니다. 좀더 정확히 파악한 다음에 다시 말씀드리겠습니다만……."

"뭐, 예상했던 일입니다. 도지휘사 옆에도 뛰어난 호위무사가 있었으니."

청년, 운 각사의 말투는 편안했다.

자기 세력이 손해를 입었다는데 마치 남의 얘기 하듯 어떻게 보면 오히려 즐거워 보이기까지 했다.

"하나 생각보다 너무 손실이 큽니다. 분명 철저히 계획을 세웠음에도 불구하고 매복해 있던 전원을 잃었습니다. 또한 신녀는 죽지 않았지만 한 팔을 잃는 큰 피해를 입었다고……."

"너무 당황하지 마십시오. 진(眞) 사도. 누가 들으면 마치 우리의 계획이 틀어지고 있는 걸로 알겠습니다."

"예? 아……."

멈칫하던 노인이 고개를 들었다.

부채로 얼굴을 가려 눈만 내놓은 운 각사는 편안하게 말을 이었다.

"손해가 얼마나 났건 단서를 던져주는 데는 성공했습니다. 그들이 여기로 올 테니 자연스럽게 끌어들인다는 목적은 달성한 게지요. 아닙니까?"

"그, 그렇습니다."

예상과 다른 반응에 노인은 뭐라 말해야 할지 몰라 당황했다.

분명히 철저히 대비를 하고 그 자리에서 반드시 죽이라고 지시했던 자가 바로 운 각사였기 때문이다.

"그건 그렇고, 아름다웠습니까?"

"……?"

"폭굉이 그만큼 터졌으니, 피가 튀고 살이 튀는 광경을 보셨을 거 아닙니까?"

잠시 머뭇거리던 노인이 천천히 고개를 끄덕였다.

"그랬습니다. 불꽃이 정말 아름다웠습니다."

"역시 그랬군요. 지도 그리 생각합니다. 그들도 그랬으면 좋겠군요."

"……."

노인은 뭐라 대답을 해야 할지 몰라 그저 고개를 숙였다.

툭툭.

그때 밖에서 인기척이 들렸다.

"무슨 일입니까?"

"도지휘사께서 와계십니다. 들여보냅니까?"

"그럼요. 들여보내시지요."

운 각사가 자리에서 일어났다.

눈매가 반달 모양을 그리는 것이 왠지 모르게 반색한 모습이었다.

드르륵.

보고하던 노인이 즉각 일어나 밖으로 나갔고, 문 앞 창호지에 사람 그림자가 보였다.

"들어오시지요."

운 각사가 문 쪽에 비치된 탁자 옆, 의자에 앉으며 말했다.

드르르륵.

곧 문이 열리자 운 각사의 시선이 거기로 옮겨졌다.

"……."

잠시 정적이 일었다.

문지방을 밟고 말없이 서 있는 사내.

한동안 눈빛을 교환한 운 각사가 입을 열었다.

"처음 보는 분이 오셨군요."

낯선 자임에도 그의 말투는 부드러웠다.

촤악.

자연스럽게 다리를 꼰 자세로 부채를 펼치면서 말을 이었다.

"이런 누추한 곳에 무슨……."

패애애액.

순간, 섬광처럼 터져 나온 실선 하나가 펼쳐진 부채와 운 각사의 얼굴을 갈라 버렸다.

하지만 잘려 나가는 부채와 달리 운 각사의 얼굴은 훅 하고 꺼지듯 사라졌다. 환영이었다.

투툭.

조각난 부챗살들이 바닥으로 떨어질 때쯤 어느새 벽을 등지고 모습을 드러낸 운 각사의 눈이 튀어나올 듯 부릅뜨였다.

"누군가 했는데……."

운 각사가 나타난 자리에 바로 검을 들이댄 광휘가 그를 쳐다보며 입꼬리를 올렸다.

"반로환동한 늙은이였군."

"크윽!"

운 각사가 갈아대는 누런 이가 선명히 드러났다.

마주 보는 광휘와 운 각사의 시선에 불꽃이 튀었다.

호롱불 하나 내 걸린 방 안은 스산함과 살기로 가득 메워져 가고 있었다.

*   *   *

씨익.

"이거 뭐, 보자마자 바로 아시나?"

반로환동이란 말에 운 각사는 얼른 입을 다물어 이를 감췄다.

오히려 희미한 웃음을 흘려 보이기까지 했다.

스윽.

광휘가 한층 더 매서운 눈으로 노려보았다.

한순간 분위기는 일촉즉발의 상황으로 변해 버렸다.

"황제가!"

휘릭.

광휘가 괴구검을 파지하자 운 각사가 소리쳤다.

그의 외침에, 접근하려던 광휘의 몸도 흠칫 떨렸다.

"황제가 위험하시옵니다. 후우……. 흐흐."

한숨과 함께 웃음을 흘리는 운 각사.

스윽.

그는 광휘의 검은 아랑곳 않고 걸어가 조금 전 앉았던 의자
에 다시 몸을 묻었다.

"일단 앉으시지요. 얘기가 제법 길어질 테니까요."

"……."

언제 죽을지도 모르는 상황이다.

광휘의 칼이 고작 얼굴에서 두 자(60㎝) 정도 되는 거리에 있
는데도 그의 행동에는 여유로움이 묻어나 있었다.

"뭐, 싫으시면 할 수 없지요. 그럼 바로 말씀드리겠습니다."

광휘가 여전히 대답이 없자 그는 고개를 끄덕였다.

"과거엔 무림인들이 아주 강했다지요? 그걸 모르고 괴이한 사
교 무리들이 겁 없이 설친 적이 있었지요. 그래서 대부분 죽었
고요. 그렇지 않습니까?"

뭔가 묘하게 신경을 긁는 말투에도 광휘는 가만히 듣고 있
었다.

"그래서 이번엔 목표를 달리 잡은 것 같습니다. 넉 달하고도
사흘 후 아예 나라를 집어삼켜 무림을 일통하겠다는 방법으로
말입니다."

그는 은자림 내에서도 극비 중의 극비를 그냥 가볍게 털어놓았다.

"제법 재미있는 의견이었습니다. 충분히 납득 가능하기도 했고. 비록 과거에 비해 강호가 쇠약해지긴 했지만 무림인이 한데 뭉치면 얼마나 강한지 충분히 경험하지 않았습니까? 그래서 사교 무리들은 세력부터 모았지요. 그리 오래 걸리지도 않았습니다. 돈이 있는 곳에 사람들이 모이고, 힘이 있는 곳에 충성을 바치게 마련이니까요."

광휘는 혼란스러워하고 있었다.

음모의 수괴로 보이는 자가 눈앞에 있고 단칼에 날려 버릴 수 있지만, 그가 내뱉는 말들 하나하나가 워낙 중요한 얘기인지라 선뜻 판단을 내리지 못하고 있는 것이다.

"뭐, 당장 저를 죽이고 싶겠지만 지금은 그냥 들으시는 게 나을 겁니다. 이제부터 아주 중요한 얘기가 나올 테니까요."

그가 광휘의 얼굴을 올려다보며 말했다.

"많은 계획들이 있었습니다. 팽가는 그중 하나에 불과했지요. 쓸모없는, 개량하다 실패작으로 끝난 폭굉이 주어진 걸 보면 쉽게 알 수 있지 않습니까?"

"……."

"우리는 아주 잘 만들 수 있습니다. 폭굉은 생각보다 만들기가 아주 쉽거든요. 재료는 이미 확보해 놓았고 벌써 충분한 양의 폭굉도 만들어놓았으니."

"네놈이군, 기술자가."

광휘가 눈을 번뜩이며 말을 이었다.

"폭굉이 그리 쉽게 만들 수 있는 물건이었다면, 그 사교 집단은 이미 진즉에 세상을 손에 넣으려 들었을 거다. 그 저주받은 물건이 단순히 재료만 있다고 만들 수 없다는 걸 나는 알아. 결국, 네놈이 제작자이기에 그리 쉽다고 얘기할 수 있는 게다."

"후후훗. 글쎄요. 그럴까요?"

"뭐든 상관없어. 이젠 들을 필요가 없어졌으니까."

광휘가 느릿하게 자세를 가다듬었다.

그때였다.

"그럼 장씨세가는요?"

멈칫.

그의 나긋한 목소리에 일순 광휘의 눈이 부릅뜨였다.

"아, 물론 안전해야지요. 당신 같은 분이 거기에 계시니까요. 저는 잘 알고 있고, 특별히 조심하려고 노력하고 있습니다. 그러니 앞으로도 더욱 조심할 수 있도록 애를 써서……!"

패애애애액.

순간 엄청난 속도로 광휘의 검이 그의 목을 베었다.

운 각사는 또다시 환영으로 변했지만 광휘는 그 움직임마저 읽었다.

콰직! 쾅!

큰 소리가 방 안을 울렸다.

운 각사가 벽을 등지고 서 있고 그 앞에서 광휘가 그의 머리채를 잡고 있었다.

"흥분하지 마시고… 더 들으십시오. 여기가 제일 중요합니다. 제가 지금 죽으면 안 되는……."

쾅!

운 각사의 머리가 처박히면서 벽이 움푹 들어갔다.

광휘는 다시 머리채를 잡아당겼다.

"허허허……."

한데 이마를 타고 피가 흐르는 운 각사는 아픔을 느끼지 못하는 듯 눈 하나 깜짝하지 않고 웃었다.

"서북쪽으로 이십 리. 진우리(振雨里)의 촌장댁 주방에 폭굉 서른 개가 있습니다. 그곳에 있는 사람들은 당연히 모르지요. 지금부터 반 각(8분) 내에 터질……!"

쾅! 쾅! 쾅!

광휘는 또 다른 벽에 그의 머리를 찍어댔다.

벽에 사람 머리민 한 구멍이 세 개나 더 생겨났지만 운 각사는 계속 말을 뱉었다.

"남쪽 운가장(雲家院) 앞 저잣거리. 구십여 리에 폭탄 스무 개. 광장이라 불리는 객잔에서 이각(30분)쯤 뒤에 터질 예정입니다."

쾅.

머리채를 낚아채 재차 벽에 박아대던 광휘의 손에서 서서히 힘이 풀렸다.

동요하고 있는 것이다.

그사이 운 각사는 더욱 빨리 말을 내뱉었다.

"북쪽 백칠십 리. 자황현(賓黃縣) 지총문(指總門) 앞에 폭탄 십여 개를 숨겨놓았습니다. 이것은 삼각(45분) 뒤 터집니다."

"……"

"심주현 인근에 위치한 홍등가 소동객잔. 거기 각 층에 다섯 개씩 숨겨 놓았습니다. 그곳은 특히 밤에 사람들이 많이 찾는다 지요? 삼각 내 터집니다. 반드시."

광휘와 눈이 마주치자 운 각사가 이를 드러내며 말했다.

"못 믿겠습니까? 혹시 그럴 줄 알고 제가 준비해 놓았습니다. 지금쯤 터질 때가 됐는데……"

"이놈! 정말로 죽여 주……"

광휘가 이를 갈며 괴구검을 들어 올리는 순간 강렬한 폭음이 귓전을 때렸다.

콰아아아앙!

창밖으로 펼쳐지는 화염 덩어리가 광휘의 눈에 포착되었다.

"참 아름다운 광경이지요?"

광휘의 눈은 반사적으로 그 불꽃에 사로잡혔다.

"저게 고작 폭굉 다섯 개의 위력입니다. 열 개, 스무 개라면 거의 떼죽음을 당할 수 있지요. 물론 어느 누구보다 대협께서 잘 아시겠습니다만……"

"이 새끼……"

"지금 가시지 않으면 시간이 없을 텐데요? 물론 저를 죽이고 가실 수도 있겠지만……"

쇄애애액.

휘익.

갑작스럽게 등 뒤에서 암기가 날아오자, 이번엔 광휘의 몸이 환영이 되어 사라졌다. 그는 조금 떨어진 곳에서 모습을 드러냈다.

화르르륵.

암기의 정체는 잘려 나간 부챗살이었다.

불이 붙은 조각이 운 각사가 들고 있던 부채에 붙어버렸다.

'격공섭물에 이화취정(離火聚精)……'

광휘는 인상을 썼다.

격공섭물. 이화취정.

삼 갑자(三甲子) 이상, 거기다 깨달음의 극에 닿아야만 시도할 수 있는 두 개의 경지다.

격공섭물은 사물을 움직이는 무공이며, 이화취정은 몸에 있는 뜨거운 기운이라는 삼매진화(三昧眞火)만을 분리해 내는 무공이다.

그런 절세의 무공이라 불리는 것을, 운 각사는 동시에 두 가지나 펼치고 있었다.

"그러려면 꽤 시간이 지체되지 않겠습니까?"

광휘의 눈빛이 변했다.

이제 결정을 내려야 했다.

놈을 처리하고 갈 것인지 아니면 지금 돌아서서 곧바로 폭굉을 제거할 것인지.

'여기까지 계산한 것인가.'

개방이나 하오문에 서신을 보내기엔 늦었다.

지금 자신이 곧바로 달려가야 겨우 당도할 수 있는 거리였다.

'또한 움직일 수 있는 인원수까지.'

대원들과 함께 움직여도 총 네 곳이라면 자신도 가야 한다.

아무리 구문중이 기감으로 앞을 볼 수 있다지만, 그는 눈이 보이지 않는 맹인이다. 폭굉을 직접 찾기란 매우 힘든 일이었다.

'계략인가? 아니면……'

문제는 이놈이 말한 곳에 폭굉이 없을 수도 있다는 것이다.

하지만 있다면? 지금으로선 선택의 여지가 없었다.

생각할 것 없이 바로 움직여야만 시간 안에 도착할 수 있다.

"약속하마. 널 죽이러 다시 온다고."

자근자근 씹어대듯 말하는 광휘를 향해 운 각사는 고개를 숙였다.

"그럼요. 언제든 기다리겠습니다."

쾅!

광휘가 문을 박차고 뛰어나갔다.

그 모습에 운 각사의 표정이 점차 야릇해졌다.

주르르륵.

때마침 볼을 타고 굵은 핏줄기가 흘러 턱에 맺혔다.

그는 피로 흥건한 이마와 입술을 소매로 닦았다. 그러곤 턱을 한번 만져보더니 이내 히죽 웃었다.

"손이 좀 맵네……."

스르르르.

일순간 그의 오른손에 들려 있는 부채의 불꽃이 꺼져 들었다.

분명 광휘의 검에 잘려 나간 부챗살은 어느새 평소의 모습으로 되돌아와 있었다.

*　　　　*　　　　*

"단장!"

"……?"

한쪽 계단에서 대기하고 있던 천중단 단원들은, 광휘의 흉악해진 얼굴을 보고 섬뜩해졌다.

"방호! 폭굉이다! 남쪽 구십여 리의 운가장 앞 저잣거리. 이각이내에 폭탄 스무 개를 찾아라!"

"옙!"

"염악! 북쪽 백칠십 리. 자황현 지총문 앞에서 폭탄 열 개 이상을 찾고."

"알겠습니다!"

"웅산군! 심주현 인근 홍등가 소동객잔의 각 층에 숨겨진 다섯 개의 폭굉을 찾아라. 구문중도 함께다! 소동객잔은 층수가 많고 너비가 길어 같이 찾아야 한다!"

타닥! 타다닥!

광휘의 명령에 대원들은 즉시 목표한 곳을 향해 질주했다.

'서북쪽 진우리. 촌장의 집.'

쐐애액!

그사이 광휘의 신형도 빨라지고 있었다.

그는 평소 쓰지 않던 신법까지 발휘해 전력으로 달려 나갔다.

'반 각 안에 도착해야 한다. 너무 시간이 부족해.'

슈욱! 슈우욱!

광휘의 신형은 거의 눈으로 좇기 힘들 만큼 빨랐다.

어느 순간 강호의 일절이라는 이형환위가 연속적으로 펼쳐지고 있는 것이다.

＊　　　＊　　　＊

반각이 채 되지 않은 시각, 드디어 마을이 보이기 시작했다.

하나 광휘에겐 이제부터가 중요했다.

'어디냐. 촌장 집이……'

파팟.

광휘는 가장 높은 나무를 밟고 오 장 높이까지 치솟아 올랐다.

사아아아아ㅡ!

그 순간 달빛에 투영된 마을의 구도가 한눈에 들어왔다.

'저기다!'

사람들이 모여 있는 모습이 보였다.

촌장 집인지는 알 수 없으나, 폭굉을 쓰려고 한다면 저리 많은 사람들이 모인 곳에 숨겨뒀을 것이라 판단한 것이다.

탁. 파파팟.

위치를 파악한 광휘가 땅을 밟지 않고 거의 직선으로 주파

했다.

*　　　*　　　*

"한 잔 받게."

"오늘 참 좋은 날이지 않은가."

넉넉하게 사람을 가득 채운 한 가옥.

사람들이 평상에 앉아 오순도순 얘기를 나누고 있었다.

촌장이 저녁부터 잔치를 벌인다는 소식에 온 동네 사람들이 한데 모인 것이다.

"여기가… 허억, 허억……. 촌장 댁이 맞소?"

그때 갑자기 괴이한 사내가 나타났다.

거대한 도를 등에 멘 데다 허리춤에도 기다란 검이 채워져 있었다.

"그렇소만. 누구신지?"

무림인인가 싶어 양민들은 겁을 먹었다.

광휘는 그들의 모습에 아랑곳하지 않고 급히 주방으로 뛰어 들어갔다.

콰드득! 콰직!

주방의 문을 박살 내듯 열어젖히자 옹기종기 모여 음식을 만들던 여인들이 기겁했다.

"악!"

"누구세요!"

"혹시!"

여인들이 달아나기 전 광휘가 급히 외쳤다.

"혹시 여기서 놋쇠 공을 본 사람이 있소?"

"아… 아……."

다급한 얼굴과 거대한 병기 때문인지 여인들은 감히 입을 열지 못하고 어버버 뒤로 물러났다.

콰지직! 콰직!

광휘는 더 묻기를 포기하고 급히 주방을 때려 부수다시피 하며 샅샅이 뒤졌다.

"아저씨, 저거! 찾는 게 저거 아닌가요?"

그나마 광휘의 얼굴에 서린 다급함을 본 것인지 아니면 이러다 주방 다 부서지겠다 싶어 급했는지, 한 소녀가 아궁이를 가리켰다.

씨이잇!

활활 불이 타고 있는 구멍 안에 그가 찾던 검은 놋쇠구가 보였다.

마침 눈앞에서 불구덩이로 데구루루 굴러 들어가고 있었다.

"제길!"

광휘는 실성한 사람처럼 구마도를 꺼내며 외쳤다.

"나가! 여기서 도망쳐!"

"히익……."

"꺄아아악!"

하지만 고함은 오히려 사태를 악화시켰다.

여인들은 나가기는커녕 겁을 먹은 채 주저앉았고, 바깥에서 오들오들 떨던 남정네들도 제 마누라 다칠세라 와르르 뛰어 들어왔다.

"무슨 일이오!"

"이보시오! 무림인 양반! 우린 아무것도 잘못한 것이 없소이다!"

"나가라고! 나가……?"

구마도를 앞에 세우고 핏대를 올리던 광휘가 퍼뜩 입을 다물었다.

생각해 보니 벌써 반 각도 넘었다.

폭굉 특유의 신속한 폭발을 생각해 볼 때, 이제까지 아무 일도 없는 것은 말이 되지 않았다.

스윽.

광휘가 구마도를 내리며 천천히 바라보았다.

활활 타는 불속에서 벌겋게 달아오르는 놋쇠구의 모양은 분명 폭굉이었다. 하지만 그것뿐이었다.

"……."

달그락.

광휘는 구마도로 조심조심 놋쇠구를 들어 올려 확인했다.

가짜다.

안에 내용물이 들어 있지 않은, 텅 비어 있는 놋쇠구였다.

"무슨 일인가요?"

때마침 한 여인이 상기된 표정으로 물었다.

광휘는 대답 없이 혼잣말로 이를 갈았다.

"이놈이 나를⋯⋯."

그때였다.

콰아아아앙!

"아악!"

"뭐야!"

엄청난 폭음이 들리자 사람들이 괴성을 질렀다.

광휘의 고개가 한쪽으로 돌아갔다.

조금 전 지나쳐 온, 마을에서 가장 큰 집에서 예의 그 폭발이 일어난 것이다.

*　　　*　　　*

"준비되었습니다."

"알겠다."

운 각사는 천천히 자리에서 일어났다. 지혈을 하지 않았는지 이마에서 피가 계속 흘러나왔지만 개의치 않는 듯했다.

저벅저벅.

관내를 걸어 입구에 도착하자 관복을 입은 수많은 사람들이 모여 있었다.

그중엔 광휘가 상대했던 소복 입은 여인들도 보였다.

마치 기다렸다는 듯 때맞춰 마차 한 대가 그의 앞에서 멈춰 섰다.

"타십시오."

"고맙네."

마부가 문을 열며 고개를 숙이자 운 각사가 부드럽게 응대했다.

끼익.

곧 문이 닫혔다.

고요한 마차 안에서 그는 슬쩍 웃음을 띠었다.

"거기에 있다고 했지 거기서 터진다고는 하지 않았습니다."

환희와 희열, 야릇함과 미소가 섞인 얼굴로 그는 창문을 열었다.

"가자."

곧이어 마차가 움직일 때쯤 그는 누군가에게 속삭이듯 나긋하게 말했다.

"절 죽이러 온다고요?"

어두운 밤.

수많은 사람들이 그가 움직이기 전까지 묵례를 한 채로 서 있었다.

운 각사는 그들을 한 번 더 훑고는 미소를 드러냈다.

"그런데 어쩌지요? 전 별로 보고 싶지 않아서요. 당신도 그렇지요, 도지휘사님?"

그의 옆엔 한 사람이 더 타고 있었다.

무엇을 보았는지 오들오들 떨고 있는 장대풍이었다.

씨익.

보름달이 걸린 밤.

마차 안 창문으로 보이는 운 각사의 누런 이가 오늘따라 유
난히 두드러져 보였다.

第二章

뜻밖의 소식

"이런 사막에 저런 건물이라니……."

어스름한 빛이 점점 밝아지는 시각.

모래바람 사이로 희미한 비탑이 보이자 맹주, 단리형이 입을 열었다.

"일행 중 천축 출신이 끼어 있는 것 같습니다. 아마 이곳을 거점으로 활동하는 것 같군요."

그의 옆에서 당주 손유진이 말을 받았다.

탑비라고도 하는 이것은, 승려의 시신을 화장하고 남은 유골을 돌로 덮어 만든 것이다.

이곳 사람들을 회유하기 위해 덕 높은 고승에 대한 숭앙심을 이용하는 것으로 보였다.

"아무튼 저 안에 숨어 있을 겁니다."

손유진은 손에 든 양피지를 다시 확인했다. 며칠 전 죽은 사막의 길잡이 목우의 것이었다.

"종종 느꼈지만 놈들이 무슨 꿍꿍인지 알다가도 모르겠군."

단리형은 한마디 중얼거리곤 뒤를 돌아보았다.

사막 바람이 휘날리는 가운데 천으로 입을 가리며 줄지어 걷고 있는 무영대가 보였다.

"너희들은 우리가 가는 주변을 포위하며 따라와라. 혹여 흔적을 찾으면 신호를 주고."

"옙!"

다다다닥.

명령이 떨어지자 무영대가 곧장 달려 나갔다.

곧 단리형 주위에는 친위대장 한진과 비선당 당주 손유진만 남았다.

잠시 후, 마을 입구를 넘어 비탑 안에 당도하자 손유진이 물었다.

"혼자 가실 생각입니까?"

단리형은 고개를 끄덕였다.

"물론이지. 왜?"

"그것이……."

위험하다는 말을 하려던 손유진은 애써 말을 아꼈다. 맹주가 직접 나서지 않는다면 이 상황을 타개할 사람이 없기 때문이다.

단리형은 그 모습에 뭔가 재밌는 생각이 들었는지 입꼬리를 올렸다.

"왜? 갑자기 허기가 지는가?"

"예?"

"하긴 우리가 끼니를 좀 놓치긴 했지. 자네가 남들보다 좀 많이 먹는 편이니 그럴 수도 있겠군. 그러고 보니 맹의 정 각주도 자네 식성에 놀라서 한마디를……."

"맹주님!"

손유진의 날카로운 목소리가 날아들었다.

사십 대의 나이인데도 여인인 이상 부끄러움은 어쩔 수 없었나 보다.

"농담이네. 긴장 좀 풀려고 했네. 나도 오랜만에 힘을 쓰는 거라."

맹주는 머쓱한 얼굴로 슬쩍 돌아보며 뒤에 시립한 한진에게 말했다.

"당주를 잘 지키게."

"알겠습니다."

파파파팟.

대답이 채 끝나기도 전에 무림맹주가 비탑 안으로 들어갔다.

그가 사라진 비탑을 손유진은 걱정스러운 표정으로 올려다보더니 이내 푹 고개를 숙였다.

한때 절색이라 불렸던 그녀의 얼굴에도 세월의 흔적이 묻어났다. 고된 여정과 과도한 압박감 때문이다.

"너무 걱정하지 마십시오."

한진이 그녀의 옆으로 다가와 위로의 말을 건넸다.

손유진은 고개를 저었다.

"비탑 안으로 들어간 흔적이 너무 선명해요. 그저 바삐 움직이다가 생긴 거라면 다행이지만, 만약 함정이라면……."

"상관없습니다."

천주는 각진 얼굴처럼 신념에 찬 눈빛으로 말했다.

"저는 현 강호에 맹주보다 강한 사람은 본 적이 없습니다."

"…네. 그건 저도 그래요."

손유진은 다시 비탑을 올려다보았다.

맹주를 따르며 은자림을 조사하면 할수록, 과거 천중단 단원들이 얼마나 위험한 일들을 해왔는지 다시 한번 인식하게 되었다.

그랬기에 더 걱정되었다.

맹주가 강한 것은 알지만 그들 또한 '어떤 존재'인지 더욱 더 잘 알게 되었으니까.

그때였다.

콰아아앙—!

알 수 없는 굉음에 한진과 손유진의 고개가 뒤로 홱 꺾였다.

마을 입구에서 거대한 폭음과 함께 집채 하나가 하늘로 치솟아 오른 것이다.

콰아아아앙!

폭발은 멈추지 않았다. 멀찍이 떨어진 첫 폭발과 달리 이번엔 조금 더 가까운 거리에서 터졌다.

콰아앙―!

속도가 더욱 빨라지고.

콰아아아―!

범위가 커지고 거셌으며.

콰아아아―앙!

어느새 턱 앞까지 다가와 있었다.

"뛰세요!"

한진은 넋을 잃고 바라보던 손유진의 손을 낚아챘다.

폭발로 보아 이건 미리 심어놓은 폭굉이다. 심지어 자신들의
위치와 반응 속도까지 철저히 계산된 폭발이었다.

파팟.

한진과 손유진이 도약하며 자리를 떠나는 순간.

콰아아앙―!

일순, 등 뒤에서 폭굉이 터지며 거대한 비탑을 날려 버렸다.

"맹주……."

"뛰십시오! 어서!"

날아가는 비탑으로 잠시 고개를 돌린 손유진이 이를 악물고
뛰었다.

콰아아아아앙!

콰아아아아앙!

파파파팟.

한진과 손유진은 눈부신 속도로 움직였지만 폭발이 더 빨
랐다.

마치 그 둘이 어찌 움직일지 알고 있기라도 하듯 그들이 움직이는 방향으로 주욱 화염이 달려왔다.

'예측한 거다. 좌우의 집들에서 폭굉이 터지지 않는 걸 보면.'

한진은 꾸욱 이를 악물었다.

덥석.

"미안합니다!"

화염 덩어리가 거의 등 뒤까지 다가오자 그는 손유진의 어깨를 잡아 그대로 던졌다.

휙!

손유진은 그의 일 수에 흙으로 쌓은 지붕 위로 날아가 버렸다.

"한진!"

소리치는 손유진을 뒤로하고 한진은 앞만 보고 달렸다.

"흐읍!"

그사이 한진은 모든 내공을 짜내 땅을 밟고 도약했다. 조금이라도 폭굉의 폭발 범위에서 벗어나 보려는 심산이었다.

콰아아아앙!

순간 한진의 눈이 찢어질 듯 커졌다.

자신의 자리 밑에서 불꽃이 튀리라 생각했는데 전혀 다른 방향에서 터졌다.

그것도 조금 전 손유진을 던진 방향에서.

"아, 안 돼!"

콰아아아앙!

한진의 외침과 함께 화마(火魔)가 손유진의 몸을 집어삼켜 버렸다.

*　　　*　　　*

'죽는구나.'

몸에 뜨거운 열기가 확 끼치는 순간 손유진은 죽음을 직감했다.

도저히 피할 수도, 막을 수도 없는 강렬한 폭발이었다.

'……?'

부웅!

정신이 몽롱해지던 그때 등 뒤에서 혹 하고 바람이 일었다.

'이건!'

하늘로 솟구치던 그녀의 눈빛이 갑자기 또렷해졌다.

어떻게 된 일인지 자욱했던 연기가 가시고 조금 전 보았던 지형지물이 나타난 것이다.

콰아아아아앙!

"윽!"

하지만 재차 이어진 폭발이 귀청을 터뜨릴 듯 몰아닥쳤다.

이번에는 앞과 옆을 가리지 않고 한 지대가 통째로 내려앉은 것이다.

파파팟.

손유진은 하늘을 날았다.

그게 자신이 뛰어오른 것이 아닌 누군가가 자신을 안고 달리고 있다는 걸 깨달았다.

휘이이익. 툭.

투욱.

폭심과 먼 곳에 떨어져 내린 손유진은 퍼뜩 고개를 들었다.

"맹주……."

단리형이었다. 그는 손유진을 안전하게 지면에 내려놓은 뒤 부드럽게 말을 건넸다.

"생각보다 가볍구먼. 자네에게 많이 먹는다고 뭐라 했던 거 지금이라도 취소할 기회를 주겠나?"

"……."

평소 같으면 항변했을 손유진은 이번엔 대답하지 못했다.

자칫하면 죽을 뻔했다. 그렇게 생각하니 감정이 북받친 것이다.

"낄낄낄. 보기 좋구먼."

"여어. 확실히 이쪽으로 올 거란 내 예상이 맞았지?"

그때였다.

사막의 모래를 개어 만든 흙벽. 오래 묵은 낡은 건물 위에서 웃어대는 사내들이 보였다.

좌우, 총 여섯 집의 지붕 위에서 다들 사람 한 명씩을 잡고 그 목에 칼을 들이대고 있었다.

"살려주십쇼!"

"아아아……."

아우성치는 사람들을 보고 맹주의 표정이 굳어졌다.

치밀한 설계였다.

자신들이 폭발을 피하고 이리로 올 것까지. 그리고 어느 쪽에 서 있을지까지 계산했다는 말이다.

자칫 여기에 폭굉 몇 개가 더 심겨 있었더라면…….

"맹주 나리. 여깁니다, 여기!"

그들의 앞에는 두 다리를 굽힌 채 엉덩이가 바닥에 닿을 듯 쭈그려 앉아 웃고 있는 가면의 남자가 있었다.

백령귀였다.

"와, 정말 대단하십니다? 당연히 저 연놈 중 한 명은 뒈질 거라고 생각했는데 그걸 구해내시네요. 근데 그년이 맹주와 그렇고 그런 사이인지는 몰랐습니다."

백령귀가 낄낄대며 말을 이었다.

"그래서 더 흥미진진합니다. 그년을 죽이면 참으로 멋진 광경이 나오지 않겠습니까?"

그 말에 맹주는 피식 입꼬리를 올렸다.

"내 눈엔 은자림 개들만 죽는 게 더 멋질 것 같은데?"

"뭐, 그것도 그렇겠습니다. 그런데 정의가 승리한다는 건 워낙 뻔한 얘기 아니겠습니까."

"사람들은 뻔한 얘기를 즐겨 찾는 법이야."

"그건 맹주님이 잘 몰라서 하는 얘깁니다. 괴로워하고 울부짖고 소리치고! 그런 모습들이 얼마나 즐거움을 주는데요?"

백령귀가 정색하듯 또박또박 끊어 말했다.

"즐거움이라."

단리형은 짧은 침음 후 손유진을 보며 말했다.

"손 당주, 잘 봐두게. 보통 이런 상황일 때는."

"……?"

"선수를 치는 자가 유리한 법일세."

파파팟. 파파팟. 파파팟.

맹주가 손을 올리는 순간 지붕 위에서 위협하고 있던 사내들 뒤로 수십의 무영대 대원이 날아오르며 하늘을 덮었다.

파앗.

거의 한 호흡도 내쉬기 전, 맹주가 백령귀의 지척까지 날아가 섬광을 뿌렸다.

촤아아아악.

흐릿하게 사라지는 백령귀의 잔상.

맹주는 즉각 빌을 구르며 잔상이 이어지는 방향으로 몸을 날렸다.

카앙!

오 장가량 떨어진 뒤에서 모습을 드러낸 백령귀는 맹주의 검과 맞부딪쳤고 그대로 뒤로 튕겨 날아갔다.

퍼억!

그는 부서진 흙벽과 함께 방 안을 나뒹굴었다.

민가 안에 살던 사람 둘이 놀란 눈으로 그를 바라봤다.

"이힉!"

"누구시오!"

사막 부족 특유의 옷차림인 아내와 남편.

백령귀가 재빨리 자세를 고쳐 잡고 중얼거렸다.

"어디에 숨었습니까?"

그의 두 눈이 주위를 훑었다.

사락, 사락.

폭발로 일어난 모래가 천천히 내려앉을 때.

"슬슬 나와야 될 텐데? 안 그럼 이 연놈들을……."

싸악!

백령귀는 연검을 요란하게 휘두르며 남편과 아내에게 천천히
다가갔다.

창졸간에 재앙을 맞은 남편이 아내를 감싸며 비명을 올렸다.

"흐이익!"

콰직.

순간 벽을 뚫고 날아온 맹주의 검이 그를 공격했다.

캉! 캉! 캉!

백령귀가 재빨리 막아서며 방어했다.

쩌어엉!

하나 맹주의 검에는 어마어마한 내력이 담겨 있었다. 막는다
고 막았지만 백령귀의 몸이 다시 민가의 벽을 뚫고 밖으로 튕겨
나갔다.

캉! 캉! 카카캉!

그리고 계속되는 교전.

"하압!"

수십 번의 공수가 교차되고, 이번엔 백령귀의 연검에서 시린 광채가 쏟아져 나왔다.

쩌어어엉.

자그마치 삼 척 길이의 강기였으나 그의 예상과 달리 강기는 단리형의 손짓 한 번에 소멸되어 버렸다.

"첨엔 좀 당황했지만."

놀란 눈을 뜬 채 바라보는 백령귀에게 단리형은 씨익 웃어 보였다.

"사실 별거 아니었어."

"히히히!"

백령귀가 기괴한 웃음과 함께 갑자기 몸을 돌렸다.

단리형의 검에서 검기가 쏟아져 나오자 그의 몸은 또다시 잔상으로 변해 버렸다.

피팟.

단리형도 이미 절대의 반열에 오른 자다.

그는 극성의 경신법을 발휘하여 백령귀를 뒤쫓았다.

꾸에에에엑. 꾸에에에엑.

맹주가 도착한 곳은 마구간처럼 낙타를 묶어둔 곳이었다.

백령귀가 급히 연검을 세우며 날아오는 검을 막아섰다.

카아아앙!

강렬한 검기에 삼 장이나 주르륵 밀려 나가던 그의 몸이 뒤집혔다.

그러면서 바닥에 머리를 찍어버렸고 하필 거기에 있던 낙타

똥이 그의 얼굴에 철퍼덕 묻었다.

"허기졌는가 보군? 그래도 굳이 내 앞에서 낙타 똥을 먹지는 말게. 비위가 그리 좋지 않아서 말일세."

"하하하핫. 하하하하하하하하핫."

맹주의 말에 그는 누운 채로 한참을 웃었다.

백령귀가 배를 잡고 바닥을 데굴데굴 구르자 맹주는 미간을 찌푸리며 말했다.

"느긋하게 좀 즐기고 싶긴 하지만."

사악.

잠시 주위를 훑은 단리형이 검을 세웠다.

"시간이 별로 없어서."

파파팟.

극도의 경신술로 이동해 백령귀를 베려 했던 단리형.

휘리리릭!

갑자기 바닥에서 뱀처럼 휘청거리는 연검이 날아오자 급히 검을 돌려 몸을 방어했다.

백령귀가 하나뿐인 병기를 던져 시간을 번 것이다.

'흥! 서툰 수작!'

연검은 채찍과 검의 묘용이 결합된 기병이다.

한쪽을 쳐낸 순간, 두 머리의 뱀처럼 다른 쪽이 혀를 날름대며 다시 단리형의 앞을 막았다.

치잉!

아예 내력을 끌어올려 연검을 멀리 쳐낸 단리형이 백령귀를 돌아보는 순간.

"으하하하하!"

콰아아아앙!

어느새 저만치 멀어진 백령귀의 웃음과 함께 맹주 단리형이 서 있던 자리 십 장 남짓한 곳에서 일제히 불꽃이 치솟아 올랐다.

꿰에에에엑!

초열지옥을 연상케 하는 폭발이었다.

낙타 떼는 형체도 없이 터져 나갔고 건물은 알아볼 수 없을 정도로 박살 나버렸다.

흐뭇하게 미소 짓던 백령귀가 갑자기 중얼거렸다.

"어? 어? 아, 안 돼."

내상을 입은 것인가, 깨진 가면 사이로 줄줄이 피가 흘러내렸다.

그는 엉망이 된 몸으로 허우적허우적 폭굉이 터진 폭심지로 달려들었다.

"안 돼! 뒈지면 안 돼! 씨발! 더 갖고 놀아야 하는데! 안 된다고!"

뜨거운 열기가 여전히 흘러나오는 곳에서 그는 괴성을 질렀다.

한쪽에 떨어진 자신의 연검을 발견하고는 한 손으로 쥐고 퍼억! 퍼억! 땅을 헤집기 시작했다.

"이딴 걸로 죽으면 어떡하냐! 즐겁게! 더 즐겁게 싸워줘야지!

뭔 놈의 맹주란 새끼가 이렇게 맥없이……!"

사악!

순간 뭔가 날아오자 그의 신형이 꺼지듯 뒤로 밀려났다.

그의 몸이 얼어붙었다.

스륵.

그사이 그의 가면 일부가 잘려 나가며 흉터로 얼룩진 진짜 얼굴이 나타났다.

"죽었다 살아나더니 잊었나 보군."

그의 앞에 멀쩡하게 나타난 단리형과 그 뒤로 땅이 푹 꺼진 공간이 보였다.

찰나간에 모래 속으로 파고 들어간 흔적이었다.

"내가 너희들을 제거했던 살수 암살단 출신이란 걸."

폭발이 일기 전 순간적으로 임기응변을 보인 단리형의 얼굴에는 자신감과 여유로움이 묻어나고 있었다.

＊　　　＊　　　＊

백령귀는 과거 화련산(火鍊山)에서 최후의 일전을 준비하다 광휘에게 목숨을 잃은 놈이다.

한데 분명 목숨이 끊어졌는데도 무슨 수로 되살아났는지, 지금 그는 단리형의 눈앞에서 이빨을 드러내고 있었다.

"끼기기기기기키키킥."

백령귀가 괴이하게 웃어 보였다.

갈라진 가면 사이로 피가 뚝뚝 흘러내렸지만 그는 부상을 아랑곳하지 않고 희열에 가득 차 소리 질렀다.

"그랬지! 그랬어! 살수 암살단이 어떤 놈들인데! 이런 폭굉 따위에 죽지 않지! 암! 그렇고말고!"

그는 즐겁다는 듯 발광에 가까운 반응을 보였다.

할짝!

입가로 흘러내리는 피를 흉물스러운 혀로 맛보는 정신 나간 모습에 맹주의 얼굴이 찌푸려졌다.

"역시 재밌군! 재밌어! 내가 이래서 곤붕에게 당신은 내가 맡는다고 한 거야! 카하! 카햐하하하!"

"곤붕? 그놈도 살아 있었나?"

맹주의 침음에 백령귀가 일순 움찔했다.

이내 눈동자가 이리저리 움직이며 당황한 듯 과하게 손사래 쳤다.

"곤붕? 내가 곤붕이라고 했어? 아, 잘못 말했어. 난 그런 말 한 적 없다고."

"……."

"미안해. 미안하니까 좀 잊어줘. 네놈이 죽인 그 곤붕이 아니니까 혹시 만나면 그 얘긴 안 했으면 좋겠어. 부탁해!"

백령귀가 두 손을 내밀며 고개를 숙였다.

우득!

하나 맹주의 얼굴은 이미 돌처럼 딱딱하게 굳어져 있었다.

곤붕.

백령귀와 함께 은자림을 이끌던 수장 중 하나다.

과거 살수 암살단은 그를 죽이는 데 한 조가 전멸할 정도로 크나큰 피해를 입었다.

그런 전력을 투입해서 겨우 죽인 놈이 백령귀처럼 다시 살아났다니.

"제발. 진짜 나 혼난다고. 그놈이 얼마나 미친놈인데……. 완전 또라이라고! 에이 씨……!"

맹주가 아무런 말도 하지 않자, 백령귀는 갑자기 인상을 쓰더니 케헤헤! 하고 웃음을 터뜨렸다.

"아니, 잠깐. 뭐 어때? 어차피 알게 될 일이잖아. 미안해할 필요까진 없지. 그래, 맞아! 히히히! 이히히히히!"

혼자서 주저리주저리 내뱉던 그의 웃음이 뚝 끊겼다.

"이봐, 맹주 나리. 곤붕에 대해 알고 싶어요? 그럼……."

표정이 독사의 그것처럼 돌아온 백령귀가 입꼬리를 올리는 순간.

카아앙!

눈 깜짝할 사이 맹렬한 불꽃이 터지며 두 검이 서로 맞닿았다.

백령귀가 허깨비처럼 날아와 공격을 가한 것이다.

"나하고 같이 좀 놀아줘!"

카캉! 카캉! 카카캉!

얼굴에 번뜩이는 광기와 함께 그의 연검이 머리 수십 달린 독사처럼 쏟아져 내렸다.

주춤. 주춤.

이번엔 단리형이 뒤로 밀려나기 시작했다.

'말려들면 안 된다.'

백령귀의 검식(劍式)에 단리형은 머릿속이 복잡해졌다.

상대는 과도하게 몸을 들이대고 있었다.

본시 이런 공격은 허점이 나오게 마련인데 미친 듯한 맹공과 기세, 그리고 속도가 그 허점들을 가리고 있었다.

거기다 마치 같이 죽자는 듯, 아니, 그냥 죽여달라는 듯 대놓고 허점을 드러내는 움직임은 수많은 경험을 쌓은 무림맹주조차 상대하기 까다로웠다.

대체 어느 것이 허초이고 어느 것이 실초인지 알 수가 없으니까.

'기회!'

하지만 그것도 한계가 있는 법.

쿠웅!

십 합, 아니, 이십 합 정도의 부딪침 끝에 맹주는 모래땅에 진각을 밟으며 강하게 검을 찔러 넣었다.

채챙!

강렬한 일 검이 휘둘리는 연검의 허리를 튕겨내고.

콱!

백령귀의 어깨 어름으로 파고들었다.

그 순간 백령귀의 희멀건 낯빛이 드러났다.

"……!"

휘릭.

반사적으로 맹주는 발을 구르며 뒤로 물러났다.

노리고 가한 공격이긴 했지만 너무 쉽게 들어갔다.

상대가 보통이 아닌 놈이기에 역공 역시 염두에 두고 한 조치다.

하지만 그는 한 가지 놓친 것이 있었다.

상대가 무얼 노리고 이런 흐름을 만들어냈는지.

카아앙! 쨍그랑!

뒤로 크게 밀려났던 백령귀의 연검이, 밀려난 거리만큼 맹렬하게 휘둘렸다.

파캉!

그가 청강검의 허리를 뚝 분질렀다.

병기가 반으로 줄어든 맹주는 눈살을 찌푸리며 공격을 해온 백령귀의 빈틈을 노렸다.

콱! 콱!

맹주는 짧아진 검을 백령귀의 가슴에 몇 번이고 박아 넣었다.

쇄골, 늑골, 흉골의 태반이 부러졌을 때에야 백령귀가 뒤로 물러났다.

"아야! 아야아야! 아프다고. 아프다고, 새끼야!"

그가 펄쩍펄쩍 뛰어올랐다.

맹주의 부러진 검은 예기를 잃어 몸속 깊게 파고들지 못했다. 대신 쇠 말뚝을 박아 넣다시피 힘으로 찌른 공격이라 피해는 더욱 컸다.

"괜찮아! 괜찮아! 이제 다시 싸우면 내가 이겨. 칼도 없는데 당연히 이기지! 키히히히!"

그것도 잠시, 이내 독사의 웃음을 띤 그가 호탕하게 말했다.

마치 통증 자체를 느끼지 못하는 인형인 듯, 아프다고 했던 말들이 모두 연기인 듯.

"흐음."

맹주는 자신의 검을 들고 한번 슥 쳐다보았다.

이윽고 피식 웃으며 한 곳으로 던져 버렸다.

쨍그랑.

그 모습을 본 백령귀의 눈썹이 꿈틀거렸다.

처억.

단리형은 두 손을 들며 여유롭게 미소 지었다.

"그래, 칼도 없으니까 네가 이길 수 있겠지. 계속할 텐가?"

"…뭐, 그러자."

백령귀는 곧 떨떠름한 표정으로 고개를 끄덕였다.

파팟. 파팟.

누군가 신호를 준 것처럼, 백령귀와 맹주는 동시에 자리를 박찼다.

순식간에 거리가 좁아질 무렵 갑자기 맹주가 도약하며 날아올랐다.

"멍청이!"

백령귀는 해맑은 미소를 보이며 연검을 위로 휘둘렀다.

그 순간 다리 하나가 그의 얼굴 앞에 드리워졌다.

퍼억!

어마어마한 충격에 백령귀의 몸이 한 발짝 뒤로 밀렸다.

공중에서 날아오는 발길질.

퍼퍼퍼퍼퍽!

"악! 악! 악!"

면상, 가슴, 복부 할 것 없이 가해진 수십 번의 발길질이 그의 상체에 찍혀 들어가며 뒤로 쭈욱 밀어냈고.

퍼퍼퍼퍼퍼퍽!

밀어내지도, 상대를 떨어뜨리지도 않는 특이한 각법(脚法)이 무려 열 번이나 넘게 이어졌다.

"꺼져!"

쉬쉬쉬쉬쉭!

백령귀는 밀려나면서도 마구잡이로 연검을 휘둘렀다.

하나 맹주는 아직도 바닥에 떨어지지 않았다.

퍼퍼퍼퍼퍼퍽.

상대를 걷어차고, 칼날을 아슬아슬하게 스쳐 보내며 허공에서 무려 스무 번이나 발을 차냈다.

"하압!"

퍼어어억!

마지막 기합을 담은 원앙퇴가 백령귀의 몸을 오 장이나 멀리 날려 버렸다.

"으아아아아! 아파! 아파! 아프다고!"

온몸에서 피를 철철 흘리며 백령귀가 방금 걷어차인 부위를 잡고 난리를 쳐댔다.

"개자식아! 이건 사기야! 넌 검객이잖아! 그런데!"

"뭐 그 정도 가지고."

맹주는 크게 숨을 몰아쉬며 손짓을 했다.

"내가 강호에 나서기 전의 일은 조사 못 했나 보군. 칠객으로 활동하기 전에 내 명호는 은비영각(隱庇影脚)이었다네."

백령귀의 입이 쩌억 벌어졌다.

"그럼 싸우기 전에 미리 말해줘야지, 이 나쁜 새끼야!"

백령귀가 사기당했다는 듯 삿대질을 하며 소리쳤다.

맹주는 가볍게 무시하고는 그를 향해 손가락을 까닥여 보였다.

"마지막으로 가지. 이 정도 했으면 누구 하나는 죽어야 하지 않겠나."

"아니, 이제 그만하자."

백령귀가 고개를 저으며 말했다.

"좀 있다가 또 싸워야지. 나도 작전을 세워야 할 거 아냐."

"……."

"그럼 갈게. 나 잡아봐라. 키히히히히."

파파팟.

백령귀가 달려 나가자 반사적으로 쫓으려던 맹주가 멈칫 발을 멈췄다.

'무영대를 확인해야 해.'

이 싸움은 자신만을 생각해선 안 된다.

무영대는 맹을 대표하는 정예 고수들답게 충분히 믿을 만했지만 저들에겐 폭굉이 있다.

그리고 굉장한 설계자가 있었다.

조금 전 손 당주가 피하는 궤적에서 정확히 폭발이 일어나는 순간에 가슴이 철렁했으니까.

'보통이 아니야. 이쪽도 상대의 설계 능력을 계산하지 않으면……'

머리가 싸늘하게 식자 온몸에서 불에 덴 듯한 통증이 일었다.

백령귀의 공격은 얼핏 무식하게 휘두르는 듯했지만, 사람의 허를 노리는 미친 듯한 집요함과 맹렬함이 담겨 있었다.

"그래, 큰 방죽도 작은 개미구멍으로 무너지는 법이지. 일단은 장단에 어울려 주마."

툭툭.

맹주는 혈맥을 두드려 피가 흐르는 상처를 간단히 지혈했다. 그러고는 무영대가 있는 곳으로 몸을 날렸다.

*　　　*　　　*

"피해는?"

사악!

대원들이 모여 있는 곳으로 떨어져 내린 단리형이 곧장 상황을 물었다.

다행히 대원들 중 운신 못 하는 이는 없어 보였지만 근처에 있던 집들을 전부 잿더미로 날려 버린 폭발이다.

겉으로 보이지 않는 내상을 입었다 해도 이상한 일이 아니었다.

"저희는 괜찮습니다. 다만 민간인들의 피해가 극심합니다."

"백령귀가 사라지자마자 놈들은 인근 민가로 숨어들었습니다. 그리고 미처 손쓸 겨를 없이 폭굉이 터졌습니다."

"후우……."

과연 건물이 전부 다 날아가 버린 건 아마 그 무작위적인 폭발 때문인 듯했다.

"그럼 갈게. 나 잡아봐라. 키히히히히."

'아마 그렇겠지. 그놈들은 장난을 치고 싶어 했으니까.'

맹주는 백령귀의 목소리가 들려오는 듯하자 미간을 찌푸렸다.

"아무래도 놈들은 우리와 적극적으로 싸울 의사가 없어 보입니다."

무영대의 대장 한진이 조심스럽게 입을 열었다.

그 말에 맹주는 고개를 끄덕였다.

"맞는 말이다. 놈들은 우리와 싸우려는 게 아니야. 질식할 정도로 싸움을 길게 끄는 게 목적이지."

"어떻게 하는 것이 좋겠습니까? 이대로 계속 따라가는 것은……."

손유진은 어렵다는 말을 꺼내지 못하고 속으로만 삼켰다.

원래 추적에서는 쫓는 자보다 쫓기는 자들이 힘든 법이다. 그렇지만 지금처럼 지형에 익숙하지 못한 추적자는 평시보다 몇 배는 더 체력과 정신력을 소모한다.

사막은 그 자체가 괴물이었다. 중원이었다면 추적이고 싸움이고 도가 튼 무영대원들이었지만 낮에는 폭염에, 밤에는 추위에 괴로운 여정을 계속하다 보니 모두들 지칠 대로 지쳐 있었다.

그걸 아는지 한참 동안 침묵했던 그가 입을 열었다.

"나 혼자 가지."

"맹주! 안 됩니다!"

무영대 대장 한진이 급히 나섰다. 하지만 맹주는 손을 저어 그가 뭐라 말하려는 것을 끊어버렸다.

"무슨 말을 하려는지 알고 있다. 우리가 서역으로 온 지도 벌써 몇 달째야. 계속 이렇게 지지부진한 추적을 할 바에는 나 혼자 가는 게 맞아."

"맹주!"

한진이 입술을 깨물었다.

돌려 하는 말이지만 맹주는 분명히 얘기하고 있었다.

'계속 따라오면 너희는 죽는다'라고.

"맹주! 저희들은 신경 쓰지 마십시오! 죽는 한이 있어도 같이 가겠습니다!"

"이대로 물러서면 평생 얼굴도 못 들고 다닐 겁니다!"

"죽었으면 죽었지, 놈들의 발목이라도 붙잡겠습니다! 제발 함께 데려가 주십시오!"

풀썩! 풀썩!

맹주의 말에 주위의 대원들이 저마다 한마디씩 외치며 모래 땅에 무릎을 꿇었다.

조장은 고사하고, 평소에는 감히 입도 열지 못하던 일개 대원들까지 핏대를 올리며 함께 가기를 청했다.

"허허. 참……."

맹주는 탄식했다.

냉정히 보면 그 혼자서 움직이는 것이 오히려 일을 신속하게 할 수 있다.

하지만 그랬다간 이 의욕 넘치는 무영대원들은 평생 무력감과 패배자라는 낙인을 달고 살아야 할 것이다.

강호의 야인이 아니라 한 무리의 수장으로서 이러지도 저러지도 못하고 마음이 심란해진다.

"응?"

삐이익!

고심을 거듭하던 맹주의 눈에, 문득 하늘에 떠 있는 새카만 점 하나가 포착되었다.

내력을 끌어올려 안력을 돋우자 생김새가 확연히 눈에 들어왔다.

'저건?'

푸른빛을 내는 부리. 발은 작고 다리는 짧으며 깃은 담담한 적색을 띠고 있었다.

야생에서 필연적으로 교잡을 거치는 매가 아닌 척 보아도 인위적으로 순혈의 혈통을 타고난 매였다.

녀석은 일반적으로 매가 사냥을 위해 활공하는 높이보다 까마득히 높은 곳을 날고 있었다.

'훈련된 매다. 대체 저게 왜……'

무엇보다 다리에 묶인 누런 종이가 결정적이었다.

타닷, 탓, 휘익.

다 쓰러진 흙벽을 밟고 올라선 맹주는 곧 크게 숨을 몰아쉬었다.

"끼―!"

맹주의 입에서 기음이 터져 나왔다.

사자후를 응용한 일종의 음공이었다.

끼이!

그게 신호였는지, 아름다운 곡선을 그리며 날아가던 매가 급격한 포물선을 그리며 떨어져 내렸다.

푸르륵! 파앗!

닭 홰치듯 거세게 날갯짓하며 맹주의 팔에 내려앉은 매.

맹주는 품에서 육포 조각 하나를 꺼내 녀석에게 주었고 놈은 거만한 태도로 그걸 날름 받아 삼켰다.

툭, 스슥.

맹주는 놈이 배를 채우는 동안 다리에서 황지 묶음을 뽑아 풀었다.

차르르륵.

급히 황지를 열어보는 단리형의 표정이 확 굳어졌다.

"이건……."

북경에 변고 발생
— 팽가 가주 팽가운

第三章

황실 연회

무복을 입은 사내가 손바닥으로 탁자를 쓰다듬고 있었다.

협탁에 가지런히 놓인 문방사우.

탁자 한편에 일렬로 놓인 서책을 보는 그의 눈빛은 묘하게 일렁이다 돌아오기를 반복하고 있었다.

팽가운이 있던 곳은 돌아가신 팽자천의 서재였다.

아버지인 팽자천은 괄괄한 성격 탓에 때론 직선적인 행동이나 융통성 없는 고집을 보이곤 했다.

그래도 정도를 지키며 부끄럽지 않은 인생을 살았다고 감히 말할 수 있었다.

그의 서재에 채워진 책들은 대부분 무공서가 아니라 불경이나 정관정요 등 마음을 바로잡는 수양서들이었다. 그의 평생 노력이 어떠한 방향인지 드러나는 모습이었다.

드르륵.

문이 열리고 인기척이 들리자 사내, 팽가운의 시선이 천천히 그리로 향했다.

"어떻게 됐습니까?"

움직임과 달리 급한 질문이었다. 찾아든 노인은 편안한 미소로 예를 갖추며 대답했다.

"잘 해결했습니다."

"마지막까진 안심해선 안 됩니다. 혹여나 당상관이 알게 된다면 아무리 본 가라도 가만히 있지 않을 겁니다."

"도지감(都知監) 출신인 진운 환관은 일단 세외에 나가 있습니다. 병부인 당상관과 조우할 일도 없을 겁니다."

진운 환관.

팽가의 직계로 팽자천 동생의 남편이었다가 조정에 들어간 자다.

직급은 태감과 소감 아래인 감승(監丞)이지만 조정의 최고 사육 기관인 오방(五方)을 충분히 부릴 수 있는 능력이 있다.

그가 전력으로 팽가를 돕는다면 아마 걱정할 일은 없을 것이다.

팽가운은 한숨을 쉬며 가슴을 쓸어내렸다.

"잘… 됐겠지요? 제가 너무 다급해서 감정이 앞서나 봅니다. 훈련된 매라도 서역에는 모래 폭풍 같은 초자연적인 일도 일어나니까요"

"…저희로서는 최선을 다한 겁니다. 남은 건 하늘에 맡기는 수밖에 없겠지요."

팽가운의 앞, 일 장로로 부임한 지 얼마 안 된 팽문(彭門)이 입술을 지그시 다문 채 묵례를 해 보였다.

덜그럭.

팽가운은 탁자 위에 놓인 자신의 도를 집어 들었다.

그것을 허리춤에 단단히 고정시키던 그는 일 장로의 애매한 표정을 보더니 나직이 말했다.

"혹 장로들은 아직도 제 결정을 아쉬워하고 있습니까?"

"가주의 결정인데 설마 그러기야 하겠습니까. 그런 것보다 소인이 이 자리의 무게를 감당하기가 좀 벅찬 것입니다."

일 장로 팽문은 팽인호가 죽고 장로 회의에서 선출된 사람이었다.

원래 직위는 오 장로였지만 이 장로와 삼 장로, 사 장로까지 직을 차례로 거부하자 결국 그가 나서서 직을 이어받은 것이다.

"가주, 그래도 한마디 하자면……."

고개를 숙이던 일 장로가 잠시 뜸을 들이다 말을 이었다.

"봉문(封門)은 조금 성급한 면이 있지 않았나 합니다. 물질적으로도 많은 어려움이 따르지만, 앞으로의 역사에 두고두고 회자될 테니까요."

팽가운이 봉문을 결정했을 때 장로들은 극렬히 반대했다.

자신들이 큰 잘못을 저지른 것은 맞지만 이 정도로 모든 책임을 뒤집어쓴다는 건 납득하기 힘들었다.

소위 명가라 불리는 곳들도 드러나지 않을 뿐 모두들 크고 작은 잘못들을 저지른다.

이렇든 저렇든, 굳이 봉문이라는 극단적인 방법밖에 없었냐는 회의론이 일어나는 것이다.

"일 장로, 우리가 언제 잘못된 선택을 했습니까?"

팽가운은 일 장로를 향해 더없이 진중한 표정으로 말했다.

"팽가의 선택은 늘 옳았습니다. 그러니 지금의 결정 역시 옳은 것입니다."

일 장로의 눈빛이 미묘하게 가라앉았다.

몇 주 전. 공식 석상에서 했던 팽가운의 말을 다시 한번 떠올렸다.

본가의 결정은 늘 옳았다. 이번 결정도 당연히 그렇다. 아니라면 누구든 내 앞에서 거짓이라 외쳐라!

당시 그 발언은 장로와 당주들의 의견을 단숨에 눌러 버릴 만큼 강력했다.

봉문으로 무너져 버린 팽가의 체면. 오히려 그것을 자긍심으로 고쳐시켜 사람들을 설득했다.

"그건 그렇고 다들 모여 있습니까?"

팽가운의 말에 일 장로가 번뜩 정신을 차렸다.

"모두들 중정에서 가주를 기다리고 있습니다."

그가 지극히 공손한 말투로 예를 차렸다.

"그럼 가십시다."

투욱.

팽가운은 탁자 한 곳으로 손을 뻗으며 말을 이었다.

"팽가의 부흥을 위해서 말이지요."

본인의 애도(愛刀)와 함께 놓여 있는 서책을 조심히 집어 든 팽가운.

낡고 두꺼운 책 겉면에 쓰여 있는 검은 붓글씨에서 다섯 글자가 선명히 빛나고 있었다.

오호단문도

한때 강호 최강의 절기라는 이름을 얻었던 팽가의 절학이었다.

         *   *   *

황성의 동쪽.

예부 직속 관할인 종인부(宗人府:황실의 호적 담당) 아래에서 크나큰 연회가 한창이었다.

이곳에 모인 대소 신료들만 어림잡아 삼백 명.

대부분 고관대작들이었고 그 외에는 금의위와 지붕 위에 경계를 서고 있는 궁사들이었다.

"지루하구나."

연회가 한창이던 중, 용상에 앉아 있던 금관을 쓴 노인이 말하자 딸랑! 그 옆에 수족처럼 붙어 움직이던 내시가 종을 쳤다.

스르륵. 스륵.

음악에 맞춰 흥취를 돋우던 광대들이 일시에 굳은 얼굴로 동작을 멈췄다. 그들을 보며 금관의 노인이 크게 하품을 했다.

"하아, 고작 이것밖에 없더냐? 좀 역동적이고 흥분시킬 수 있는 놀이는 없는가?"

'또 변덕이군.'

'야단났구먼.'

대신들은 서로 눈치를 보며 숨을 죽였다.

최근 무슨 심경인지, 황제는 심심하면 사람들을 불러 연회를 열었다.

오늘만 해도 어전회의 도중에 따분하다는 말로 회의를 작파하고, 급히 이런 자리를 마련한 것이다.

"쯧쯧. 이런 때도 눈치만 보고 나서는 자 하나 없다니……."

자신의 말에 신료들이 고개만 숙이고 있자 황제가 인상을 잔뜩 찌푸렸다.

혀를 찬 그는 할 수 없다는 듯 대신들을 향해 소리쳤다.

"오늘 나를 즐겁게 해주는 자에게 금 열 관을 하사하겠다."

"……!"

대신들의 표정이 크게 둘로 갈렸다.

국정을 논하는 자신들이 이런 광대 취급을 받아야 하는가 하는 치욕스러운 얼굴이 있고, 한편으론 이것이 황제의 눈에 들

수 있는 기회라고 눈을 번뜩이는 이들이 있었다.

"폐하! 소신이……."

"폐하! 이 더운 날, 따분함을 한 번에 날려 버리기 위해 소인이 특별히 사자춤을 준비했습니다."

으레 그렇듯 이런 때는 목소리 크고 먼저 나서는 놈이 눈에 들어오게 마련이다.

"사자춤? 것도 재밌겠구나. 어서 한번 펼쳐보거라."

턱을 괸 자세로 무감정하던 황제가 처음으로 흥미를 보였다.

허락을 받은 예부의 대신 하나가 돌아서며 소리쳤다.

"뭐 하느냐! 이들을 물리고 준비한 이들을 어서 데리고 와라!"

우르르. 우르르르.

시위들이 손짓하자 광대들은 급히 짐을 챙기며 하늘 같은 어르신들 앞에서 떠났다.

두두두두둥—!

잠시 뒤 북소리와 함께 멀리 떨어진 남문에서 사자 인형이 슬쩍 고개를 내밀었다.

"허어!"

"크하하!"

각료 대신들과 조금 떨어져 있던 관리들이 그 모습을 보고 웃음을 터뜨렸다.

설마하니 말 떨어지기 무섭게 바로 나올 줄은 생각도 못 한 것이다. 준비성이라면 대단한 준비성이었다.

두두둥—! 두두두둥—!

누런색으로 만든 사자 인형이 발바닥으로 바닥을 긁어대며 으르렁대는 모습은 사자의 습성을 완벽히 구현해 내고 있었다.

등과 허리가 물결치듯 움직이고, 그에 맞춰 수시로 방향이 꺾이는 머리.

사람 셋이 움직이고 있다고는 느끼지 못할 정도로 생동감이 전해져 왔다.

사자탈은 그렇게 컹컹거리는 우스꽝스러운 동작으로 점점 앞으로 다가왔다.

두두두두두둥.

공터 중앙에서 기세등등하게 춤을 추던 중 북소리가 울리기 시작했다.

사람들의 시선이 남문 쪽으로 움직였다.

"다른 사자다!"

"이번엔 붉은 놈이야!"

사람들의 말대로 붉은색 사자 인형이 어슬렁거리며 얼굴을 흔들어 댔다.

조금 전 노란 사자보다도 인상이 더 험악하고 몸체도 훨씬 길었다.

크으으웅! 크으으웅!

으르릉! 으허헝!

둘은 곧 중앙에서 만난 뒤, 빙글빙글 돌며 서로를 탐색하기 시작했다.

"한바탕하려나 보구나!"

오래간만에 보는 거창한 투기(鬪技). 그것도 사자춤이라는 드문 광경 때문일까. 느긋하게 바라보던 황제는 그제야 제대로 된 관심을 보였다.

퍼퍼펏.

먼저 나선 것은 누런 사자였다.

세 명으로 움직이는 작은 사자는 짧은 몸을 이용해 붉은색 사자의 꼬리를 쫓다가 그대로 공격했다.

휘릭.

그 순간 붉은색 사자가 몸을 공중으로 비틀며 가뿐히 피해 냈다.

완벽하게 합을 맞춘 여섯이 제자리에서 뛰어 사자의 몸을 돌린 것이다.

"와! 훌륭하다!"

"대단하다!"

짝짝짝.

관리들이 저마다 박수를 치며 환호성을 질렀다.

공중제비와 흡사한 움직임을 보이는 붉은색 사자는 필시 무예를 익힌 자들의 몸짓이다.

그러지 않고는 저런 움직임을 보일 수가 없었다.

"붉은 사자의 공격이다!"

재빠르게 자세를 잡은 붉은 사자가 공격 기회를 엿보듯 다리를 내밀고 머리를 사납게 흔들었다.

매서운 기세에 주춤거리던 누런 사자가 일순간 오른쪽으로 몸을 꺾는 듯하더니 사자 얼굴을 들고 있던 사람부터 차례대로 도약했다.

"일어섰다!"

"공격이다!"

파팟.

파파팟.

붉은 사자의 얼굴과 몸이 위로 치솟자 누런 사자는 한 박자 늦게 반응하며 솟아올랐다.

그것이 승패를 결정지었다.

버버벅!

뒤늦게 도약한 누런 사자를 받쳐 든 세 사내는 앞서 달려든 붉은 사자의 발길질에 중심을 잃었다.

쿠당탕탕.

그리고 바닥에 떨어질 때쯤 사자 인형을 놓치고 그대로 자지러져 버렸다.

"역시! 붉은 사자!"

"안 된다고 했지?"

여기저기서 박수 소리가 터져 나왔다. 상대를 한 번에 제압한 붉은색 사자는 머리를 세차게 흔들며 이내 황제를 향해 서서 조용히 머리를 조아려 보였다.

"하하하! 멋지구나! 과연 붉은 사자다! 붉은색과 어울리게 제대로 무예를 익힌 자들이구나!"

황제는 손뼉을 치며 웃었다.

싸움이 좀 더 길었으면 좋았겠단 생각이 들었지만 이 정도만으로도 충분히 재미가 있었다.

"솜씨를 보아하니 뛰어난 무인들인 것 같은데 얼굴 한번 보자꾸나."

"……."

황제의 말에도 사자 인형을 들고 있는 사람들은 아무런 반응이 없었다.

"뭐 하느냐! 어서 얼굴을 보이지 않고!"

그러자 밑에 조용히 있던 대신 하나가 소리쳤다.

"천한 것들이 귀까지 먹었느냐! 감히 천자께서 얼굴을 보일 기회를 주시는데 무얼 주저하는 게야."

"너무 채근하지 마라. 저들이 무얼 알겠느뇨."

황제가 점잖은 척 타이르듯 말했다.

스륵.

조용히 침묵을 지키고 있던 붉은 사자 인형이 천천히 몸을 일으켰다. 그 탈 안에서 누군가 나직이 말했다.

"하늘을 대신해 벌을 내린다."

"뭐?"

다다닥.

말이 끝나자마자 사자가 빠르게 움직이기 시작했다. 길게 늘어져 있던 인형이 부욱! 북! 갈기갈기 찢겨 나가고, 사자의 얼굴 탈, 즉 가장 선두에 선 자가 황제를 향해 뭔가를 집어 던졌다.

파파팟.

그 순간 용상 주위에 있던 금의위들이 빠르게 달려들며 그들의 접근을 막았다.

"암습이다!"

"황상을 지켜라!"

여섯은 사자에게 달려들고, 여섯은 황제를 온몸으로 보호했다. 남은 인원들 중 하나는 그들이 날린 물체를 단숨에 칼로 내리쳤다.

콰아아아아아아앙!

엄청난 폭발이 일대를 뒤흔들었다.

황제의 지척에서.

*   *   *

"참 더운 날씨구먼."

전각 위에서 창밖을 바라보는 사내의 표정은 매우 흥미로웠다.

종인부. 지금 황제가 있는 곳에서 어마어마한 불꽃이 치솟는 것을 보며, 그는 기다리던 친구를 본 사람처럼 반갑게 웃고 있었다.

스스스스.

멀리서도 아수라장이 한눈에 보인다. 천천히 여름의 바람이 연기를 걷어내는 것을 보며 그는 삐죽 입꼬리를 올렸다.

"너무 꼭꼭 숨기면 이쪽에서 먼저 손을 쓸 수밖에 없지 않습니까. 이제……."

타악.

영민왕은 뿌연 연기를 눈에 담은 채 천천히 창문을 닫으며 말을 이었다.

"감추지 말고 행동으로 보여주시지요, 황제 폐하."

✻   ✻   ✻

"자네, 그 말 들었어?"

"응. 자네도?"

하북 일대에 괴이한 소문이 나돌기 시작했다.

신비한 도사 몇이 시중을 돌아다니며 방문을 뿌린 지 오래되었다.

그 말에 따르면 병이 낫는다는 둥 힘을 얻게 된다는 둥 심지어 영생을 얻는다는 얘기도 있었다.

그중에 사람들의 귀를 솔깃하게 만드는 말은 도사의 말을 따른 이들이 큰 부자가 되었다는 것이었다.

달그락. 달그락.

"저기 봐, 저거!"

"어어……."

특히 소문이 현실로 드러날 때 그 여파는 더욱 커진다.

사람들은 마차 창문을 열고 해맑게 웃고 있는 젊은 여인을 보고 입을 벌렸다.

"저거 아랫마을 점순이 아녀?"

"말도 안 되는……. 맞구나. 세상에, 옷이 날개라더니……."

"어찌 저리 고와졌누……."

가난한 여염집 처자가 하루아침에 으리으리한 마차를 타고 다닌다.

그 옆에서 히히 웃는 가족들은 며칠 전까지만 하더라도 초근목피로 끼니를 때우던 자들이었다.

"대체 어디서 돈이 떨어진 거여?"

"떨어졌다라……. 그 말이 맞지."

뻐억. 뻑.

곰방대를 물고 유유자적하게 대답하는 노인에게 사람들의 시선이 몰렸다.

"자넨?"

"허, 장우 아닌가. 이게 갑자기 뭐야?"

"뭐는 뭘. 갑자기 재신(財神)을 영접한 게지."

끌끌끌.

며칠 전까지만 해도 누더기에 거지꼴을 하고 다니던 초로의 노인이 비단옷을 걸치고 짤랑, 돈주머니를 열어 보였다.

"세상이 변하고 있네. 자네들, 내가 한잔 살 테니 이야기나 좀 들어보겠나?"

"어어……."

입성이 바뀌고 사람도 바뀌었다. 분명 어제까지 자신들보다 못했던 처지의 사람이, 하루아침에 높고 부유한 사람처럼 변해 버렸다.

하지만 그런 것을 단속해야 할 관군은 조용했다.

그렇게 두 달.

천천히 세상에 파도가 일고 있었다.

*　　　*　　　*

끼이이익.

어두운 골목길.

등에 대도를 멘 자가 제 키보다 작은 판자문을 열고 몸을 굽혀 들어왔다.

"전부 처리했습니다."

처억.

검은 피풍의를 입은 염악이었다.

"몇 명이 있던가?"

남루한 탁자 앞, 호롱불에 의지해 앉아 있던 광휘가 물었다.

"신녀 한 명과 신도 여섯. 이번에는 폭굉은 없었습니다."

"흠."

광휘는 눈을 감은 채 고개를 끄덕였다.

스윽.

염악은 멋쩍게 머리를 긁으며 주위를 둘러보았다.

먼저 온 대원 둘은 이미 임무를 완수했는지 여유로운 자세로 앉아 있었다.

문득 습관처럼 방호에게 장난을 치려던 그는 곧 마음을 돌렸다. 다들 하나같이 표정이 굳어 있는 걸 본 것이다.

"단장, 걱정이 있으십니까?"

염악이 조용히 몸을 사려 앉자, 한쪽에서 말없이 시립하고 있던 구문중이 말했다.

그는 도지휘사가 한 번 사라졌다가 돌아온 후, 아예 광휘와 함께 임무를 수행하고 있었다.

침묵하던 광휘가 감았던 눈을 슬며시 뜨곤 말했다.

"아무리 생각해도 이건 은자림의 방식이 아니다."

"……"

사사삭.

광휘의 말에 대원들의 시선이 그에게로 쏠렸다.

"이제껏 은자림은 개방과 하오문의 눈을 속일 정도로 은밀히 움직여 왔다. 한데 지금은 누구든 정보를 접할 수 있도록 방만한 태도를 보이고 있다. 일부러 흘리고 있다고밖엔 생각이 안 돼."

도지휘사가 사라진 지 두 달 동안 하북에서는 무림이고 세간이고 간에 이상한 일이 연이어 일어났다.

바짝 긴장하고 있던 개방과 하오문은 즉각 정보를 모아 왔다. 그건 딱히 어려운 일도 아니었다.

그게 마음에 걸렸다. 이건 마치 은자림이, 자신들 세력이 커지기 전에 먼저 죽여 달라는 것으로밖에 보이지 않았다.

'무엇보다 너무 약해……'

지금 드러난 은자림의 세력은 보잘것없었다. 과거의 그들과는 비교조차 할 수 없을 정도로.

"혹 삼괴사(三傀士)라는 말을 들어본 적 있느냐?"

광휘가 묻자 구문중이 기억을 더듬었다.

"예전에 신녀(神女), 신마(神魔), 신자(神者)들을 가리켜 그리 부른다고 들은 적이 있습니다."

"그래."

광휘는 슬쩍 고개를 돌리며 말을 이었다.

"은자림이 무서운 건 바로 그들 때문이었지. 한데 지금은 신녀는 있는데 신마와 신자가 보이지 않아."

"음."

그 말에 대원들이 고개를 끄덕였다.

당시 흑우단으로 있던 광휘와 달리 이들은 막부단으로 활동하고 있었다. 그래서 직접적으로 은자림을 상대하지는 않았지만 간간이 살수 암살단의 정보를 공유한 것도 있었다.

신녀.

그들은 양민들을 신도의 길로 이끄는 실질적인 존재다.

사람들을 사술로 현혹하고 불안감을 증폭시켜 조종에 용이하게 만드는, 은자림을 벌통으로 보면 그 안에서 수많은 새끼벌을 만드는 여왕벌이다.

그리고 신마.

그들은 마인(魔人)들이었다. 극한의 마공을 익혀 이성을 잃은 대신 사람을 죽이는 데 거리낌이 없고 무공은 하나하나가 백대

고수라 불릴 정도로 강력했다.

무엇보다 그들이 무서운 것은 바로 신자들을 양산해 낸다는 점이다.

'백중건을 죽인 살수……'

신자.

그들은 무인 혹은 양민 중에서 가려 뽑은 폭굉을 들고 덤벼드는 살수들이다.

어떤 의미에서 가장 공포스러운 자들이다. 과거 십대고수 중의 하나였던 백중건의 죽음이 그를 증명한다.

목숨을 버리는 것을 두려워하지 않고 오히려 내세에 대한 기대로 웃으면서 죽어가는 자들이다.

은자림이 인간적으로 이해할 수 없는 집단임을 여실히 드러내 주고 있었다.

'신마와 신자들은 다 죽은 것인가……. 아니지. 운 각사란 놈이 신마였어.'

그가 살아났다면 다른 놈들이 살아났을 가능성도 염두에 두어야 한다.

그들은 곳곳에 알을 까는 기생충이다.

자칫 소홀히 했다간 잠깐 사이 전 중원으로, 심지어 세외로까지 광범위하게 퍼져 나간다.

광휘가 은자림에 대해 생각에 잠겨 있던 때였다.

"단장."

판자문을 열고 누군가 들어오며 말했다. 웅산군이었다.

"덩어리를 찾았습니다. 다른 은신처와 달리 신녀와 신도들의 수가 몇 배나 많습니다."

번뜩!

광휘가 눈을 뜨고 자리에서 일어났다.

"가자."

그가 밖으로 나가자 대원들도 곧장 뒤따라 움직였다.

✳   ✳   ✳

"대저 왕후장상이 어찌 씨가 있겠는가!"

한 무리의 사람들 속에서 노인 하나가 횃불을 들고 외치고 있었다.

"아무리 하늘인들! 어찌 땅이 없이 있을 수 있는가! 무지렁이 민초들의 뜻이 없이 어찌 제왕이 일어설 수 있는가!"

우글우글.

한 마을 사람들이 모두 참석한 듯 수백 명에 육박했다.

노인의 말이 감히 하늘(天)을 넘보는 불온한 말임에도 그들은 불안해하기는커녕 오히려 기대를 가지고 술렁였다.

"언제까지 초근목피로 연명하다가 굶어 죽을까, 맞아 죽을까 전전긍긍하며 살아야 하는가! 더는 이렇게 살 수 없다! 대저 하늘이라면, 진짜 하늘이라면 당연히 호생지덕(好生之德) 또한 가지고 있는 법!"

옛사람의 문자까지 늘어놓으며 노인은 사람들을 선동하고 있었다.

우우우우…….

분위기에 취한 것인지 아니면 모두에게 한 잔씩 돌아간 유달리 누런 농주에 취한 것인지, 사람들의 얼굴은 잔뜩 붉어져 있었다.

수백의 흐릿하게 변한 시선이 그들 앞에 높이 만들어진 제단을 향해 있었다.

"불의를 보고 이제껏 참을 수밖에 없었던 이여."

사악.

회색 외의를 입고 얼굴을 가린 수십 명의 신도들이 제단으로 올라섰다.

"억울함에 가슴을 치며, 그저 눈물을 삼켜온 이들이여."

사악.

연설을 하던 노인이 손을 앞으로 내밀고는 잡아끌듯 말을 이었다.

"이제 나서시오, 전사로서. 우리를 핍박해 오던 부당한 칼날에 맞설 의지가 있는 사람들은."

우우우우…….

그 말에 사람들이 웅성거리기 시작했다.

돈, 힘 그리고 건강까지.

이제껏 저 제단에서 노인의 손을 잡은 이들은 모두들 소원하던 것을 얻었다.

지금 이 자리에 있는 사람들은 그 엄청난 기적들의 증인이기도 했다.

"가족이 걱정되는가? 걱정하지 마라. 형제들이 도울 것이다. 죽음이 두려운가? 대체 무엇이. 이제껏 살아온 버러지 같은 삶과 다른 게 무엇이기에. 아직도 참으려는가? 평생을 일구어온 전답을, 길러온 자식을, 어여쁜 아내를 도적 같은 놈들에게 빼앗기면서 영원히 그렇게 사시려는가?"

부르르르…….

파들파들…….

선동의 고전은 협박과 회유다. 따를 경우 원하는 것을 얻을 수 있고, 따르지 않으면 기존에 가진 것도 모두 빼앗긴다는 것이 그 핵심이다.

"나……. 나가봐야겠어."

무겁게 침음하며 장한 하나가 일어섰다.

주변에 있던 자들이 불현듯 고개를 끄덕였다.

그는 소적리에 사는 농군으로, 얼마 전 터무니없는 세금이 나와 겨우 빌린 돈으로 물었지만 말도 안 되는 트집을 잡아 관리에게 아내까지 빼앗긴 남자였다.

"나도 나가지."

"나도, 나도!"

우르르르!

한 명이 두 명이 되고, 두 명이 십여 명이 되었다. 물꼬가 터진 듯 수십 명의 사람들이 단상으로 올라갔다.

화르르륵!

횃불을 들고 선 신도들 사이로 소복을 입은 여인들이 나타났다.

숫자는 모두 다섯이었는데 그중 하나가 전사가 되겠다고 걸어 나온 사람들 앞으로 다가갔다.

"천명을 밝히세요."

"천명……?"

뜬금없는 문자에 무지렁이 농부가 갸웃하자, 신녀가 친절하게 미소 지었다.

"그대 스스로의 이름과 이제껏 살아온 삶을 말함입니다."

"저, 저는… 나이 서른셋! 운화리. 농사일을 하고 있으며 자식 셋이 있습니다!"

얼굴이 땡볕에 그을린, 삼십 줄의 남자였다.

그를 보고 여인은 상냥하게, 그러나 묘한 위압감을 가지고 고개를 끄덕였다.

"손을 내미세요, 전사여."

부르르르!

여인의 손짓에 남자가 몸을 떨었다.

평생을 얌전히 순응하며 살아온 그도 직감했다. 지금 이 손을 잡으면 더는 되돌릴 수 없다는 것을.

"저, 정말 힘을 얻게 되는 겁니까? 돈도 많이 벌 수 있는 거지요?"

"믿으세요. 그리 이루어질 테니. 이제껏 수많은 동도들을 지켜보지 않았습니까?"

"잘… 부탁드립니다."

여인의 말에 남자는 숨을 들이마시고는 손을 내밀었다.

삭.

여인은 천천히 그의 손을 마주 잡고는 주문을 중얼거리기 시작했다.

"아라타샤 아타샤……."

남자는 숨죽여 기다렸다. 이제껏 이런 장면은 단상 아래에서 수도 없이 보았다. 그게 무슨 효과가 있는지 볼 때마다 의문스러웠다.

"헛!"

부르르!

곧 그도 느끼게 되었다. 온몸이 벼락 맞은 듯 떨려 오며 미증유의, 알 수 없는 힘이 들어차는 것을.

파라락! 사아아악!

홍채가 커지고 작아지기를 반복하더니 농부의 검은 눈동자가 일순 황록색으로 물들었다.

"훗."

그 시간은 짧았다. 그는 곧 탈진한 듯 자리에 주저앉았다.

신녀가 그를 스쳐 지나가며 작게 웃음을 흘릴 때, 사내의 눈동자는 원래대로 검게 돌아와 있었다.

"그대는?"

"정대라 합니다! 나이 스물여섯! 정한읍에서 장사를 하고 있습니다!"

이번에는 청년이었다.

그는 신상 내력을 밝히고는 앞선 사내와 달리 기다렸다는 듯 불쑥 손을 내밀었다.

"아라타샤. 아라샤……."

"……!"

여인이 주문을 외자 그의 눈도 곧 황록색으로 물들었다.

다시 눈동자가 검게 돌아온 뒤, 사내는 휘청거리다가 급히 고개를 숙였다.

"감사합니다!"

첫 번째 사내와 달리 그에게서는 힘과 젊은이 특유의 패기가 넘쳐흘렀다.

"그대는 이쪽으로 서세요."

신녀가 살짝 눈에 이채를 띠더니 그를 반대 방향에 세웠다.

그녀의 손길을 기다리던 사람들의 얼굴에 선망의 빛이 떠올랐다.

"감사합니다!"

어디에 쓰이는지 모르지만, 저렇게 따로 세워진 이들은 특별히 교의 기둥으로 선발되곤 했던 것이다. 보수도, 대우도 다른 누구보다 더 좋게 받곤 했다.

스윽.

신녀가 다시 돌아보았다.

이번엔 체구가 보통 사내들보다 족히 두 배나 되는 자였다.

"거진리. 말을 키우는 목부(牧夫:목장에서 가축을 키우는 사람)입니다!"

목소리도 덩치만큼이나 컸다. 사내가 조심조심 손을 내밀자 여인이 얼굴에 묘한 빛을 띠었다.

"……?"

사람들은 의아하게 바라보았다. 당연히 손을 잡아주어야 할 신녀가 무언가를 살피는 듯 멈췄기 때문이다.

"…그래. 거진리에서 오신 목부여."

이윽고 여인의 입에서 싸늘한 목소리가 흘러나왔다.

"여긴 왜 왔니?"

"……!"

순간 덩치 큰 장한이 입꼬리를 올렸다.

기다렸다는 듯 사내의 주먹이 여인에게로 뻗어 갔다.

패애애액.

그는 다름 아닌 웅산군이었다.

第四章

새로운 세상

퍼억!

상대를 정확히 타격했음에도 웅산군의 표정은 좋지 않았다.

손에 감촉이 없었다.

'언제 환술을 쓴 거지?'

스스스스.

과연, 뒤로 쭉 밀려 나가던 신녀의 몸이 한순간 시야에서 사라졌다.

곧 주위에는 사물조차 분간할 수 없을 만큼 짙은 어둠이 내리깔렸다.

"환술은 사람 내면의 슬픔과 고통, 외로움 같은 나약한 감정을 파고들어 흔드는 것이다."

문득, 지난번 실책 후 광휘가 두 번 세 번 주입하듯 가르친 말이 떠올랐다.

"그렇기에 경험해 보지 않고서 벗어나기란 쉽지 않다. 하나 웅산군, 넌 객관적으로 볼 때 뛰어난 무인이다. 환술사와 달리 스스로 성취를 얻어낸 무인들은, 이런 때도 빠져나갈 방법이 있다."

"으으으……."
"아으으으으……."
뚜둑뚜둑.
어둠이 깔린 웅산군의 눈에 흐릿한 뭔가가 감지되었다.
시체들이었다.
묘지 안에 묻혀 있어야 할 뼈다귀들이 산 사람처럼 어기적어기적 웅산군을 향해 걸어오고 있었다.

"일단 환술에 걸리면 눈에 보이는 모든 것을 의심해라. 시각은 아예 배제해라. 청각에도 너무 의존하지 마라. 생각을 비우고 감각 자체에 집중해라."

"이봐, 눈 떠봐. 불편하지 않아?"
"앞을 보지 않으면서 어떻게 우릴 막으려고?"

소곤소곤 들려오는 어린아이의 목소리, 음울한 노인의 목소리.

꾸욱!

웅산군은 광휘가 말한 대로 눈을 감으며 소리를, 다른 감각의 경고를 듣기 위해 노력했다.

"환술은 인간이 통제하는 모든 감각을 교란한다. 분명 위협적이지. 하나 거짓은 오래가지 못한다. 환술은 결국 스스로 진체(眞體)를 드러낸다. 그러니 당황하지 말고 침착해라, 웅산군. 주위에서 떠드는 목소리가 아닌 네 내면에서 속삭이는 목소리에 귀를 기울여라."

"이놈! 죽여 버리겠다! 우리가 네 심장을 파먹을 거라고!"

"거기 청년! 도망치세요! 이 사람들 모두 미쳤어요!"

이번엔 앓는 소리와 미친 여인의 울부짖는 목소리가 차례로 들렸다.

웅산군은 더욱 정신을 집중했다. 소리를 듣고 반응하는 대신 스스로의 감각을, 내면의 본능을 발톱처럼 세우며 기다렸다.

쐐애애액.

"……!"

그러던 어느 순간 무언가 날아오는 감각에 그는 즉각 몸을 움직였다. 뒤쪽이다. 반사적으로 뻗어 나간 웅산군의 권기가 어둠 속의 불쾌감을 찢어발겼다.

퍼어어억!

채애앵!

공격과 함께 깨져 버린 환영 사이로 신도 한 명이 왈칵! 피를 내뿜으며 쓰러졌다.

투욱.

웅산군이 눈을 뜨자 때마침 놋쇠구가 굴러 오고 있었다.

"흥!"

웅산군은 콧방귀를 뀌며 기다렸다는 듯 두 손을 모았다.

콰아아아앙!

폭발의 열기가 온몸을 덮쳐 오는 순간, 가공할 광풍이 그의 손에서 쏟아져 나왔다.

*　　　　*　　　　*

콰아아앙!

"카아악!"

"악!"

지축을 뒤흔드는 폭발에 사람들이 비명을 지르며 넘어졌다.

폭발이 일었던 교단. 그곳에서 불꽃이 잡아먹히듯 천천히 사그라지고 있었다.

스으으으.

연기가 걷히자 웅산군의 모습이 드러났다. 불꽃에 잔뜩 그슬린 그의 꼴은 엉망이었다.

하지만 눈만은 형형한 정광을 뿜고 있었다.

"끄윽!"

반면에 그의 맞은편, 웅산군에게 조소를 보내던 신녀는 왈칵 피를 뿜어내며 절명했다.

부지불식간에 뻗어 나온 웅산군의 권강이 폭굉의 폭발을 뚫고 그녀를 일 합에 쓰러뜨려 버린 것이다.

"두 번은 안 통해."

싸늘하게 변한 웅산군의 시선이 주위를 훑었다.

"쳐!"

철컥. 철컥.

교단의 누군가가 외쳤다. 그러자 위와 아래에 포진해 있던 신도들이 즉각 움직였다.

쉬쉬익!

"컥!"

"커억!"

하나 웅산군에게 차마 다가서기도 전에 어육처럼 쓸려 나갔다.

사람들 사이에 숨어 있던 광휘와 천중단 단원들이 행동을 개시한 것이다.

"꺄아악!"

"으아악!"

"사람들부터 피신시켜라!"

광휘가 외침과 함께 뛰어올랐다.

쏴악!

그가 내던진 거대한 구마도가 땅을 가르며 광신도와 양민들의 무리를 둘로 쪼개 놓았다.

"이, 이게 무슨⋯⋯!"

"이들은 사특한 역적의 무리요! 모반과 무관한 양민들은 즉각 이쪽으로 오시오!"

방호가 소림의 사자후를 토해냈다.

"흐어억!"

모반과 역적이란 말에 사람들은 기겁해서 우르르 몰렸다.

지난번과 달리 여기 모인 사람들은 신녀에게 철두철미하게 충성하는 사람들이 아니었다. 이제 막 교인으로 만들려는, 아직 독니가 박히기 전의 사람들이었다.

애초에 천중단이 숨어들 수 있었던 것도 이 때문이었다.

안전한 길을 미리 봐둔 방호의 인도에, 사람들은 일시에 빠져나갔다.

"수고했다."

투욱.

웅산군 옆으로 떨어져 내린 광휘가 한숨을 토해냈다. 그는 주위를 훑어보며 고개를 끄덕였다.

"여긴 내가 맡겠다. 너는 방호를 도와라."

"알겠습니다."

지난번의 실수를 털어낸 웅산군은 곧장 뒤로 빠졌다.

홀로 남은 광휘는 가늘게 뜬 눈으로 주변 적들의 숫자를 파악했다.

'신녀 넷. 신도 스물여섯.'

조금 전 죽은 신녀와 달리 모두 가면을 쓴 채로 서 있었다.

만만한 숫자는 아니었다.

하나 그들의 능력이 자신이 예상한 범주 안에 있다면 까다롭진 않을 것이다.

"아라타샤 아라샤……."

"아라타샤……."

"아라타……."

"아라샤……."

광휘를 향해 신녀들이 바쁘게 주문을 외우기 시작했다.

웅산군이 물러나는데도 따라가지 않는 것을 보면 그들은 광휘를 더 위협적으로 본 모양이다.

치치치칫.

불꽃이 튀듯 신녀 주위로 땅이 바삭바삭 타들어 갔다. 동시에 역한 그을음 냄새가 퍼졌다.

그사이 광휘는 괴구검을 빼 든 채 기다렸다.

본시 기술이든 환술이든 쏘아져 나오는 순간에 가장 허점이 드러나는 법이니까.

쩌어어엉!

녹광이 합을 맞추며 광휘에게로 일제히 쏟아져 나가는 순간.

패애애액!

광휘가 구마도를 크게 휘둘렀다. 단번에 여러 줄기로 뻗어 나간 검기 하나가 우측에 있는 신녀에게로 향했다.

"악!"

검기에 맞은 신녀 한 명이 날카로운 비명을 울렸다.

'웬 비명 소리가…….'

광휘는 일순 멈칫했다. 그의 눈이 바닥에 쓰러진 신녀에게 옮겨 가려 할 때였다.

파파파팟.

광신도 하나가 광휘에게 달려 나가며 검을 휘둘렀다.

패애애액.

"컥!"

당연하게도 그는 광휘의 반격에 맥없이 쓰러졌다.

간단한 베기였다. 삼류 무인이라도 일단 가슴 앞을 막을 수밖에 없는 눈에 보이는 공격.

'신도들의 무공 수준이…….'

한데 그는 그조차도 하지 못한 채 죽었다. 광휘의 얼굴이 더 어두워졌다.

파파팟. 파파팟.

이번엔 모든 신도들이 덤벼들었다.

쇄애액! 쇄애애액!

사방팔방 전신을 노리고 쏘아져 오는 공격에 광휘는 이를 악물었다.

의구심이 들었지만 손속에 사정을 둘 수는 없었다. 은자림은 원래 그런 놈들이다. 항상 틈을 노리는 방식, 여기에 당한 막부단 단원이 몇이던가!

패애애액!

차라리 후회할지언정 여지를 두면 안 된다.

광휘는 일단 신녀 하나를 목표로 잡아 베어버렸다.

투욱.

그렇게 또 다른 한 명의 신녀가 명을 달리했다.

"시간을 벌어주세요!"

"한 번만 더 끌어줘요!"

살아남은 신녀 둘이 소리쳤다.

고개를 끄덕인 신도들이 이번엔 광휘 주위를 둘러싸며 동시에 달려들었다.

"컥!"

"컥!"

"악!"

맹렬하게 움직이는 광휘의 칼날에 그들은 채 접근하기도 전에 베여 나갔다.

수많은 목숨이 너무나 맥없이 떨어졌다.

타악!

그때 신녀 두 명이 달려드는 것이 광휘의 시야에 포착되었다.

파팟.

광휘는 같이 도약했다.

콰아아앙—!

그들과 맞닿은 시점에 거대한 폭발이 치솟으며 굉음이 터져 나왔다.

스으으으으.

연기가 걷혔다.

넝마 꼴이 된 광휘가 쿨럭, 선혈 한 모금을 내뱉었다.

"결국 이런 식이구나. 항상……."

주위는 잠잠해졌다.

엉망진창이 된 전장을 정리하고 피범벅이 된 염악과 구문중이 다가왔다.

"단장, 괜찮으십니까?"

"제길. 이놈들 지독하군요. 죄다 죽기 전까지 발악하고 있습니다."

휙! 휘휙!

뒤이어 방호와 웅산군도 함께 자리했다.

"단장! 양민들을 모두 대피시켰습니다."

"…수고했다."

광휘가 불편한 기색으로 고개를 끄덕이자 염악이 스윽 주변을 살폈다.

"단장, 뭔가 걸리는 게 있습니까?"

그의 경험상 단장이 저런 얼굴을 할 때는 대개 이유가 있었다. 지난번에도 저런 얼굴 직후에 폭굉이 날아들지 않았던가.

"어리구나……."

"예?"

저벅저벅.

염악이 물었지만, 광휘는 대답 대신 앞서 자신의 칼에 죽은 신녀 앞으로 다가갔다.

사악!

교단에서 움직이던 신녀들은 죄다 가면을 쓰고 있었다.

하얗게 공포와 경외를 자아내는 겉껍질을.

스륵.

여인의 가면을 벗겨내자, 앳된 여자아이의 얼굴이 드러났다.

"……?"

방호가 고개를 갸웃거렸다.

스윽, 스윽.

광휘는 신도들의 가면도 하나둘씩 벗겨냈다.

대부분 그랬다. 모두 앳되고 어려 보였다.

아무리 많이 쳐줘도 서른은 넘어가지 않는 얼굴들이었다.

광휘의 미간이 찌푸려졌다.

'전력으로 쓰일 만한 아이들이 아냐.'

과거의 은자림을 경험해 본 광휘는 그들의 무서움이 어떤지 익히 안다.

신도들은 이처럼 젊은이들도 있지만 신녀들 대부분은 중년인이나 혹은 그 이상으로 나이가 많았다.

나이가 들수록 심력이 고강하다. 연륜에 따라 환술이나 마공의 힘이 달라진다.

과거 자신에게서 도망쳤던 신녀가 보통 그 정도 수준이었다.

이들은 급조된 듯한, 고작 몇 년밖에 되지 않은 자들이었다.

"대체 이유를 모르겠구나."

신도들의 얼굴을 살피던 광휘는 대원들 쪽으로 고개를 돌렸다.

"이건 마치 자신들을 죽여달라는 것 같지 않으냐."

광휘의 물음에 천중단 단원들은 그저 혼란스럽기만 했다.

그가 무슨 생각으로 그리 말하는지 알 수가 없었던 탓이다.

'대체 이들의 의도가 무엇이었을까……'

광휘는 말없이 하늘을 올려다보았다.

아무리 생각해도 알 수 없었다.

아직 무르익지도 않은 자들을 전장에 투입한 이유, 운 각사란 자의 의중을.

*　　　*　　　*

빛을 완벽하게 차단한 방에서 운 각사는 뭐가 즐거운지 콧노래를 흥얼거리고 있었다.

노래는 꽤 오랫동안 이어졌다.

마지막 소절까지 흥얼거린 그는 어느새 탄식을 쏟아냈다.

"언제 들어도 좋구나."

드르륵.

그는 기분 좋은 표정으로 자리에서 일어났다.

습관적으로 가린 부챗살 끝에 그의 누런 이가 슬쩍 드러났다.

"하선(河善)입니다."

때마침 문밖에서 인기척이 느껴졌다.

운 각사가 나긋하게 말을 받았다.

"들어오세요."

한쪽 문이 열리고 소복을 입은 여인이 조심스레 발걸음을 옮겼다.

얼굴은 가면으로 가리고 있었고 걸을 때마다 한쪽 소매가 나풀거렸다.

과거 광휘에게 손이 잘린 그 여인이었다.

"먼 길을 오셨군요. 우선 여기 앉으시지요."

운 각사가 부채를 모아 맞은편을 가리켰다.

그런데 여인은 그의 말과는 반대로 갑자기 무릎을 꿇었다.

"뭐 하는 짓입니까?"

반사적으로 운 각사의 미간이 찌푸려졌다.

하나 여인은 더없이 진지한 얼굴로 말했다.

"오늘 정련읍에서 있었던 집회를 아십니까?"

"뭐… 큰 행사가 있었다지요?"

운 각사는 다시 평온하게 돌아온 얼굴로 말했다.

"정보가 새어 나간 것 같습니다."

"……."

"신도들을 통해 개방과 하오문의 눈을 철저히 속였다고 생각했습니다만 광휘란 자가 알아차린 모양입니다. 신녀와 신도들이 모두 죽었습니다."

"허어, 그런 일이 있었군요. 쯧쯧."

운 각사는 미간을 찌푸리며 고개를 다른 곳으로 돌렸다. 그러고는 잠시 뒤 중얼거리듯 말을 이었다.

"개방과 하오문의 정보력이 우리 예상보다 뛰어난 모양입니다."

"해서 말입니다."

여인은 말이 끝나기가 무섭게 대답했다.

"아무래도 빠른 조치를 취해주셔야 할 것 같습니다."

"조치라니요? 왜요? 지금까지 잘해오지 않았습니까."

"지금까지 죽은 신도들만 해도 이백 명이 넘습니다. 신녀들은 무려 스물 가까이 되고요. 벌써 한 달째 핵심 전력이 죽어가고 있는 상황입니다. 이대로 가다간……."

여인이 일순 머뭇거렸다. 감정이 격양된 그녀로서도 은자림의 존망을 꺼내는 것은 쉽지 않은 모양이었다.

그녀는 간헐적으로 흐느끼더니 끝내 한마디를 내뱉었다.

"도와주십시오."

"허허. 도와달라라……."

운 각사는 뒷짐을 지며 천장을 올려다보았다.

답답하게 꽉 막힌 공간이 그의 눈에 담길 때쯤 싸늘하게 변한 눈초리가 그녀에게 향했다.

"이거 참… 하선 신녀께서 말씀하시는 것을 들어보면 마치 내가 저들을 도와서 일을 망치고 있다는 얘기 같군요."

"아, 아닙니다. 소녀는 그런 뜻이 아니라……."

"맞아요."

"예?"

싸늘하게 내려다보는 운 각사의 눈은 어느새 웃음을 머금듯

반달 모양으로 변해 있었다.

"제가 했습니다. 제가 정보를 흘렸지요."

당황한 채 바라보는 여인의 앞에서 운 각사가 무릎을 꿇었다.

"이번엔 제가 부탁드리겠습니다."

덥석.

그녀의 손을 잡은 채 떨리는 목소리로 말했다.

"절 좀 도와주세요. 이렇게 간곡히 부탁드립니다."

"……."

"조금만 버티면 됩니다. 정말로 버티면 이제 모든 게 끝납니다."

여인은 목덜미에서 느껴지는 공포에 몸을 흠칫 떨었다.

운 각사는 마치 정신을 잃은 사람처럼 온몸을 떨어대고 있었다.

"얼마 남지 않았습니다. 열흘, 아니, 며칠만 더 버티면 됩니다."

"그러다 우리가 다 죽습니다!"

"알아요. 그러니까 이렇게 부탁드리는 겁니다. 예의를 차리면서 부탁드립니다."

그는 눈을 부릅뜨며 말을 이었다.

"아니, 막말로 칼 맞고 좀 죽어주면 안 됩니까? 저를 위해서 죽어줄 수도 있잖아요."

"……."

"죽어주세요. 죽어요, 좀! 죽으라고요!"

"……."

"그게 안 됩니까? 나를 위해서 죽는 게, 그게 그렇게 어렵습니까?"

눈을 희번덕거리며 얼굴을 들이대는 운 각사의 격앙된 말투에 신녀의 온몸이 바들바들 떨리고 있었다.

*   *   *

"상황이 잠잠해요."

거처에서 장련을 맞은 서혜가 입을 열었다.

최근 일주일간 은자림의 움직임이 전혀 포착되지 않았다.

얼핏 보기에는 긍정적인 신호였다.

"머리 아프네요. 참."

장련이 수척해진 얼굴로 한숨을 쉬었다.

겉으로 드러난 술렁임은 확실히 줄어들었다. 하지만 그게 폭풍 전야의 징조임은 누구나 알 수 있었다.

"업무는 어떠세요?"

"말도 못 해요."

예의상 물어본 말에도 장련은 쓴웃음만 지었다.

저잣거리에서 폭발이 일어난 지 두 달, 장씨세가의 상황은 점점 악화되어 갔다.

길 가다가 사람이 폭발에 휘말리는 일은 없어졌지만, 깊이 새겨진 공포의 골은 치명적이었다.

얌전히 밭을 갈며 고향 땅을 지키던 사람들이 하나둘씩 심주현을 떠났다.

장터에서 옹기종기 모여 말을 나누고 식사를 함께하는 모습도 보기 힘들었다.

사람이 줄어드니 밀과 쌀 등의 생필품 가격이 치솟았다. 반대로 특산품이나 장신구 같은 비싼 물품들은 가격이 떨어졌다.

한마디로 상계 전체가 휘청거리고 있는 것이다.

"괜히 피해를 보시는 것 아니에요?"

"달리 방법이 없으니까요."

역설적으로 상계로 가업을 이어가는 장씨세가는 이런 때가 큰돈을 벌 기회였다.

큰 부자는 오히려 흉년에 난다.

좋은 밭과 목 좋은 가게 등 가치 있는 땅과 건물을 헐값에 사들였다가 경기 좋을 때 풀면 그만큼의 차익을 얻을 수 있다.

하지만 장씨세가는 거꾸로 매점매석과, 가격으로 장난질 하는 상인들을 제어하고, 오히려 떠나는 사람들에게 웃돈을 치르며 이 일대의 경제를 바로잡고 있었다.

"쉽게 갈 수도 있는데……."

서혜가 말끝을 흐리자 장련은 곧장 대답했다.

"어차피 이번 일에 대처 못 하면 만금(萬金)이 무슨 소용이겠어요? 저 혼자 생각이 아니라 아버님도 동의하신 사안이에요. 더구나……."

"……."

"도와주시는 분들도 계시잖아요."

서혜의 말에 장련은 웃었다.

엄청난 부를 쌓을 기회는 날렸지만, 장씨세가는 그래도 전보다 더한 인망을 얻고 있었다.

일각에서는 하북팽가보다 더 좋게 볼 정도였다.

당장은 힘들지만 이런 것이 바로 진정한 명가 아니겠는가.

애초에 민심을 얻어왔기에 묵객도, 광휘도 자기 일처럼 나서주지 않았던가.

그녀는 그렇게 생각했다.

"그건 그렇고… 뭔가 특이한 사항이 있나요?"

서혜는 화제를 돌리며 장련을 향해 물었다.

한 달 전 하오문은 하북을 중심으로 전국 각지의 자금 이동 내역을 그녀에게 보내주었다.

문서의 양만 해도 수레 하나를 가득 채울 정도였다. 대부분 은자림이 활동하는 걸로 의심되는 지역에 대한 정보로 채워져 있었다.

장련은 한 달 가까이 밤을 새워가며 그 내용을 검토했고 엊그제야 작업이 끝났다고 알려온 것이다.

"별달리 특이한 점이 없어요."

"소저도 그렇군요."

서혜가 한숨을 쉬었다.

방에 들어온 장련이 한 아름이나 되는 서류를 안고 있길래 은근히 기대를 했었다.

한데 그녀도 딱히 수상한 점을 발견하지 못한 모양이다.

한낱 상인인 그녀가 발견할 수 있는 문제를 하오문과 자신이
발견 못 한다는 것이 더 이상했다.

"그래서 더 의심스러워요."

"무슨 말인지?"

문득 속삭이는 말에 서혜가 고개를 갸웃했다.

장련은 새카맣게 기미가 낀 눈을 문지르며 고개 저었다.

"장사를 할 때는 차마 장부에 올리지 못하는, 예를 들어 뇌물
이나 비상시를 대비하는 이른바 비자금 같은 게 필수예요. 그
때문에 장부에서는 정상이라 해도 전체 자금 흐름에서는 맞지
않는 그런 일이 일어나는 법이죠."

"흐음."

당연한 이야기다.

서혜가 고개를 끄덕이자 장련은 품에 안고 온 서류를 탁자에
주욱 펼쳤다.

"이건 하북 지방 물품값들의 추이를 써둔 거예요."

"이상한 게 있나요?"

"없어요. 그게 이상한 거예요. 상품이란 항상 가격의 변동이
있죠. 곡식만 해도 가을에는 싸고, 봄철에는 비싸고."

장련이 얼굴을 굳히고는 서혜에게 차근차근 짚어보이며 설명
했다.

"그런데 이것들은… 기본적인 인상 폭이 많아야 삼 할을 유
지하고 있어요. 알아보니 봄과 가을의 물품 가격 차이가 항상
그렇대요. 한 지역이 아니라 하북 전역에 퍼져 있는 자료예요.

이게… 말이 되는 일이에요?"

"……!"

서혜의 안색이 굳었다.

보고서상으로는 전혀 문제가 없었던 부분이다.

문제가 없는 것이 오히려 문제라고 장련은 지적하고 있었다.

"같은 마을에서 산출되는 곡식도 윗동네와 아랫동네가 달라요. 작황은 해마다 다르죠. 풍년이 들기도, 흉년이 들기도 하죠. 그 폭이 삼 할. 커도 작아도 늘 삼 할이에요. 뭔가 이상하지 않아요?"

"맙소사."

서혜의 입에서 탄식과 비슷한 음성이 흘러나왔다.

그간 그녀는 하북은 물론이고 중원 전역을 들여다보고 있었다.

너무 넓은 시각에서 보다 보니 작황의 시세 같은 세세한 부분은 살피지 못했다.

장련은 달랐다. 장사하는 사람의 입장에서 전문성 있는 분야를 집중적으로 연구했기에 그와 관련된 현장의 문제를 정확히 짚고 있었다.

"소저의 말은… 조사가 잘못됐거나 아니면 본 문에도 이미 저자들의 간세가 들어왔다는 건가요?"

서혜는 문득 거기서 나오는 결론을 듣고 소름이 끼쳤다.

만약 후자라면 본단에 올라오는 보고서를 믿을 수가 없다. 아래에서 올라오는 정보가 근원부터 오염되었다는 뜻이다.

"저로서는 알 수 없지요. 하오문일 수도 있고, 하오문이 정보를 얻는 다른 상단이 잘못 알았을 수도 있고."

장련은 신중하게 대답했다. 하지만 서혜의 얼굴은 이미 돌처럼 굳어진 채였다.

"…개방과 협조를 해봐야겠군요."

하오문은 구성원들 중에 하류 인생이 많다. 달리 말해 은자림처럼 압도적인 돈과 혹세무민하는 교리에 쉽게 오염될 수 있다는 뜻이다.

애초에 인원이 너무 많고 동류의식이 희박한 하오문의 맹점, 그걸 그대로 찔린 것이다.

"거기에 개방이 하오문을 조사하고 있다는 식으로 문 내에 경계령을 내리시면 더 좋겠죠."

"그게 무슨? 그랬다간 간자들이……. 아!"

서혜는 말하다 말고 무릎을 쳤다.

그녀 역시 정보기관의 수장이다. 장련이 말하는 바를 곧바로 알아들은 것이다.

'타초경사(打草驚蛇).'

풀을 휘저어 뱀을 놀라게 한다는 말.

여기서 풀은 개방이며 뱀은 간자로 예상되는 무리들이다.

"정말 문제가 있는 문도들이 바쁘게 움직이겠군요. 이제껏 벌여놓은 일을 수습하려면. 우리는 그들을 주시하면 되고."

"그리됐으면 좋겠어요. 그럼… 저는 이만 좀 들어가 볼게요. 어제 잠을 너무 설쳐서……."

비척비척.

장련이 검게 기미 낀 눈 밑을 문지르며 방을 나섰다. 그녀가 가져온 서류를 꼼꼼히 훑어본 서혜는 얼마 후 까득, 이를 갈았다.

딸랑딸랑!

줄을 당기자 종이 울리며 허연 무복을 입은 사내 하나가 달려왔다.

서혜는 그를 향해 무서운 얼굴로 들고 있던 보고서를 휙 내던졌다.

"보고서 다시 올리라고 해. 오 년 전의 내용까지 전부 다."

"아, 알겠습니다!"

사내의 얼굴이 핼쑥하게 질렸다.

주어진 임무의 막중함 때문도, 해야 할 일의 양 때문도 아니었다.

묵객 앞에서는 절대 드러내지 않던 서혜의 독랄한 표정 때문이었다.

* * *

우적우적.

미세한 빛줄기가 스며드는 창 없는 방.

캄캄하고 적막한 공간에서 누군가 탁자에 머리를 처박은 채 입을 우물거리고 있었다.

"크흐흐흐……."

헝클어져 산발이 된 머리에 해진 옷과 씻지도 않아 누렇게 뜬 손, 반 폐인 꼴로 게걸스레 음식을 먹는 사람은 바로 장대풍, 하북의 도지휘사였다.

끼이이익.

"……!"

우걱우걱 입에 음식을 욱여넣던 그의 손이 멎었다. 캄캄했던 방에 빛이 들어온다. 누군가 그를 찾아온 것이다.

"구경하러 오셨나?"

도지휘사는 피식 웃으며 잠시 멈췄던 손을 다시 움직였다.

우걱우걱.

싸늘히 식은 만두는 냄새마저 지독한, 저잣거리에서도 싸구려 취급당하는 저질 음식이다.

한때 한 도성의 내정을 휘두르던, 내로라하던 도지휘사가 먹을 만한 음식은 결코 아니었다.

"뭐, 내가 봐도 볼만한 광경이군. 영화를 누리고 거드름 피우던 인물을 이렇게 거지처럼 만들어놓는다면. 너희들의 힘을, 그리고 배신자가 어떻게 되는지 잘 알려주는 산 교훈이 되겠지?"

운 각사에게 붙잡혀 온 지 두 달.

빛 하나 들지 않는 캄캄한 골방에서 하루 한 번, 쓰레기 같은 음식만 먹으며 명을 이어왔다.

지치고 무력해졌던 때도 있었지만, 이제는 그걸 넘어서 분노가 차오르고 있었다.

결코 이놈들과 같은 하늘 아래 살 수 없다는 결연한 분노였다.

"어, 왜 말이 없으시나? 겁에 질린 개처럼 벌벌 떠는 모습을 보러 온 것 아니서? 아, 이것보다 더한 짓거리가 아직 남아 있는 게지? 해볼 테면 해봐. 뭘 시킬 건지 나도 이제 궁금…… 헉!"

툭.

순간 도지휘사의 눈이 부릅떠였다.

돌아보려던 그의 시선 아래로 뭔가 떨어졌기 때문이다.

그것은 사람의 잘린 목이었다.

"여기서 나가요."

반사적으로 올라간 도지휘사의 눈에 한 사람의 얼굴이 담겼다.

눈썹이 푸르고 현숙한 얼굴과는 걸맞지 않은 하얀 옷을 입은 여인이었다. 한쪽 소매가 덜렁거리는 것이 왠지 기괴하게 보였지만…….

"신도들에게 명을 내렸고, 대부분은 바깥으로 돌려놨어요. 당신이 빠져나갈 수 있는 때는 지금뿐이에요."

도지휘사의 표정에 당황스러움이 물씬 떠올랐다.

이내 그의 표정은 곧 바늘 하나 들어가지 않는 돌처럼 딱딱해졌다.

"무슨 생각인지 모르겠군. 물건처럼 이리저리 굴려대며 다루더니 이젠 날 아주 개처럼 보는가?"

여인, 하선의 눈썹이 꿈틀댔다.

하지만 도지휘사는 그런 반응에도 아랑곳하지 않고 냉담하게 말을 이었다.

"이보게, 자네 눈앞에 있는 노인이 그리 만만해 보이나? 시키면 머리를 조아리고 쥐 죽은 듯 따르니까? 뭐, 맞는 말이지. 목숨은 중하니까. 한데 그것도 모두 이런 굴욕감을 안겨다 주기 전의 얘기야."

"……."

장대풍은 여인을 노려보며 탄식했다.

"나는 정계에서 굴러먹은 놈이야. 이제껏 살아오며 겪은 흉사가 몇인 줄 아나? 고작 사람 목 하나 잘라 오면서 회유하려고? 정신 차려! 나는 도지휘사다! 수천 리의 광활한 하북의 군정을 관리하는 몸이란 말이다!"

장대풍이 개처럼 물어뜯을 듯 그녀를 노려보았다.

그를 한참 보던 여인은 뭔가 확인하려는지 슬쩍 문 쪽을 쳐다본 후 말을 이었다.

"운 각사는 미쳤어요."

"……?"

도지휘사의 눈썹이 꿈틀댔다.

이제껏 군왕처럼 떠받들던 인물을, 여인 스스로 욕할 줄은 생각지도 못한 것이다.

사락.

그녀가 눈앞으로 양피지 한 장을 내밀었다.

지도였다.

"이건 두 달간 은자림의 신녀와 신도들이 위치해 있던 곳이에요. 하북 곡양시, 용성시, 청원, 기주, 곡주, 사하, 부평, 안신, 역현, 정흥시까지 총 열 곳이죠. 한데 단 두 달 만에 모두 제거되었어요. 왜 이렇게 쉽게 당했을까요? 광휘 일당이 나섰기 때문에? 하오문과 개방이 찾아서?"

"……."

장대풍은 말을 않고 기다렸다.

여인의 눈빛은 불길이 일듯 이글거렸고, 그 눈에는 회한이 가득 찬 눈물이 흐르고 있었다.

"새로운 세상을 믿었어요. 정말로 살기 좋은, 모두가 행복해지는 그런 날이 올 거라고 믿었어요. 그래서 목숨을 던졌어요. 그런 우리의 신임을 운 각사는 장기판의 말처럼 다루었죠. 결국 우린… 이용당한 거예요."

도지휘사는 슬쩍 지도를 보며 그녀가 말했던 위치를 더듬었다. 그가 재차 그녀를 올려다보며 말했다.

"당신들도 피해자라……. 지금 그 말을 나더러 믿으라는 거요?"

어느덧 도지휘사의 말투가 바뀌었다. 하지만 여인은 초탈한 듯 하하 웃었다.

"설득할 생각 없어요. 본인이 직접 나가서 확인해 보든가, 아니면 이 자리에서 산 채로 썩든가."

"……."

도지휘사의 눈빛이 흔들렸다.

그도 노회한 정계에서 오래도록 살아남은 몸, 이 일에 어떤 흉계가 더 섞여 있든 하나는 알 수 있었다.

지금 이 여인은 진심이었다.

"운 각사는 대체 뭘 노리는 거요?"

장대풍은 사실 관심 없었다. 이들이 어떤 억울한 사연이 있든지, 무슨 뼈아픈 사연이 있든지.

하지만 이 모든 일의 뒤에 있는 운 각사, 그가 대체 무슨 생각으로 일을 벌이는지는 알아야 했다.

"전에 들은 바로는 한 여인을 찾고 있다고 했어요."

"여인? 누구?"

패액!

그때였다. 여인의 손이 문 쪽을 향해 재빠르게 움직였다.

큭!

장대풍이 있던 방으로 들어오던 무인 한 명이 그 자리에서 고꾸라졌다.

"지금 그런 말을 할 시간 없어요. 어서 나가요."

툭.

여인이 다른 지도를 내밀었다. 앞선 지도와 달리 전혀 다른 곳에 찍혀 있는 점이 보였다.

"이건 도주로예요. 제가 앞을 뚫겠지만 혹여나 신도들에게 휘말릴 경우 이걸 보고 빠져나가세요."

"내 당신을 어찌 믿고……."

"시간이 없다고요!"

버럭 소리 지르는 여인의 손이 문 쪽으로 향했다.

"컥!"

"컥!"

또다시 들어온 신도들이 고꾸라졌다.

'어쩔 것인가. 그래, 일단은…….'

장대풍의 눈동자가 영활하게 굴러갔다.

두 달간 감금해 두긴 했지만 아무런 고문이나 추가 조치가 없었다.

이런 상황에서 갑자기 풀어준다니. 분명 무언가 상대에게도 의도가 있으리라.

그렇다고 해서 여기 있는 것만큼 나쁜 일도 없다.

드륵.

그는 다급히 몸을 일으켰다.

이제 여인은 그의 앞으로 나서, 마구 손을 휘둘러 경력을 발출했다.

"컥!"

"억!"

고개를 돌리기 무섭게 픽픽 쓰러지는 은자림의 사내들이 보였다.

사락.

도지휘사는 지도를 품속에 집어넣어 소중하게 갈무리했다.

"뛰어요!"

"알겠소!"

그는 앞장선 여인을 뒤따라 이를 악물고 뛰기 시작했다. 일렁이는 횃불 사이로, 두 사람의 신형은 곧 캄캄한 어둠에 가려졌다.

* * *

"흐음……."

사박사박.

어두운 밤, 삼 층 누각 위에 있던 운 각사는 말없이 아래를 내려다보고 있었다.

멀리 거친 풀숲을 가르며 도지휘사가 허둥지둥 뛰어 달아나는 것이 보였다.

그는 빙긋이 웃었다.

기껏 감금해 두었던 인질이 풀려나 도망가는 것을 보고도, 수족처럼 움직이던 여인이 배신하는 걸 보면서도 추적을 명하지 않았다.

"불꽃이 사그라지고……."

캄캄한 어둠 속에서 그는 조용히 손을 들어 등불을 감싸 쥐었다.

"새 세상이 올 것이니라……."

파스슥.

타오르던 불꽃이 변함없이 그의 손 위에서 너울거리고 있었다.

그는 난간을 잡은 채 유유자적 사라져 가는 두 사람의 모습을 보고 있었다.

"아니지. 그건 내 세상 아닌가?"

기대 어린 얼굴로.

第五章

은자림의 의도

"보고는?"

"여기 있습니다."

방주 능시걸은 삼결 제자가 내미는 서류를 찬찬히 훑었다.

은자림의 화마가 심주현을 쓸고 지나간 이후 가장 기민하게 움직인 곳은 개방이었다.

그는 방내 최고의 고수인 십오 조를 불러들여 하북에 상주시켰다.

동시에 최전선에서 싸우는 광휘에게 끊임없이 정보를 보내주고 있었다.

"각 구역에 포진되어 있는 방도들은 어찌하고 있는가?"

"순시를 강화하고 있습니다. 작은 이변만 발생해도 바로 보고

해 올 겁니다."

대도시든 작은 마을이든 때아닌 거지 무리들이 온 길에 득시글거렸다.

본래라면 동냥질 후에는 다리 밑에서 먹고 자기만 하는 거지들이 방주의 명령에 끊임없이 눈을 번뜩였다.

"하오문과는?"

"하나하나 진행 중입니다. 이번에는……."

사락사락.

그중 가장 큰 일은 이것이었다. 강호 양대 정보기관의 합작.

개방은 사람들이 모이는 곳을 더욱 파고들어 귀동냥했고 관청, 역참 같은 조정 기구들의 정보를 하오문에서 받았다.

그 정보를 개방의 시각으로 재분석한 후에 보냈다. 새로운 자료의 수신은 단연 서혜였다.

*　　　*　　　*

사락. 사락.

서혜의 손길이 분주하게 움직이고 있었다.

탁자, 수납장, 의자, 바닥.

서류를 내려놓을 수 있는 곳이라면 어디든 가릴 것 없이 펼쳐 놓고 정보를 종합하고 있는 중이었다.

"하아."

사락사락.

가장자리에 놓인 서류를 들여다보던 서혜는 다시 수납장 위로, 그리고 탁자로 고개를 돌리다가 이내 크게 한숨을 내쉬었다.

"쉽지 않네……."

장련의 지적에 힘입어 하오문은 대폭적인 물갈이를 했다.

기존의 정보원 중 오염되었을 걸로 예측되는 이들의 자료를 폐기하고 전부 새로운 보고서를 올리도록 만들었다.

그러자 과연 이전과는 전혀 다른 이변의 정황이 나타났다.

다만 자료가 너무 방대하고 포괄적이었다.

오 년간 있었던 강호 각지의 격변.

정보를 다루는 것에 이력이 난 그녀로서도 몇 년 치의 막대한 자료 앞에선 그저 한숨뿐이었다.

"생각이 많아지면 안 돼. 정리, 정리하자."

파라라락.

서혜는 기껏 정리해 놓았던 서류를 그대로 밀어냈다.

그리고 손에 쥔 서류와, 바닥 한 곳에 놓인 서류 몇 장을 들고 다시 검토했다.

은자림엔 분명히 목적이 있다.

"이놈들은 은자림이지만 사실 은자림과는 좀 다르오. 마치 겉껍데기라고나 할까."

얼마 전 광휘에게서 온 서신은 그런 짐작에 확증을 더했다.

근래 들어 처리한 은자림의 지점 수는 대폭 늘었다.

처리 상황, 그리고 자료를 보고 그녀는 확신할 수 있었다.

은자림은 스스로 모습을 드러낸 것이라고.

'그 의도의 이면에는 어떤 노림수가 있을까?'

드르르륵.

때마침 들리는 인기척에 서혜가 고개를 돌렸다.

그녀 못지않게 피로한 얼굴의 장련이었다.

"뭐 좀 발견한 게 있나요?"

서혜는 의자 위에 놓인 서류를 치우며 앉기 좋게 빼냈다.

장련이 가볍게 고개를 끄덕이며 그 자리에 앉았다.

"있기는 한데… 추측뿐이라서요."

"추측이라도 좋으니 일단 얘기해 보세요."

맞은편에서 서혜가 재촉했다.

장련은 정보기관의 눈을 가지고 있지 않지만, 지금 그녀에게는 새로운 시각이 필요했다.

분명 지난번 지적으로 그녀는 제 가치를 한 번 입증한 적이 있었다.

"은자림으로 추정되는 자들, 아니, 은자림이 이렇게 단순하게 자금을 관리한다는 게 이해되지 않아요. 자금의 유통 경로가 너무나 정직해요."

"그렇죠."

이제껏 광휘는 하오문과 개방이 건네준 자금줄을 급습하여 적재적소에서 그들을 격퇴시켜 왔다.

그런데 그 자금의 흐름이 은밀한 정도는 아니었다.

애초에 전국에서 하북으로 전달하는 유통 경로는 더 조악한 수준이었고 액수도 큰 단위가 움직일 만큼 크지 않았다.

"보시는 바와 같이 그들의 자금 관리는 허술한 형태를 띠고 있어요. 이런 경우는 두 가지를 생각해 봐야 해요. 공식적인 것과 비공식적인 것요."

파락.

장련이 서류 몇 장을 들어 가리켰다.

서혜는 의자 등받이에서 몸을 일으켜 그녀가 짚은 항목을 보며 대답을 기다렸다.

"자금이라는 것이 꼭 돈이어야 할 필요가 없잖아요."

장련의 말에 서혜의 눈이 가늘어졌다.

"집문서, 땅문서 혹은 담보로 할 수 있는 어떤 물건이란 뜻이군요."

"맞아요. 이제까지의 이야기를 종합해 보면 은자림은 이미 많은 양의 재화를 확보해 놓았다고 봐야 해요. 조금 더 나아가서 보자면 자금의 흐름 자체와 상관없는 전혀 다른 무언가가 있을 수 있어요."

"……."

잠시 침묵하던 서혜가 이내 고개를 저었다.

"저 역시 그런 가정을 안 해본 건 아니에요. 무엇보다 여기에 가장 치명적인 문제가 있어요. 결과적으로 그들은 스스로 목숨을 잃었어요. 그렇게 많은 목숨을 버릴 정도로 가치가 있는 게 아니에요."

약하고 채 갖추어지지 않은 지점을 스스로 노출하고 적들에게 박살 난 은자림의 세력.

금선탈각의 계라는 건 이미 짐작하고 있었다.

서혜는 그래서 오히려 이해가 되지 않았다.

당장은 전력감이 아니더라도 시일을 두고 차근차근 키워 나가면 은자림의 세력은 더 위협적이 될 것이다.

한데 그들은 장래를 위해 키울 종자를 그해 겨울에 먹어 치우는 농사꾼의 모습을 하고 있었다.

"혹시 이번 일도 팽인호가 말한 것과 연관이 있지 않을까요?"

"팽인호라……."

서혜가 읊조리자 장련이 말을 받았다.

"일전에 장씨세가에서 자결한 팽가의 일 장로가 그런 말을 했죠. 황제가 위험하다고."

"……."

"스스로 드러낸다. 꼬리를 보인다. 어쩌면 이 모든 게 유도책일 수 있겠어요. 원래 은자림이 발호하면 제일 먼저 나서서 처리해야 하는 이들이 누구죠?"

"황궁이죠."

서혜가 담담히 대답하고는 이내 고개를 저었다.

"무슨 뜻인지 알겠어요. 하북 내 은자림이 모습을 드러내면 황실에선 군대를 보내게 될 것이고 그리되면 세가 약해진 틈을 타서 황궁을 접수한다는 말이죠?"

"네."

"하지만 그리될까요? 과거 은자림을 진압한 건 광휘 대협과 전 천중단 무인들의 활약 때문이었어요. 일선에 나설 리는 없다고 봐야 해요."

"그렇군요……."

"거기다 지금은 은자림이 광휘와 옛 천중단 단원들의 존재를 알고 있어요. 이미 드러난 패를 가지고 도박을 하진 않겠죠."

"맞아요……."

장련은 아쉬운 듯 툭 고개를 떨궜다.

과거의 은자림을 제대로 파악하지 못했기에 서혜처럼 견식을 갖지 못한 것이다.

"무슨 일이든 쉬운 것이 없네요. 장사든 이런 음모든, 상대하기 힘드네요."

한숨을 내쉬듯 하는 말에 서혜가 화제를 돌렸다.

"그래도 장사하는 게 낫지 않나요? 이런 것과는 달리 목적이 뚜렷하잖아요."

"아니에요. 장사도 그렇지 않아요."

장련은 문득 예전에 큰 손해를 보았던 일을 떠올리고는 고개를 내저었다.

"저희는 장사꾼이죠. 그런 저희가 가장 골치 아프게 여기는 거래 상대가 누구일 것 같아요?"

"같은 상인이겠죠? 서로의 수를 아니까?"

서혜가 조금 흥미를 보이자 장련은 고개를 저었다.

"아뇨. 첫 번째는 장인이에요."

"아."

서혜의 눈이 동그래졌다.

고집 센 장인. 도자기나 검 등 하나의 명품을 만들기 위해 평생을 바치는 사람들에게는 이익이나 실리적인 접근이 어렵다. 당장 상인에게 넘겨주면 큰돈을 벌 수 있는, 문외한이 보기엔 걸작이나 다름없는 작품을 그들은 스스로 망치를 들어 깨뜨려 버리는 일이 허다하다.

장련이 말을 이었다.

"또 하나는 도인 혹은 승려들이죠."

물질적 가치보다 정신적 가치를 더 높이 사는 사람들, 즉 종교나 신념이 가치관으로 정립된 사람들에겐 몇 배의 이익을 주려 해도 본인들이 거부하는 경우가 종종 있다.

"잠깐만요. 그러고 보니 은자림은 사교였죠. 사교… 사교? 종교적인 희생?"

순간 서혜가 눈을 번뜩였다. 그녀는 무언가 떠오른 듯 이제껏 밀쳐두었던 서류 더미 하나를 뒤지기 시작했다.

"뭐 하시나요?"

파락파락!

서혜는 장련의 말에도 대답하지 않았다. 지금 떠오른 무언가를 명료하게 확인하는 것이 우선이었다.

"불꽃과 함께 사그라지고 새 생명과 함께 태어나게 하소서."

한 문구에 시선이 머물렀다.

'이거야.'

종교적인 제의. 은자림이 보이는 사교 집단의 행태를 서술한 보고서였다.

서혜는 그 보고서를 읽으며 나지막하게 탄식했다.

"아후라 마쯔다……."

"예?"

그녀가 장련을 보며 또렷이 말했다.

"불꽃과 함께 사그라지고 새 생명과 함께 태어나게 하소서. 이건 배화교(拜火教)에서 전래된 주문이에요."

"그럼 새 생명은 탄생을 의미하는 건가요?"

"…아!"

장련의 말에 서혜의 눈이 찢어질 듯 커졌다.

새 생명.

사교들이 부르는 노랫말에 담겨 있었다.

그제야 서혜는 알 것 같았다.

민초들이 받아들이기엔 가혹할 정도의 방식.

그런 은자림의 방식이 자행될 수 있었던 건 공포나 재물 때문이 아니었다.

"우리가 찾는 방향이 전혀 달랐어요."

서혜가 소름 돋는 듯 몸을 한차례 떨며 장련을 바라봤다. 그리고 겁에 질린 듯 느릿하게 말을 이었다.

"그들은 의식을 치르고 있었던 거예요."

*   *   *

휘이이이.

한밤중, 언덕 위에서 광휘는 코끝을 스치고 지나가는 바람을 무시한 채 지그시 마을을 내려다보고 있었다.

벌써 두 시진째다. 이 마을에서 수상한 움직임이 돌고 있다는 정보를 받은 지.

"아무래도 여기는 아닌 것 같습니다."

한참을 기다리던 구문중이 결국 말을 걸었다.

"아직까지 대원들이 오지 않는 것을 보면 은자림의 신도들을 발견하지 못한 것 같습니다."

이곳에서 대원들을 풀어 마을 곳곳을 수색했다. 한데 아직 발견하지 못했다면 더 넓은 구역으로 갔다는 얘기다.

"이곳이 맞다."

"예?"

"여기가 맞다고."

광휘의 대답에 구문중이 눈썹을 들썩였다. 아무런 정보가 없는데도 맞다고 하다니.

"은자림의 움직임 중 가장 두드러지는 것은 민간인이다. 하나 그들은 혼자서 움직이지 않는다. 그 이유가 뭔지 아는가?"

광휘는 구문중에게 고개를 돌리며 말을 이었다.

"자신들이 움직일 신도들이 필요하기 때문이다."

"하면, 왜 그들은 보이지 않는 겁니까?"

개방이 찾았다면 분명 나타나야 했다. 그렇다고 어디로 나갔다는 얘기도 없었다.

"아마도……."

잠시 침묵하던 광휘가 말을 이었다.

"자결했겠지."

"……!"

구문중의 미간이 좁아졌다.

분명히 대규모의 인원이 이동하는 기척도 없이 갑자기 사라졌다면, 은밀한 곳에서 자결하는 경우 또한 가능했다.

하지만 그건 말이 되지 않았다.

"스스로 목숨을 끊을 이유가 없지 않습니까."

"거기까지는 나도 모른다."

광휘가 굳은 표정으로 고개를 저었다.

미친놈들의 생각은 아무리 따라가려 해도 따라가기 어렵다. 요즘 들어 그는 사태가 이 지경으로까지 돌아가는 이유를 찾지 못하고 있다.

꼭꼭 숨어 있던 은자림이 대놓고 스스로를 드러내는 것.

아무리 개방과 하오문이 찾는다고 해도 은자림의 원래 움직임은 이토록 쉽게 발견되지 않는다.

무엇보다 이들이 까발린 흔적은 몇 년만 지나면 전력으로 쓸 수 있는 어린 자들이다. 아까운 자들까지 있었다.

'대체 무슨 생각인 거냐.'

이건 마치 스스로 모든 걸 다 포기해 버린 것과 같은 모양새였다.

광휘의 시선이 멀리 하늘로 향했다.

문득 운 각사가 다시 납치해 간 도지휘사가 떠올랐다. 처음에는 그를 손에 넣고 병권이나 하북의 국정을 움직이려나 싶었다.

한데 지금껏 잠잠했다.

기껏 손에 넣은 패를 두 달이나 쓰지 않고 썩혀두고 있는 것이다.

이럴 거라면 차라리 죽어서 본보기를 보이는 것이 그들의 생리에 맞았다. 그러지 않고 은밀하게 납치해 간 연유를 알 수가 없었다.

"단장."

파파팟.

문득 장년인 하나가 달려왔다. 방호였다.

"무슨 일이냐?"

"개방에서 단장께 말씀드릴 것이 있다고 합니다."

말과 함께 헐레벌떡 뛰어오는 개방도 하나가 보였다. 허리춤에 세 개의 매듭. 분타주 직급의 삼결 제자였다.

"혹시 광 대협이십니까?"

중년 거지 중의걸이 조심히 다가와 물었다.

"그렇다."

"휴우. 도지휘사가 전할 소식이 있다고 하여 이리 전달하러 왔습니다."

"도지휘사!"

순간 눈이 커진 광휘의 앞으로 개방도 중의걸이 뭔가를 내밀었다.

[장대풍이오. 날 살려준다고 설득해 놓고 갑자기 당신들 잇속을 챙기려 사라지다니. 역시 세상은 더 살아봐야 하고 사람은 겪어봐야 알 것 같소.

변명이고 사정이고 알고 싶지 않소. 당신들이 소홀했든 어쨌든, 날 이리 만든 것도 사실 그놈들이니.

은자림의 운 각사. 놈의 목적은 한 여인을 찾는 것이오. 그녀가 누군지, 무슨 이유로 찾는지까지는 모르오. 하나 확실한 건 그 미친놈이 눈이 뒤집혀서 하북 전체를 뒤지고 있다는 거요.

난 이제 누구도 못 믿소. 가장 안전하다고 믿는 곳으로 도망칠 것이오. 물론 복수도 할 것이오. 하북 내 은자림과 관계된 모든 것의 씨를 말릴 생각이오. 그 여인이란 자도 적극 찾아 나설 것이오.

그러려면 당신들도 밥값을 해야겠지. 이번에는 실수하지 마시오.]

"여인?"

장문의 비방은 그것이 끝이 아니었다.

글을 계속 읽어가던 광휘의 눈에 의문점이 가득 떠올랐다.

마지막 부분에서 그는 과도할 정도로 눈을 찡그렸다.

"그녀가… 아직 살아 있었던가."

*　　　*　　　*

"신경 써서 준비하긴 했는데……."

묵객은 자신의 왼손에 들려 있는 연붉은 꽃을 바라보고 있었다.

서혜에게 주기 위해 꺾어 온 꽃인데, 막상 준다고 생각하니 낯간지러웠던 것이다.

"어? 무사님, 어디 가십니까?"

때마침 영 어색한 걸음으로 걷던 묵객 주위로 청년 하나가 말을 걸어왔다.

묵객은 죄라도 지은 듯 화들짝 놀라며 급히 꽃을 감췄다.

"허허허! 내가 가긴 어딜 간다고 그러시오! 그냥 날씨가 좋아서 조용히 걷고 있었소!"

"예? 아… 예."

뭔가 반응이 이상하다고 여긴 청년이 고개를 갸웃했다.

"그럼 얼른 일 보러 가시오! 나는 가 볼 데가 있어서 그만!"

묵객은 급히 청년을 물리치고는 뒤뚱뒤뚱 걸음을 옮겼다. 등 뒤에 숨긴 꽃이 상할까 적이 마음이 쓰였다.

살랑살랑.

언뜻 불어오는 바람에 꽃 몇 송이가 흔들리고 있었다.

묵객은 침중한 얼굴로 고개를 끄덕였다.

"이왕 줄 거면 빨리 줘야겠다."

그는 서혜의 거처를 향해 바삐 발을 옮겼다.

파파팟.

점점 빨라지던 묵객의 움직임은 이내 눈 깜짝할 사이에 엄청
난 속도로 바뀌었다.

고작 이십 장도 안 되는 거리를 가면서 전력으로 무공을 쓴
것이다.

*　　　*　　　*

"들어오세요, 대협."

끼이이익.

서혜가 문을 열고 맞아들였다. 막 들어서던 묵객은 멈칫했
다. 발 디딜 틈도 없이 좌아악 깔린 서류들 때문이었다.

"어머, 죄송해요. 이게 무슨 꼴이야……."

서혜가 탄식하며 허둥지둥 방 안을 정리했다.

묵객은 혀를 내둘렀다. 들어오면서 보니 서탁과 바닥은 물론
이고 벽과 천장, 심지어 창문까지 온통 다다다닥 장부니 서류로
도배가 되어 있었던 것이다.

"뭐가 좀… 많죠?"

서혜가 부끄러운 듯 말하자 묵객은 즉각 고개를 저었다.

"아니, 괜찮소. 원래 여인의 방이라면……."

"……."

그러고는 서혜의 얼굴이 어두워지는 걸 보고 속으로 기함했다.

마치 그녀가 너저분하다고 말하는 것 같지 않은가.

"이, 일 때문에 바빠서 이런 걸 알고 있소! 허허. 이거 괜히 미안해지는구려. 이렇게 바쁜 줄 알았다면 방해하지 않았을 텐데……."

그래도 나름대로 기지를 발휘했다.

서혜는 이제껏 그가 부르면 언제든 달려와 후원을 거닐곤 했다.

그랬기에 설마 이 정도로 업무가 바쁘리라곤 생각지 못한 것이다.

"무슨 말씀이세요? 대협과 함께 있는 시간이 유일한 휴식이에요. 그 시간도 없으면 아마 전 쓰러졌을걸요."

"허허……."

묵객은 얼굴이 간지러워져 고개를 저었다.

무슨 말을 하든 언제든 자신을 제일로 대우해 주는 그녀를 보고 있노라면 왠지 모르게 부끄러워졌다.

"아, 그리고 최근 들은 내용이 왠지 그냥 넘어갈 수 없는 거라서 그렇지 않아도 대협을 찾아뵈려고 했어요."

"…음?"

"그간 조사한 자금의 이동 경로와 본 문에 들어온 간자 말인데요."

서혜는 그간 조사했던 일들을 간략하게 털어놓았다.

처음에 묵묵히 듣던 묵객은 은자림의 죽음과 연계된 이야기에 크게 놀랐다.

"의식이란 말이오?"

"아직은 추측일 뿐이에요. 하지만 이것 외에는 일련의 사건들이 설명이 되지 않아요."

쓰윽.

서혜는 서류 위에 있던 하나의 지도를 들어 손가락으로 짚어 보였다.

"당장에 이곳만 해도 그래요. 하북 남서쪽의 정읍. 가옥이 오십 채도 되지 않는 마을이에요. 인적이 뜸하니 개방도도 없고, 워낙에 폐쇄적인 곳이라 본 문의 눈에 걸려들지 않았어야 해요. 그런데도 엉뚱하게 은자림의 흔적이 발견되었죠."

"흐음……."

묵객이 굳은 얼굴로 잠시 생각에 잠겼다.

확실히 최근 은자림의 동향은 이해하기 어려울 만치 쉽게 드러나고 있었다.

아무리 개방과 하오문이 나섰다곤 하나, 이렇게 일방적으로 쉽게 수색을 당한다는 것은 분명 말이 되지 않았다.

"소저의 말이 사실이라면 정말 그럴 수도 있겠단 생각이 드는구려."

찾기가 쉬워지니 제거하기 또한 수월해지고 있다.

하지만 애초에 이렇게 쉬운 자들이었다면… 과거에 광휘와 무림맹이 그토록 악전고투할 이유도 없었으리라.

"그럼 소저가 보기에는 어떤 연유인 것 같소?"

"지금 추측하기로는 세 가지가 있어요."

서혜는 차분히 말을 이었다.

"첫째는 내부 단속이에요. 어떤 연유로 은자림 또한 흔들리고 있고, 불온해지는 분위기를 일부의 희생을 통해 결집시킨다는 거죠."

"희생을 통해 단결한다……."

묵객은 고개를 끄덕였다.

은자림이 스스로를 노출하고 있다는 것은 이쪽에서 볼 때의 이야기다.

징작 광휘와 개방을 통해 하나하나 처단되고 있는 은자림 말단의 사람들 눈에는, 악독하게 자신들을 조여오는 모습으로밖에 보이지 않을 터였다.

그리고 종교적인 교리상 탄압과 박해는 오히려 더한 광신을 부르지 않는가.

"두 번째는?"

"조금 다르지만 비슷한 걸로 보셔도 돼요. 순교자 혹은 제물이죠."

"끔찍하구려."

묵객은 신음했다.

고작해야 그 때문에 목숨을 잃는 사람이 나온다는 것은 그로서는 받아들이기 힘들었다.

하지만 상대는 사교(邪教).

인신 공양 같은, 전체를 위해 일부 사람들을 바치는 극단적인 행위도 별로 드물지 않은 곳이다.

"죽은 이들은 순교자나 그런 게 되겠군. 개죽음을 고귀한 희생으로 포장하고. 세 번째는 뭐요?"

"실리적으로 생각해 볼 때… 방심이겠죠."

"방심?"

"지금 우리는 상대를 너무 쉽게 처단하고 있어요. 이렇게 손쉬운 상대를 계속 상대하다 보면 우리도 모르게 힘이 빠지죠. 그때가 위기예요. 저들이 그간 준비한 한 수를 내밀 테니까요."

"준비한 한 수라……."

"이번에 연달아 터진 폭굉의 참사 같은 건 누구도 예상 못 했어요. 똑같은 참사가 일어난다 해도 방심하고 있을 때 터지면 훨씬 충격이 크죠."

잠시 생각에 잠겼던 묵객이 고개를 끄덕였다.

패한 척하면서 승승장구하는 적을 끌어들이는 것은 전법에서도 기본 중의 기본이다.

뻔히 보이는 수임에도 방비하기가 힘들다.

설령 수뇌부는 조심하더라도, 이것이 함정일 수도 있다는 의식을 가지더라도, 최전선에서 싸우는 병사들은 쉬운 적만 상대하다간 자신도 모르게 나태해지기 쉽다.

"그 방심을 통해 얻는 게 뭐요?"

"우리의 움직임이죠."

"……!"

묵객은 반사적으로 몸을 들썩였다.

움직임, 즉 자신들의 반응을 살핀다는 얘기에 소름이 돋은 것이다.

지금으로서는 이해가 가지 않는 은자림의 처사가 자신들을 끔찍한 함정으로 끌어들이기 위한 것이라면?

그 말을 들으니 왠지 섬뜩하면서도 이제까지의 일이 아귀가 맞는 기분이 들었다.

"혹 무슨 함정인지도 생각해 보셨소?"

"거기까지는 저도 몰라요. 그냥 그들의 입장에서 볼 때 그것밖에 없지 않을까 하고……."

"이런."

묵객은 쓴웃음을 지었다.

서혜 역시 조금 자신이 없는지 말끝을 흐렸다.

"일단은 알겠소. 사람들에게 그렇게 알려둡시다. 휴우. 정말 머리에 불이 나는 것 같군."

묵객은 손으로 지끈지끈한 이마를 눌렀다.

책략과 책략의 싸움. 천생 무인이자 솔직담백한 성미인 그는 상대의 음험한 이빨과 그 이빨에 대응하는 법을 예상하기조차 힘겨웠다.

그나마 비상한 머리를 가진 서혜이니만큼 이 정도라도 읽어내지, 자신에게 시켰다면 정말 못 해먹겠다고 때려치웠으리라.

"그런데… 대협."

"말하시오."

"바닥에 그거 뭐예요?"

"……?"

묵객이 눈을 끔벅거렸다. 서혜가 가리키는 바닥을 보니 하나 둘, 떨어진 꽃잎이 보였다.

"……!"

그러고 보니 등 뒤가 허전했다.

자리에 앉으며 뒤에 숨겨놓았던 꽃다발이, 서혜의 말에 집중해 몸을 숙인 바람에 의자 밑으로 툭 떨어진 것이다.

스륵.

"혹시 이거… 저 주려고 가지고 오신 건가요?"

"허허, 그것이… 아니, 나는."

묵객의 얼굴이 시시각각으로 난처하게 변했다. 그가 뭐라 말을 덧붙이려 하는데 서혜가 웃으며 쐐기를 박았다.

"저 주시는 거 맞죠?"

"그, 그렇소."

"어머. 예뻐라. 대협은 참 마음씨가 고우세요. 이런 건 또 어디서 나셨어요?"

불그레한 꽃을 가볍게 들고는 서혜가 천천히 창가 쪽으로 걸어갔다.

볕 드는 곳에 주르륵 늘어선 많은 화분들을 보고 묵객은 속으로 탄식했다.

'이미 꽃이 많은데 괜히 가져왔구나…….'

자신이 가져온 꽃보다 훨씬 곱고 자태가 아름다운 꽃들이었다.

괜히 자괴감이 들려고 하는데 서혜가 무언가를 쓱싹쓱싹하더니 작은 꽃병에 그 꽃을 담아 내밀었다.

"가을의 정취를 가득 담아낸 꽃이네요. 집 안에서 곱게 큰 난(蘭)들과 달리 고독하면서 강인한, 묘한 흥취를 자아내요."

"……."

묵객은 눈을 껌벅였다.

원래 불그스름하던 꽃이 푸르스름한 자기 꽃병에 대비되어 강렬함이 돋보였다.

서혜의 말을 듣고 보니 자신이 가져온 꽃도 괜찮아 보였다.

"잘 간직할게요. 고마워요."

방긋 웃어 보이는 서혜를 잠시 멍하니 바라보던 묵객이 혼자 말하듯 읊조렸다.

"서 소저는 정말 사람을 기쁘게 하는구려."

"…네?"

"아, 아니오."

얼결에 너무 낯 뜨거운 소리를 했다 싶어 묵객은 황급히 자리에서 일어섰다.

"아무리 바빠도 바깥에 잠시 바람 쐬러 나가곤 하시오. 머리를 많이 쓰는 사람일수록 신선한 공기가 필요하지 않겠소?"

급히 방을 빠져나가는 그의 입에는 자신도 모르는 흐뭇한 미소가 걸려 있었다.

＊　　　＊　　　＊

사박. 사박.

"후우."

밖으로 나온 묵객은 발이 무거웠다.

서혜와 나눈 이야기는 분위기상 좋았지만, 짚어보면 짚어볼수록 섬뜩했다.

"희생, 순교 그리고 방심이라……."

상식적으로 이해할 수 없는 놈들이다. 문득 한 사내가 머릿속을 스쳐 갔다.

은자림과 최전선에서 싸우고 살아남은 광휘.

"대체 그놈은 어떻게 이런 놈들과 싸웠다는 건가."

혀를 차며 묵객은 고개를 저었다.

은자림을 알아갈수록 그들의 집요함에 소름이 끼쳤다.

그야말로 광기와 독랄함의 결정체. 그런 적을 상대하다 보면 이쪽의 피해 또한 만만치 않을 것이다.

물질적인 것만이 아닌 정신적인 피해도.

'그래서 그렇게 술을 마신 거겠지. 아아, 그러고 보니 방각 대사의 유언이…….'

생각하다 보니 그에게 진 빚을 떠올렸다.

방각 대사가 지원하는 빈민가.

전란이나 큰 재해 끝에 살아남은 사람들은 몸만이 아니라 마음까지 크게 다친다.

예전에 장웅에게 들었던 바로는 중병이나 심한 부상을 겪은 이들이 많다고 했다.

"계속 시간만 지나갔군. 이참에 그것도 얼른 처리해 버리자."

묵객은 혀를 차며 장원으로 나가려다 방향을 틀었다.

장웅의 거처를 향해.

* * *

"들어오십시오."

와르르!

서혜만 그런 것이 아니라 장웅의 방도 비슷했다.

서탁과 바닥에 쌓인 서류를 급히 밀어내는 모습에 묵객은 헛웃음을 지었다.

"잠시 시간 괜찮으시오?"

"물론입니다. 자리에 앉으시지요."

우석우석!

장웅이 급히 의자 위에 놓인 서류들을 치웠다.

묵객은 대충 치워진 서류 다발을 무너뜨리지 않도록 조심하며 서혜에게 전해 들었던 얘기를 털어놓았다.

대화 말미에는 방각 대사의 유언도 같이 언급했다.

"여튼 장 공자의 의향은 어떻소?"

"흐음."

조용히 경청하던 장웅은 묵객의 말에 고개를 끄덕였다. 잠시
뜸을 들이던 그가 입을 열었다.

"지금 부운현에 가시겠다는 말씀입니까?"

"그렇소."

묵객은 진지한 어조로 말을 이었다.

"상황이 그런 것이라면 얼마 후엔 진짜 태풍이 몰아치겠지요.
그럼 의도된 것이든 아니든, 내 개인사는 지금밖에 처리할 시간
이 없을 듯해서."

싸움에 나서는 자는 항상 최악의 일을 가정해야 한다. 묵객
은 여차할 경우 자신이 방각 대사처럼 될지도 모른다는 상황까
지 상정하고 있는 것이다.

진지한 그의 얼굴을 보고 장웅이 고개를 끄덕였다.

"뭐… 그렇게 말씀하시면 또 그렇군요. 잘됐습니다. 부운현이
라면 마침 저도 부탁드리려고 했으니까요."

"네?"

덜컥.

장웅은 대답 대신 구석진 곳에 놓인 수납장을 열었다.

거기에 놓인 황지 몇 장을 꺼내 묵객에게 내밀며 말했다.

"밀마(密嗎:암호)입니다. 방각 대사는 그곳에 돈을 송금하기 전
에 몇 가지 규칙을 정해두었더군요. 여기 적힌 대로 진행한다면
큰 어려움은 없을 겁니다."

"세세한 준비에 감사드리오."

묵객이 그것을 조용히 품속에 갈무리했다. 장웅이 한마디를
더했다.

"지금 가실 겁니까? 그럼 능 대협도 함께 데려가십시오."

"능 대협?"

"예. 부운현이라면 마침 능 대협이 알려준 곳과 일치하지 않
습니까."

"뭐……. 잊을 뻔했구려."

묵객이 고개를 끄덕였다.

생각해 보면 자신만이 아니라 능자진 또한 목숨의 빚을 지고
있었다.

그것도 또 같은 부운현이라니.

이쯤 되면 무언가의 연(緣)이 아닌가 생각된다.

"알겠소. 한번 여쭤보리다."

묵객이 읍을 하고 나간 뒤, 장웅은 긴 한숨을 쉬었다.

"일이 갈수록 오리무중이구나……."

달칵.

그는 단단히 잠긴 비밀 금고를 열어 납작한 작은 함을 꺼
냈다.

얼핏 비쳐 드는 창가의 빛에 함의 장식이 반짝, 빛을 발했다.

타악.

안을 들여다본 그는 다시금 복잡한 얼굴을 했다.

"이것이 우리 가문을 살려줄지, 아니면 죽일지. 하늘만이 알
고 있겠지."

금과 은으로 상감된 사자와 용(龍).

지존(至尊)을 의미하는 신묘한 장식은 위엄과 기품을 은은히 뿜어내고 있었다.

第六章

장웅의 복안

"후우."

서혜는 들고 있던 서류를 내려놓았다.

뒤지고 다시 찾기를 하루에도 수백 번 반복했다. 이젠 종이
와 먹 냄새만 맡아도 속이 울렁거렸다.

드르륵.

그녀는 한쪽 서탁을 열어 아쉬움을 달랬다.

[⋯이러한 이유로 떠나오.]

이레 전 떠난 묵객이 남긴 서신이었다.

같은 종이와 먹인데도 왠지 그가 남긴 것에서는 묘한 향기가

나는 듯했다. 서혜는 서신을 쓰다듬으며 후후 웃었다.

'은원이라고 했지.'

굳이 이 상황에 움직이는 것은 아쉬웠지만, 이해하기로 했다. 묵객은 무인. 방각 대사에게 목숨을 빚졌다.

큰 싸움을 앞둔 만큼 더더욱 마음을 정갈히 다듬고 싶었으리라. 추호의 미련도, 아쉬움도 없도록.

"루주님, 접니다."

멈칫!

때마침 나는 인기척에 서혜는 급히 수납함에 서신을 넣었다.

"들어오세요."

끼이익.

문을 열고 중년인이 들어와 예를 차렸다.

"조금 전, 광 대협께서 돌아오셨습니다."

"벌써요? 갑자기 왜……."

서혜는 놀랐다.

최근 은자림의 출몰은 계속되고 있었다. 껍데기라고는 해도 계속 눈에 밟히는 것을 그저 두고 볼 수는 없지 않은가.

"거기까지는 모르겠습니다. 그리고… 분위기가 조금 심각해 보였습니다."

"어떻게?"

중년인이 조심히 말을 붙였다.

"전갈도 없이 조용히 들어오신 데다 장련 소저의 거처에 들르지도 않고 자기 방으로 들어가셨습니다. 먼발치에서 보아도 뭔가 생각이 복잡한 얼굴이었습니다."

"……"

서혜는 잠시 턱을 매만졌다.

근래에 늘 장련과 함께 다녔던 광휘다. 그런 그가 갑자기 혼자만의 시간을 가지려 한다?

잠시 헤아려 본 서혜가 곧 고개를 끄덕여 보였다.

"지금 광 대협이 어디에 있는지 알려줘요. 혹여나 어디로 움직인다면 그것까지."

"알겠습니다, 루주."

중년인이 고개를 꾸벅이고는 이내 방을 나갔다.

일어섰던 서혜는 다시 뒤돌아 의자에 앉았다.

'그냥 피로해진 건가?'

어쨌든 돌아왔다니 다행이다. 서혜는 그에게 물어볼 것이 산더미처럼 많았다.

긴긴 세월 은자림과 싸워왔던 이는 무림 전체를 통틀어 광휘 하나뿐이다. 아니, 무림맹주도 있긴 하지만…….

"시간을 좀 드려야겠어. 그사이 나도 눈 좀 붙이고……."

의자에 기댄 그녀는 나른한 기분으로 눈을 감았다. 이틀 밤을 꼬박 새운 서혜는 그제야 의자에 앉아 겨우겨우 쪽잠을 청했다.

*　　　*　　　*

끼이이이.

단단히 닫힌 문이 천천히 열리고 횅한 방이 드러났다.

저벅저벅.

방으로 들어온 광휘는 거대한 도신과 검을 벽에 기대어 세웠다.

터억.

그는 방에 유일하게 나 있는 창을 마주 본 채 몸을 벽에 기대고 쭈욱 무너져 내렸다.

그리고 말없이 눈을 감았다.

[은자림의 운 각사. 놈의 목적은 한 여인을 찾는 것이오. 그녀가 누군지, 무슨 이유로 찾는지까지는 모르오. 하나 확실한 건 그 미친놈이 눈이 뒤집혀서 하북 전체를 뒤지고 있다는 거요.]

'여인이라고 했다.'

광휘는 도지휘사의 서신을 본 뒤 곧장 장씨세가로 돌아왔다.

아직도 은자림의 출현은 잦았지만 모든 것을 제쳐두고 장씨세가로 향했다.

그를 괴롭히고 있는 칠 년 전의 기억 때문이었다.

'그녀는 죽었다.'

은자림의 중추라는 신자, 신녀, 신마로 이루어진 삼괴사.

그들 위에 있던 절대자 중 하나, 즉 신재(神災)라 불린 그녀는 누구보다 특별했다.

은자림의 절대자 중에서도 천중단 단원들이 가장 곤혹스러워했던 상대였다.

당시 은자림과 수없이 싸워왔던 대원들도 그 여인의 절대적인 힘을 목격했을 때 느낀 감정은 공포와 충격을 넘어선 경외심 그 자체였으니까.

"절 구해주세요, 무사님."

"음."

문득 애처롭게 부르던 목소리가 떠올라 광휘는 신음했다.

조각처럼 깨져 있던 과거의 참상 중 하나가 그의 얼굴을 할퀴고 지나간 것이다.

'염력이었지……'

염동력이라 불리는 초자연적인 현상.

허공섭물은 기본적으로 깨달음의 극을 이룬 자가 내공으로 상대를 포박하거나 어떤 물체에 기(氣)를 담는 절세의 무학이다.

염력은 그와 비슷하지만 무공이 아니다. 내력이 실리지 않은 힘은 상대를 압박하지 못한다. 그 때문에 일류 무인이라면 쉽게 파훼하거나 저항할 수 있었다. 별로 위협적이지 않은 힘이었다.

'폭굉이 없었다면 말이지……'

문제는 그 염력으로 폭굉을 움직일 때였다.

허공섭물이 아무리 대단한 무공이라도 그 범위는 십여 장, 움직이는 물체의 수도 기껏해야 몇 개다.

애초에 내공을 운용할 뿐 결국 인간이 평시 쓰던 싸움의 투리를 벗어나지 않는 것이다.

하나 염력은 달랐다. 근거리에서 단번에 수십 개의 폭굉이 날아들어 왔을 때는 천중단원들도 당황할 정도였다.

염력자들은 애초에 무예를 익힌 자가 아니었다. 그러다 보니 투로도, 방식도 없었다. 상상력의 한계도 없다 보니, 그 힘이 폭굉과 합쳐졌을 때 얼마나 끔찍한 결과를 낳는지는 천중단원들도 겪어본 다음에야 알 수 있었다.

공식적으로 천중단에서 사망한 이들의 삼 할은 그놈의 염력에 의한 폭사였다.

사술과 환술, 마공에 죽은 대원들보다 더 많은 수다.

'그래도 분명 죽었는데… 아니지. 죽었다고 단정할 수 없지. 보고를 들었을 뿐이다. 처리했다고.'

꿈에서도 다시 대하고 싶지 않았던 존재다. 이미 끝난 일을 단정할 수 없다는 것이 더더욱 광휘를 혼란스럽게 하고 있었다.

설마하니 그녀가 살아 있다고 해도 이해되지 않는 부분이 있었다.

'염력을 가진 구음진맥의 전승자는 열여섯 살을 넘지 못하는 걸로 알고 있는데.'

초월적인 권능을 사용하는 자는 결국 그 대가를 치른다.

세상의 율법과 인과관계를 깨뜨리는 염력은 구음절맥(九陰切脈)을 타고난 사람들에게만 생기는 희귀한 능력이다.

그 이능을 지닌 이들은 지나치게 치솟는 음기를 버티지 못하고 결국 열여섯이 되기 전에 죽는다.

저주받은 능력인 것이다.

'그때도 그랬지.'

최후의 혈투라고 불리는 숭화산에서의 승리. 염동력의 여인을 몰아넣고 마지막 기회를 노리던 천중단은 어이없는 결말을 맞았다.

결정적인 순간, 여인이 스스로 힘을 견디지 못하고 그 자리에 쓰러져 죽은 것이다.

그 덕분에 한쪽으로 추가 기울던 것이 백중세가 되어 은자림과 대등하게 싸울 수 있었다.

'당시에는 너무 경황이 없어 시신을 처리하지 못했다……. 설마 그녀가 되살아난 것인가? 운 각사나 백령귀처럼?'

광휘는 입술을 잘근잘근 씹었다.

마공은 이래서 기분 나쁘다. 꺼졌다고 생각한 불씨마저 짓밟아 버리지 않으면 다시 슬금슬금 살아나서 사람을 괴롭히는 것이다.

탕탕.

"광 대협! 광 대협!"

"……."

조용히 옛날을 더듬던 광휘의 눈이 짜증스럽게 뜨였다. 바깥에서 요란을 떠는 하인의 목소리 때문이다.

"무슨 일이오."

덜커덕!

말하기 무섭게 하인이 화급하게 문을 열고 달려 들어왔다.

"황궁에서 사신이 왔습니다!"

＊　　　＊　　　＊

우르르르. 웅성웅성.

갑자기 물이 끓는 듯했다. 장씨세가의 정문 앞에 도열한, 기치가 삼엄한 관병들과 화려한 비단옷의 노인들을 보고 사람들이 술렁거렸다.

타악. 탁.

약간 급한 걸음으로 나서던 광휘는 눈살을 찌푸렸다.

사신을 맞이하기 위해 엎드린 사람들은 하나같이 장씨세가의 주요 인물들이다.

장련, 서혜, 그리고 장웅까지 딴에는 한 세가의 머리이건만 황궁이라는 이름 앞에는 저절로 꿇어 엎드릴 수밖에 없는 것이다.

"뭐 하는 놈이냐! 왕명이다. 당장 무릎을 꿇고 엎드리지 못할까!"

원령포(圓領袍)를 입고 머리에 오사모(烏紗帽)를 쓴 고관대작이 광휘를 보고 소리쳤다.

눈살을 더 찌푸린 광휘는 관인보다 그 옆에 서 있는 수수한 차림새의 노인을 눈여겨보았다.

'어사(御史)인가?'

빳빳하게 고개를 세운 것으로 보아 같은 혹은 그 위 품계의 관인인 듯했다.

하지만 다른 관인들과 달리 관복을 입지 않았다. 이건 보통 어사들이 감찰의 임무를 띠고 지방에 파견될 때의 차림이다.

'감찰권을 가진 도찰원 소속인가?'

"무사님······."

장련이 사색이 된 얼굴로 광휘를 향해 속삭였다. 당장 무릎을 꿇으라는, 이대로 있으면 큰일 난다는 의미였다.

"왕명이잖아요, 무사님! 어서요······."

"······."

정작 광휘는 장련의 그런 모습에 더욱 인상을 찌푸렸다. 그에게는 어사도 감찰원도 안중에 없는 듯했다.

그 모습은 주욱 엎드린 사람들 중에서 군계일학처럼 눈을 끌었고, 당연히 휘황찬란한 비단옷의 관인이 발작했다.

"저자가 감히! 여봐라, 뭣들 하느냐. 빨리 가서 저놈의 목을 쳐······."

"그만."

그 순간 수수한 백의 노인이 손을 들었다.

"전(前) 어사중랑장이시다. 만세야(황제)께서 직접 보내신 칙령이 아닌 이상 왕명 앞에서는 동등하신 몸이다."

"······!"

"······!"

"······!"

관인들은 물론이고 장씨세가 사람들도 놀라 광휘를 바라보았다. 특히나 서혜와 장련, 장웅은 더없이 눈이 커져 있었다.

어사중랑장이라니. 삼공의 하나로 불리던 관직이 아닌가. 그것도 유비, 관우, 조조가 있던 삼국시대의 벼슬.

명대에 그런 벼슬이 있었단 것도 처음 듣거니와 다름 아닌 광휘가, 천생이 무인인 데다 매번 칼만 휘두르던 그가 정승급 관리라는 게 더 어이가 없었다.

좌라라락!

사람들의 놀람과는 상관없이 수수한 백의 노인이 관인에게 금실로 장식된 두루마리를 넘겨받아 펼쳤다.

[장씨세가는 들어라. 작금의 대명제국은 불순한 무리의 침입으로 큰 위기에 처해 있다. 이에 황궁은 이 위기를 타개하고 나아가 불온한 흐름의 근원을 제거할 충신을 찾고 있는 중이다. 다행히도 이곳 장씨세가에 과거 천자를 위기에서 구한 큰 인물이 있다고 들어 급히 왕명을 내린다.]

창노한 목소리가 울리고, 사람들이 다시 머리를 조아렸다. 노인은 주변을 돌아보며 흠, 한 번 목소리를 가다듬고는 다시 말을 이었다.

[오왕 영민왕이 명한다. 장씨세가는 속히 전 어사중랑장을 조정으로 보내 하루빨리 불순한 무리를 처단하라. 만금황상의 안위가 달린 일이니 결코 소홀히 처리하지 말고, 이 명을 들은 즉시 군령을 들은 바

처럼 신속히 움직이라.

모월 모일. 오왕 영민왕]

"……!"
사람들이 크게 놀랐다.

황궁이 위험에 처했다는 것도 놀랄 일이고, 그 황궁에서 직접 광휘를 지명했다는 사실도 놀라웠다.

하지만 광휘의 과거를 아는 사람들은 다른 의미로 놀라고 있었다.

'야단났어!'
서혜는 생각했다.

오왕 영민왕, 그는 다름 아닌 이번 은자림의 음모에 깊숙이 개입되어 있는 위험인물이다.

그가 갑자기 광휘를 부른 것이다. 이제껏 정세를 어지럽히고 있던 은자림의 또 다른 협력자 혹은 주인이라 할 수 있는 자가.

저벅저벅.
서로 다른 생각들이 교차하고 있던 중 서신을 묶은 노인이 광휘에게로 천천히 다가왔다.

수수한 백의. 그래서 화려한 비단 관복 사이에서 오히려 두드러져 보이는 노인이 광휘에게 천천히 예를 취했다.

"오랜만입니다, 어사중랑장."

"…누구시오?"

광휘가 무표정한 얼굴로 묻자 노인은 쓴웃음을 지었다.

"부도어사 서군입니다. 과거에 함께 임무를 수행한 적 있었는데 중랑장께서는 기억 못 하시나 봅니다."

도어사는 정이품.

부도어사라면 도찰원의 장관 아래의 부수장이다.

조정의 거대한 권력이라는 감찰기관의 부수장이 직접 이곳에 걸음을 한 것이다.

노인은 주위를 한번 보더니 말을 이었다.

"보름 전, 황궁에 큰 변이 있었습니다. 불순한 무리가 침입했고 천자의 연회에서 폭탄을 터뜨렸지요. 그로 인해 황제마저 화를 입으셨습니다."

"……!"

듣고 있던 사람들은 등골이 오싹했다.

황제가 피습을 당하다니.

대체 무슨 일이 벌어지는지, 그리고 앞으로 무슨 참변이 벌어질지 짐작도 가지 않았다.

"명을 받았으니 어서 가시지요. 한시가 바쁩니다."

부도어사 서군의 채근에 광휘는 잠시 시선을 내렸다. 그러고는 나직이 물었다.

"만약 내가……."

자신을 면전에서 노려보는 광휘, 그 칼날 같은 시선에 부도어사는 멈칫했다.

"안 간다고 한다면 어쩌시겠소?"

✳　　　✳　　　✳

"어사중랑장, 이는 왕명이오."

서군의 눈이 날카롭게 변했다.

이제껏 광휘에게 온화하게 대하던 그의 행동이 단숨에 바뀐 것이다.

하나 광휘의 눈빛은 오히려 더 냉담해졌다.

"스스로 말했던 것을 잊고 계신가. 이건 천자께서 직접 내리신 조서가 아니라 일개 왕의 명이오."

"어사중랑장!"

서군이 반발하듯 외쳤다.

지켜보던 관료 대신들도, 장씨세가 사람들도 경악하며 둘의 대화에 집중하고 있었다.

다른 자도 아니라 천자의 혈육인 왕의 명이다.

제아무리 광휘가 예전에 공을 세워 벼슬을 받았다고 할지라도 왕명을 어긴다는 건 차원이 다른 문제였다.

"소인은 영민왕의 지엄한 명을 받고 온 사람입니다. 이 명을 거역할 시, 어떤 일이 일어날지 대공께서도 아실 텐데요?"

"잘 알지. 그가 어떤 일을 계획하고 있는지부터 말이지."

"……."

광휘의 말투가 하대로 변했다. 서군은 선뜻 대답하지 않고 그를 노려보았다.

광휘 역시 서군에게 시선을 고정했다.

관리와 무사의 눈에서 불꽃이 튈 만큼 시선이 강렬해지자 장내가 침묵에 잠겨 들었다.

"잠시 멈춰주십시오."

그때였다.

조금 떨어진 곳에서 누군가 허우적허우적, 불편한 걸음걸이로 다가오자 일 장로가 대경해서 소리쳤다.

"가주!"

장원태였다. 이미 몸져누운 그에게는 딱히 전갈도 넣지 않았는데 소란 통에 제 발로 나온 모양이다.

"아버님!"

"제 어깨를 잡으십시오."

장련과 장웅은 불편한 걸음으로 걸어오는 장원태를 부축했다.

장원태는 아들과 딸의 손에 붙들려 서군 앞으로 다가와 넙죽 엎드렸다.

"소인, 장씨세가의 가주이옵니다. 몸이 불편하여 대인께서 오셨는데 이리 늦게 나온 불충을 용서하소서."

"흠, 그대가 장 가주시구려. 그래, 무슨 할 말이 있소?"

서군의 마뜩지 않은 시선이 돌아왔다. 병든 몸인 장원태는 거친 숨을 몰아쉬며 말을 이었다.

"광 대협께서는 지금 하북에서 일어나는 불순분자들을 제거하기 위해 온몸을 다 바치고 있습니다. 힘없는 민초들, 그리고 초근목피로 연명하는 사람들을 위해 온몸을 내던지고 있지요. 백성을 궁휼히 여기고 따듯하고 편안하게 살 수 있게 하는 일 역시 천자를 위한 것이지 않습니까."

"……."

"황명이 아니라면 가지 않을 수도 있다고 한 것 역시 그런 맥락에서 보아주셨으면 합니다."

"하나 이 일은 천자의 안위가 달린 일이오."

"압니다. 해서 부탁드립니다."

장원태는 고개를 숙였다.

"저희에게 한 시진 정도 시간을 줄 수 있으십니까? 어차피 긴 싸움으로 광 대협께선 지쳐 계신 상태입니다. 출정에 앞서 잠시나마 회복하고 도검을 벼리는 것이 황상께 더 큰 충정이 될 것입니다."

"……."

서군은 여전히 불편한 얼굴이었다.

그러나 광휘는 좀처럼 움직일 기세가 아니었고 장원태의 말 역시 일리가 있었다. 잠시 관원들 쪽을 바라본 그가 고개를 끄덕였다.

"좋소. 한 시진이오."

＊　　　＊　　　＊

뚝. 뚝.

거처로 들어온 서혜는 손톱을 물어뜯었다.

당황할 때마다 어릴 적 버릇이 튀어나오는 것이다.

'설마 영민왕이 이런 수를 쓸 줄이야.'

너무나 큰 패착이었다.

은자림 뒤에 그가 있다는 걸 알면서도 하북에 일어나는 일 때문에 잠시 시야에서 놓쳤다.

그사이 영민왕은 자신이 가진 가장 큰 패를 들고 나왔다. 바로 왕이라는 신분을 이용한 것이다.

"누구보다 그를 신경 썼어야 했는데……."

은자림이 황실에서 폭굉을 터뜨린 사건은 그녀도 알고 있었다.

무언가 조치를 취할 거라고 예상은 했지만, 그건 장씨세가의 움직임을 막는다거나 광휘에 대한 위해 정도였다.

설마하니 장씨세가에 명을 내려 광휘를 직접 수면 위에 꺼낼 줄은 몰랐다. 하오문에서 정략 다툼도 많이 벌여본 서혜는 즉각 이 패에 어떤 의도가 숨어 있는지 바로 간파했다.

'광휘를 불러옴으로써 황실에 꼬투리를 잡히지 않겠다는 것.'

황제는 장님이 아니다.

첩보기관인 금의위와 동창을 부리는 그는 중원을 바라보는 눈이 있다.

그들 또한 천자의 연회에서 발생한 폭발에 영민왕이 연관되어 있다는 사실을 알 것이다.

다만 명확한 물증이 없고, 수많은 관리 관료들이 얽힌 만큼 즉각적인 조치가 늦어졌을 텐데, 그 틈에 영민왕은 한발 빠르게 광휘에게 먼저 손을 써왔다.

아마도 이미 은자림과 연계되어 있었기에 광휘의 소재를 알고 있었으리라. 이를 통해 얻는 것은 명분.

'앞으로 일이 어떻게 되든 그는 최소한의 면책을 보장받게 된다.'

광휘가 은자림의 위협에서 황제를 지켜내면 그를 추천한 영민왕은 공로를 차지할 것이다.

광휘가 죽거나 변을 당하면 은자림에 가장 위협적인 적을 이참에 처리할 수 있다.

게다가 광휘가 이 일에서 별 활약을 하지 못한다면 모든 책임을 장씨세가와 광휘에게 떠넘길 수 있다.

'판 자체를 돌려 버렸어. 어느 쪽이든 그에게 유리하게 돌아가도록.'

서혜는 머리를 감싸 쥐고 자책했다. 책사로서 실격이라고 할 만했다. 이런 상황을 만들어냈다는 건, 결국 황제에게 폭굉을 쓴 자가 영민왕이라는 것을 의미한다.

상대는 이미 황실에서 손을 씀과 동시에 하북에서 광휘를 빼내기 위해 미리미리 계획을 세웠으리라.

"이건 광 호위도 알 텐데……."

걱정이 밀려왔다.

광휘가 가지 않겠다고 대번에 거절한 까닭이 그 때문이었다.

*　　*　　*

"무사님! 무사님! 제발 문 좀 열어주세요!"

쾅쾅쾅!

장련이 광휘의 방 문을 두드렸다.

문을 닫고 들어가기 직전 그의 얼굴은 겨울날 얼음처럼 딱딱하게 굳어 있었다.

그 모습은 마치… 광휘를 처음 만난 그날과 같았다.

쾅쾅쾅!

"무사님……."

장련의 손에서 힘이 빠졌다. 눈가가 시릿하고 눈물이 떨어져 흘렀다.

그때는 그가 참으로 무기력하고 무책임해 보였다. 그래서 싫었고 일부러 툭툭거렸다.

이제야 조금 달라진 그의 모습에 뿌듯했는데 그 모든 것이 물거품이 된 것이다.

"저도 알아요……."

장련은 흐느꼈다.

왕명을 받자마자 보인 광휘의 눈빛.

한순간에 예전으로 돌아간 광휘의 모습을 보고 장련은 느낄 수 있었다.

그는 나라를 위해, 민초를 위해 수도 없이 싸웠고, 죽음 그 이상의 것을 겪었다.

매일매일 술에 취해 괴로워했고, 무인으로서 검을 쥔 손이 떨릴 정도로 스스로를 학대했다.

이제야 겨우겨우 사람처럼 돌아온 그를 다시 싸움터로 내몰아야 하는 자신이 원망스러웠다.

"그래도 해야 해요, 무사님⋯⋯."

이대로 방 안에 틀어박혀 있다고 피할 수 있는 일이 아니었다.

작금의 명이 내려온 곳은 다름 아닌 왕부.

천자의 아들이며 한 지방을 다스리는 제후다. 구파일방도 하루아침에 멸문시킬 수 있는 세력가다. 이에 정면으로 대항했다간 그도 장씨세가도 멸족을 피할 길이 없었다.

"무사님! 제발! 이성을 찾으세요!"

탕탕탕!

"련아."

이제 아예 울먹이며 문을 두드리는 장련의 손을 장웅이 잡았다.

"⋯오라버니?"

"거처로 돌아가 있거라. 광 대협은 내가 설득하겠다."

장웅이 쓴웃음을 지으며 장련을 달랬다.

"안 돼요, 오라버니. 무사님이 한번 저렇게 마음먹으면 누구도 말리질 못해요. 제가, 어떻게든 제가 이야기를 해드려야⋯⋯."

"네가 이러고 있으면 광 호위는 오히려 더 나가시지 못하게 된다."

"⋯네?"

"그냥 그렇다는 말이다. 어쨌든 너는 들어가 있어라. 남자끼리 할 이야기가 있다."

장웅은 미묘하게 웃어 보였다.

광휘가 여동생에게 무슨 마음을 품고 있는지는 그도 알았다. 아니, 장씨세가에서 모르는 사람이 없었다.

그런데 정작 당사자는 본인이 이렇게 매달릴수록 남자 마음이 더욱 아려온다는 것을 모르는 모양이다.

툭툭.

그는 어느새 성숙한 여인이 되어버린 여동생의 어깨를 가볍게 다독이고는 문을 두드렸다.

"광 호위, 접니다. 열고 들어가겠습니다."

철컥. 끼이익.

열쇠까지 준비한 건가.

광휘의 대답도 기다리지 않고 들어가는 장웅의 모습을 장련이 어이없이 바라봤다.

*　　　*　　　*

사아악.

문이 열리자 바닥에 쌓인 먼지가 살짝 일어났다.

장웅은 벽에 기대 맥없이 고개를 숙이고 있는 광휘를 보고 쓴웃음을 지었다.

'이거야 원, 좋은 건지 나쁜 건지.'

타악.

장웅은 담담하게 열린 문을 닫으며 말을 걸었다.

"허락 없이 들어와 죄송합니다, 대협. 하나 지금 꼭 드릴 말씀이 있습니다."

"……."

광휘는 미동도 하지 않았다. 대답 역시 당연히 없었다.

장웅은 천천히 광휘 앞으로 걸어갔다.

풀썩.

그러고는 그의 지척에서 바닥에 무릎을 꿇었다.

"……?"

그제야 광휘의 눈동자가 슬쩍 위로 움직였다.

"알고 있습니다, 대협."

장웅은 느릿하게 입을 열었다.

"왜 이렇게 하시는 건지. 이게 다 저희 본 가의 나약함 때문이지요. 대협께서 황궁으로 가시고 나면 본 가를 지킬 믿을 만한 사람이 없을 겁니다."

"……."

"운 각사란 자의 계책은 무섭습니다. 대협처럼 압도적인 힘이 없다면 맞서 싸울 수 없지요."

움찔.

운 각사를 언급하자 광휘의 시선이 꿈틀거렸다. 하지만 그는 여전히 말이 없었다.

장웅은 다시 한번 크게 숨을 쉬고는 고개만 들었다. 여전히 부복한 채로.

"대협, 저는 당신이 참으로 부럽습니다."

쓰윽.

광휘의 시선이 이동했다. 무슨 뜻이냐고 묻는 눈길이었다.

장웅이 한숨을 쉬며 말을 이었다.

"그간 저는 참으로 바보 같았습니다. 작은 성취에 기꺼워하고, 그래서 남이 파둔 함정에 빠져 바보처럼 납치나 당했습니다. 지금 제 누이는 저 무서운 은자림에도 당당히 맞서면서 정보를 규합하고, 서혜 소저를 돕고, 엄연히 싸움의 한 축을 맡고 있지요. 그에 반해 저는 그저 연로하신 아버지를 수발드는 일밖에 할 것이 없군요."

"……."

"생각해 보면 해남파의 원조도 그랬지요. 그건 제가 한 일보다는 설득하는 와중에 대협의 존함을 거론했던 것이 더 컸으니까요. 부끄럽습니다. 한 가문을 이끌어야 하는 소가주라는 놈이 뭐 하나 제대로 하는 것이 없으니까요. 하지만 부탁드립니다. 부디 황실을 구해주십시오. 그것이 저희를 구하는 일입니다."

"장 공자."

광휘가 처음으로 입을 열었다.

"나도 이제 내 삶을 찾고 싶소."

긴긴 침묵 끝에 그는 겨우 입을 열었다.

장웅의 말에 설득당했다기보단 더 이상 말을 하지 말라는 어감이 강했다.

"그간 너무나 많이 죽여왔소. 어느 순간 나도 내가 살았는지 죽었는지 모르는 처지가 되었지. 그러다가 당신네에 와서 겨우 살아 있다는 느낌을 받았소."

"……."

"여기서 또다시 내 의지와 상관없는 싸움을 하고 싶진 않소. 대체… 언제까지 내가 그들의 장단에 맞춰줘야 하는 거요? 여기서 내가 올라가면 당신들이 어찌 될지는……."

차마 말을 잇지 못하는 광휘에게 장웅이 고개를 저었다.

"대협, 모두를 구할 수는 없는 법입니다."

꿈틀.

광휘의 눈빛이 흔들렸다.

그 말은 한때 자신이 장웅에게, 혹은 다른 사람에게 누누이 했던 것이다.

"대협께서 저희 장씨세가를 지켜주심은 고마운 일이지만, 그러다 나라가 바뀌면 그때는? 장씨세가가 천하를 바꾼 세력에서 안전할 수 있겠습니까?"

"……."

"대협을 믿지 못하는 것이 아닙니다. 저희의 역량을 아는 것입니다. 아무리 하늘을 덮는 무위가 있다 해도, 그런 상황에서 본 가는 자멸할 것입니다."

수천수만의 관군 앞에선 장씨세가는 무력하다. 아니, 군의 힘이 아니더라도 상계로서 바탕을 세워온 장씨세가는 그저 물동량의 압박만으로도 말라 죽을 터였다.

"공자께선 잘못 알고 계시오. 오왕이 내게 황실로 출두하라는 것은 곧 그의 음모에 빠져들라는 게요. 내가 가든 안 가든,

장씨세가는 위험하오."

"그럼 말입니다."

장웅은 고개를 끄덕였다.

광휘가 말하는 바는 그 또한 알고 있었다. 정확히는 그가 장씨세가에서도 자신의 누이의 안위를 가장 걱정한다는 것도.

"영민왕의 음모를 피해서 황실을 돕는다면 어떻습니까?"

"…무슨 뜻이오?"

광휘가 의아하게 바라보았다.

장웅은 그제야 광휘의 시선을 제대로 받을 수 있었다.

"대협, 제가 팽가의 일 이후로 말입니다. 무엇을 놓쳤는지, 무엇을 해야 하는지 정말 모르고 있었다는 생각이 들었습니다."

장웅은 신중하게 말을 이었다.

"장씨세가를 지키려면, 그리고 배후의 적과 상대하려면 무엇을 했어야 하는지 참 많이 반성했습니다. 그리고 생각했지요. 세가의 가주라면 무엇을 보아야 하는지. 련이가 서 소저의 일을 돕는 가운데 저 또한 놓고 있지만은 않았습니다. 아버지의 병세를 살피며 가장 중요한 것이 무엇인지 찾아보았습니다."

이미 왕명은 내려왔다.

지금 어떻게든 응하지 않으면 왕명을 어기게 되는 것임에도 장웅은 전혀 이상한 얘기를 하고 있었다.

달칵.

장웅이 천천히 품속에서 무언가를 꺼내 들자 광휘의 눈이 커졌다.

두께가 얇고, 은은하게 봉인된 함.

금과 은으로 상감된 사자와 용(龍)은 대명제국의 지존(至尊) 외에는 함부로 쓸 수 없는 것이다.

위엄과 기품을 뿜어내는 얇은 함을 보고 광휘가 신음을 흘렸다.

"이건……!"

"왕명이 내려오는 순간부터 따르지 않으면 이는 국법으로 다스리게 되어 있지요. 하나 그건 왕명이 내려지기 전의 얘기입니다. 이미 다른 왕명이, 그것도 이전에 왔다고 하면 그 일을 먼저 따랐다고 해서 아무도 책잡지 못합니다."

달각.

창으로 새어 든 햇볕에 금과 은이 휘황하게 빛났다.

함 안에 있는 것은 작은 두루마리. 그것을 덮은 봉인 위에 군영왕(君瑛王)이라 쓰여 있었다.

"이거라면… 이 정도면 장씨세가를 위해서 움직일 수 있지 않으시겠습니까?"

[광휘, 부디 폐하를 지켜다오.]

광휘는 신속하게 서신을 읽었다. 그리고 놀란 얼굴로 장웅을 보았다.

어지간한 것에는 눈도 깜짝하지 않는 그도 이번에 장웅이 대비한 것에는 기가 막힌 모양이었다.

"군영왕이라면 설마……."

"예, 그분입니다."

장웅은 웃으며 서신에 아직 붙어 있는, 봉인한 자의 이름을 조심스레 짚었다.

"일왕, 현 대명제국의 황태자시지요."

第七章

현장 조사

강렬한 햇빛을 받으며 두 사람이 걷고 있었다.

눈앞에 손을 들어 볕을 가린 묵객이 현판조차 없는 남루한 객잔을 보고 말했다.

"저게 우룡객잔이 맞겠지요?"

"맞을 겁니다……. 이 주위에 객잔이라고 할 만한 건 저곳뿐이니. 헉헉."

바로 왼쪽, 능자진이 숨을 연거푸 내쉬며 겨우 대답했다.

심주현에서 천 리나 떨어진 이곳 부운현의 우룡객잔까지 걸린 시간은 단 사흘.

말을 타고, 말이 지치면 경공을 쓰고, 그러다가 내력까지 바닥나 걷고 달리기를 계속했다.

정말 모든 힘을 짜내 달려온 것이다.

"뭐, 약도도 맞는 것 같고. 일단 들어갑시다."

기진맥진한 능자진과 달리 묵객은 거짓말처럼 멀쩡했다.

내공도 내공이지만, 한 단계 위의 고수는 몸을 움직이는 가벼운 부분에서마저 격차가 생기는 것이다.

"거, 너무 배려가 없군."

능자진은 투덜거리며 간신히 몸을 일으켰다.

끄응!

수준 차이는 이미 알고 있었지만, 그래도 자존심 상하는 건 어쩔 수 없었다.

그는 몇 번의 심호흡 끝에 묵객을 따라 객잔 안으로 들어섰다.

터억.

남루한 객잔의 안은 밖에서 봤을 때보다 더 형편없었다.

지저분한 건 둘째 치고 안이 너무 좁았다.

탁자는 고작해야 여섯 개. 그조차 좁은 자리에 다닥다닥 붙어 있었다.

'주변에 건물도 없는데 좀 넓게 지을 것이지.'

묵객은 한숨부터 나왔다.

뒤쪽에 주방으로 보이는 곳도 사람 넷이 들어가면 꽉 찰 정도로 공간이 없었다.

객잔이라면 으레 있는 점소이는 기대도 하지 않게 되었다.

"쩝쩝."

후르르륵.

그래도 손님은 있었다.

세 명의 사내가 창가 쪽에 앉아 만두와 소면으로 단출한 식사를 하고 있었다.

우측에 내걸린 차림표에도 만두와 소면이라는 두 단어만 보였다.

"앉읍시다."

묵객은 별 신경도 쓰지 않고 주방 쪽 구석 자리로 향했다.

터억!

능자진이 맞은편 자리에 널브러지며 숨을 토해냈다.

"무슨 객잔이 소면과 만두밖에 팔지 않습니까?"

"그거라도 어디요. 저기, 주문 좀 받으시겠소?"

묵객이 목소리를 높여 사람을 불렀다.

터억. 터억.

뭘 내려놓는 소리가 한참 나더니, 주방에서 중년 부인 한 명이 어정어정 다가왔다.

"만두 네 개와 세 개. 다섯 개와 일곱 개를 내주시오."

"네?"

여인이 의아하게 바라보았다. 묵객이 갸웃하고는 다시금 또박또박 같은 말을 반복했다.

"만두 네 개와 세 개. 다섯 개와 일곱 개 말이오."

"네. 그러니까 전부 해서 열아홉 개. 맞죠?"

여인이 잠시 세어보다가 되물었다.

"…뭐, 그렇소."

"이상한 손님이야, 정말."

여인이 투덜거리며 주방 안으로 돌아갔다.

그 모습을 보던 능자진이 물었다.

"밀마 아니었습니까?"

"맞소."

"한데 왜 저런 반응을 보일까요?"

"글쎄요. 저것도 약속된 반응인지 모르지요. 일단은 기다려 봅시다."

다시 갸웃하는 능자진에게 묵객은 애써 담담하게 말했다.

*   *   *

까닥까닥.

묵객은 다 먹은 만두 접시 위에 손가락을 이리저리 움직였다.

그렇게 잠시 멈췄다가 또다시 움직이기를 몇 번.

"뭔가 문제가 생긴 것 같지 않습니까?"

결국, 맞은편의 능자진이 자세를 낮추고 말을 걸었다.

만두를 시켜 먹고 가만히 기다린 지 세 시진째.

점심나절에 도착한 그들은 바깥이 깜깜해지도록 기다리고만 있었다.

"조금만 더 기다려 봅시다."

묵객이 자신 없어 하자 능자진은 크게 한숨을 내쉬었다.

객잔에는 주방을 맡은 여인 하나를 제외하곤 아무도 없었다.

심지어 마지막으로 남자 둘이 손님으로 왔다가 소면 한 그릇씩 시키고 간 것 외에는 두 시진 동안 사람 하나 없는 상황이었다.

"저어, 손님?"

깜깜해지고도 두 사람이 일어날 기색이 없자, 여인이 불편한 얼굴로 와서 투덜거렸다.

"이제 저도 가게를 닫고 돌아가야 하는데……."

"알겠소."

묵객도 능자진도 자리에서 일어섰다.

'대체 뭐 하는 사람들이야?'라며 뒤에서 툴툴거리는 여인의 목소리가 들렸다.

그 모습에 능자진이 쓴웃음을 지었다.

"아무래도 대협, 뭔가 많이 이상합니다. 반응이야 어쨌건, 저 여인은 아예 밀마 자체를 모르는 것 같았습니다."

"흐음."

묵객도 그의 의견에 동의했다.

객잔에 들어온 이래 그는 계속해서 예민하게 감각을 돋우고 있었다.

한데 여인이 신호를 보내는 느낌도 없고, 찾아오는 사람도, 심지어 누가 이곳을 지켜보는 느낌도 없었다.

"이상한 건 또 있습니다. 대협께선 오는 도중 관병들을 보셨습니까?"

능자진이 묻자 묵객은 고개를 끄덕였다.

"봤소. 그러고 보니 작은 마을치고는 관병들이 꽤 많더구려."

"그게 이상한 겁니다. 특별한 일이 아니면 자리에서 엉덩이를 떼려 하지 않는 관인이 저렇게 바쁘게 돌아다니는 이유가 무엇인 것 같으십니까."

"아마도… 그들 때문이겠지요."

묵객이 고개를 끄덕였다.

이미 은자림이 발호시킨 사교 집단은 여기저기서 들불처럼 일어나고 있었다.

처음에는 느슨하게 지켜보던 관인들도 이즈음에는 예민하게 반응하며 그들의 동태를 캐고 다녔다.

당장 도지휘사가 종적을 감춘 것이 컸다.

처음에는 윗사람의 명령 부재로 대충대충 넘어간 것이, 이제 치안의 한계에 이른 것이다.

능자진이 말했다.

"자금의 흐름을 추적할 수 있는 건 하오문만이 아닐 겁니다. 물을 흐리게 만들면 고기들이 도망간다고 하지 않았습니까? 은자림을 긁어내기 위해 관병이 움직였고, 그로 인해 우룡객잔에 있던 연락책이 철수했을 가능성도 생각해 보아야 합니다."

"음."

묵객은 그제야 그의 의도를 이해했다.

관인과 마주쳐 봐야 좋을 것이 없다. 자신들 같은 강호인도 관인을 꺼리는데 힘없고 뒷배 없는 양민들은 더더욱 꺼릴 것이다.

"한데 형장은 아까부터 뭘 그리 만지작거리는 거요?"

묵객이 능자진을 향해 물었다.

능자진은 한숨을 쉬며 품에 손을 넣었다가 꺼냈다.

"소위건이 남긴 옥패입니다."

"아, 아까 그거로군."

묵객이 고개를 끄덕였다.

우룡객잔에서 지루하게 기다리던 중에, 능자진이 참다못해 주방의 부인에게 이 옥패를 아느냐고 물어본 것이 기억났다.

"흐엄… 어쨌든 오늘은 날이 아닌 것 같습니다. 일단은 눈 좀 붙이시는 게 어떨지?"

하품을 참으며 능자진이 말했다.

사흘간 천 리를 달려왔다 보니 그간 여독이 쌓일 대로 쌓였다.

당장에라도 눈만 붙이면 까무룩 잠들 것 같았다.

눈 밑에 기미가 꺼멓게 낀 그를 보고 묵객이 쓴웃음을 지었다.

"그럽시다."

하기야 하루 이틀 만에 끝날 일은 아닌 듯했다.

두 사람은 우룡객잔이 보이는 작은 언덕에 올라 불편하게 야숙을 했다.

*　　　*　　　*

다음 날 묵객과 능자진은 아침부터 우룡객잔을 찾았다.

"또 오셨네요?"

여전히 손님은 없었고 중년 부인이 음식들을 준비하다 슬쩍 모습을 비쳤다.

"만두 네 개와 세 개. 다섯 개와 일곱 개를 내주시오."

묵객은 어제처럼 밀마의 내용을 다시 언급하고, 이번에도 가장 구석진 곳에 자리했다.

능자진도 그의 맞은편에 앉으며 음식을 기다렸다.

"그냥 열아홉 개라고 할 것이지… 참 성미들 이상하신 손님이네."

여인이 투덜거리며 곧 만두를 내왔다.

"그나마 인가가 드문 구석진 곳인데도 만두는 먹을 만하군요."

노숙으로 피로해진 몸에 뜨끈한 만두가 들어가자 능자진이 살 것 같다는 얼굴로 말했다.

"그러게 말이오. 그런데 오늘도 사람이 없구려."

묵객은 담담하게, 하지만 감각을 돋워 주변을 살피며 대답했다.

만두는 먹을 만했지만 양이 너무 많았다.

밀마 때문에 시킨 거지 아침 한 끼에 열아홉 개는 지나치게 과한 양이었다.

"그만 일어납시다."

끄으윽!

능자진은 내공으로 먹은 음식을 소화시킨다는, 참 살다가 해 보기도 힘든 경험을 하며 일어났다.

그날 점심과 저녁도 똑같았다.

"만두 네 개와 세 개, 다섯 개와 일곱 개 주시오."

묵객이 주문했고 능자진과 함께 음식을 먹었다.

그리고 다음 날도.

"만두 네 개와 세 개, 다섯 개와 일곱 개 주시오."

그다음 날도.

"만두 네 개와 세 개, 다섯 개와 일곱 개 주시오."

밀마대로 움직이고 있음에도 사람은 나타나지 않았다.

그날 저녁에는 아예 사람 한 명 보이지 않았다.

그렇게 나흘째 되는 날 아침, 묵객과 능자진은 어김없이 우룡 객잔을 찾았다.

"만두 네 개와 세 개, 다섯 개와 일곱 개 주시오."

"후우……."

능자진은 묵객이 만두를 시키는 걸 보고 한숨부터 나왔다.

벌써 며칠째 끼니마다 만두 열아홉 개씩을 먹고 있었다. 이 제는 만두라는 말만 들어도 질릴 정도였다.

"대체 언제까지 하실 생각입니까?"

"하는 데까지 해보려고 하오."

묵객의 얼굴은 어두웠다.

능자진은 입을 열려다가 그냥 다물고는 푸욱 한숨만 쉬었다.

답답하긴 했지만 묵객의 말처럼 하는 데까지 해보는 수밖에 없었다.

그만두자고 하면, 천 리 길을 걸어온 끝에 허탕만 치게 되는 거니까.

"어째 평생 먹을 만두를 여기서 다 먹는 것 같군요. 그나마 맛은 나쁘지 않아서 다행입니다. 이런 건 본래 재료가 신선한 게 가장 중요……. 대협?"

타악!

음식을 먹던 묵객이 갑자기 젓가락을 멈췄다. 그러고는 능자진을 노려보며 말했다.

"형장, 지금 뭐라 그랬소?"

"…예?"

예리하게 변한 묵객의 눈길에 능자진이 목을 움츠렸다. 혹시 뭔가 실례되는 말을 했나 싶어 그는 어물어물 말끝을 흐렸다.

"아니, 평생 먹을 만두를 다 먹는 것 같다고……."

"그 말이 아니라 그다음에 말이오."

"그다음에요? 그러니까 맛이 나쁘지 않은데 이런 건 보통 신선한 재료……."

드륵!

묵객이 자리에서 일어섰다.

"일단 나갑시다."

그러고는 음식을 남겨 놓은 채 뒤도 돌아보지 않고 나섰다.

능자진이 헐레벌떡 그 뒤를 따라 나갔다.

*   *   *

그날 점심은 먹지 않았다. 능자진은 오히려 좋아했지만 묵객은 잔뜩 무서운 표정을 짓고 있었다.

그날 저녁 묵객이 우룡객잔으로 향하자 능자진은 한숨이 나왔다.

"그냥 포기하시는 게 어떻습니까?"

"그럴 생각이오. 단, 오늘만 가고 말이오."

객잔 안으로 들어온 묵객이 늘 그랬듯이 똑같은 주문을 했다.

"만두 네 개와 세 개, 다섯 개와 일곱 개 주시오."

"아이고. 또 오셨군요."

여인이 반가운 건지, 지겨운 건지 모를 얼굴로 그들을 맞았다.

"하아……."

타악.

만두가 나오자 능자진은 한숨부터 내쉬었다.

참 지독한 만두였다. 이제는 자다가 꿈에 만두가 보일 지경이었다.

하지만 이번이 마지막이라는 생각에 참고 참으며 꾸역꾸역 입으로 밀어 넣었다.

지긋지긋한 만두가 하나만 남았을 때였다. 능자진이 묵객에게 채근하듯 말을 걸었다.

"대협, 그럼 이제 일어나……."

"잠시만."

드르륵.

묵객은 갑자기 만두 하나를 품속에 넣고는 주방 쪽으로 걸어갔다.

"주문 좀 합시다."

"예이, 예이."

중년 부인이 앞치마에 손을 닦으며 나왔다. 이번엔 또 뭘 시키려나 하는 귀찮은 표정을 지었다.

"만두 이백 개만 준비해 주시오."

"네?"

당황한 얼굴의 중년 부인.

자리에 앉아 지켜보던 능자진도 놀란 얼굴이 되었다.

열아홉 개만 해도 질릴 지경인데 이백 개라니.

"이 집의 만두가 꽤 맛이 괜찮더군. 앞으로는 오지 못할 테니 넉넉히 챙겨 가고 싶소. 이백 개 부탁하오."

"아니, 손님. 말씀은 고마운데 그 많은 양을 어찌……."

"값을 세 배 더 쳐드리리다."

"……!"

여인의 눈이 커졌다.

잠시 주방을 돌아본 여인이 고개를 조아리며 말했다.

"하이고. 당장 내드리고 싶은데 저희 집에 있는 재료가 그만한 양이 안 됩니다. 아시겠지만 이곳은 인적이 드물어……."

"열 배는 어떻소?"

"……!"

여인은 잘못 들었나 싶어 묵객을 바라보았다. 진심인지 거짓인지 묻는 것이다.

차라라랑.

그때 묵객이 전낭을 흔들어 보였다.

반짝반짝하는 은자가 가득 든 그 모습에 여인의 눈빛이 흔들렸다.

"선금으로 은 다섯 냥을 먼저 드리리다. 우리는 내일 이 시간에 다시 올 거요. 그때까지 어떻게든 준비했으면 싶소만……."

"내일까지요? 합지요. 네네, 어떻게든 만들어 드리겠습니다."

중년 부인은 은 다섯 냥을 받고는 후다닥 주방으로 들어가 무언가 채비를 하기 시작했다.

"갑시다."

묵객이 객잔을 나가자 능자진이 고개를 갸웃하며 급히 따라갔다.

"다 준비도 하지 못하는 양을 주문하신 이유가 무엇입니까?"

갑자기 이백 개의 만두라니. 둘이서 먹지 못할 양이다. 분명 무언가 의도가 있어 보였다.

"저 여인은 밀마를 모르는 게 맞는 것 같소. 하지만 약속 장소는 분명 여기가 맞소."

묵객이 조금 떨어진 곳, 객잔에서 적당히 멀어진 거리에서 걸음을 멈췄다.

그의 손에는 아까 먹다 남은 만두 하나가 들려 있었다.

"손님도 별로 드나들지 않는 객잔에서, 주방에 하루 만들 음식의 재료를 얼마나 둘 것 같소?"

"많이는 안 두겠지요."

능자진이 고개를 끄덕였다.

음식점은 대개 그날그날 팔릴 양만 준비해 둔다.

재료가 적으면 들어올 돈을 놓치지만, 그렇다고 너무 많이 준비해 뒀다가 남으면 고스란히 손해가 된다.

"그렇소. 그래서 이백 개를 불러봤소. 그랬더니 하겠다고 했지."

"재료가 없어서 준비하기 힘들다고 하지 않았습니까?"

"맞소. 당장은 재료가 없어서 힘들다고. 하지만 아예 못 만들 거면 그래도 안 된다고 했을 거요. 여인은 해보겠다고 했소. 그게 무슨 뜻이겠소?"

"……."

능자진은 조금 복잡한 얼굴이 되었다. 묵객이 정확히 무슨 생각을 하는지 따라가기 어려웠던 것이다.

"내 생각에는… 아마도 평소에 만두 재료를 받고 있는 곳이 따로 있을 거요. 갑자기 엄청난 주문이 들어왔으니 재료가 많이 필요해지겠지. 그럼 평소에 재료를 받는 곳으로 가려 할 거요."

"아!"

순간 능자진이 눈을 부릅떴다.

인적이 드문 곳에 차려진 객잔.

심지어 손님이 드문데도 신선한 재료로 음식을 만들고 있다.

그렇다면 주기적으로 식재료를 공급받는 곳이 있다고 생각하는 것이 옳았다. 묵객의 말은 타당했다.

"그래도 만에 하나, 저 여인이 재료를 미리 준비해 두었을 가능성도 염두에 두어야 하지 않겠습니까?"

"그런 거라면 이런 맛이 안 나오겠지."

묵객은 들고 온 만두를 손으로 쪼개 보였다.

쭈욱.

만두 안에서 드러나는 만두소.

소채는 아직까지 푸릇푸릇한 색이 남아 있고 고기는 구수한 냄새가 나서 잡은 지 얼마 안 된 것임을 알 수 있었다.

"이건 능 대협 덕분에 알 수 있었소. 누구나 어디서나 손쉽게 먹는 만두에서 차이점을 알아내다니. 과연 주의력이 남다르시군."

"하…하하. 아니, 제가 뭘……."

능자진이 어색하게 뒷머리를 긁었다. 그의 어깨에 힘이 들어갔다. 묵객과 함께 움직이면서 처음으로 자신이 도움이 된 것 같다는 기분이 들었다.

"그럼 저 여인은 어떤 경로로든 부용루와 얽혀 있다는 거군요."

능자진의 얼굴이 심각하게 변했다.

"내 생각에는 그렇소. 흠, 움직이는군."

묵객은 객잔을 가리켜 보였다.

덜컥덜컥.

그의 말대로, 여인이 급히 가게를 닫고는 바쁘게 움직이고 있었다.

약속이나 한 듯 능자진과 묵객, 두 사람은 조용히 주변을 경계했다.

"따라 갑시다."

묵객의 말에 둘은 여인의 뒤를 쫓기 시작했다.

*   *   *

오래되고 낡아서 벽이 부서진 좁은 골목.

보따리 하나를 손에 쥔 여인이 바쁘게 움직이고 있었다.

늦은 시각이라 주위는 캄캄했지만 여인의 발걸음은 편안할 정도로 능숙했다.

어느새 길 끝에 다다를 때쯤, 골목 어귀에 내걸린 유등이 그녀를 비췄다.

"어딜 그렇게 바쁘게 가시오?"

유등 옆을 지나치던 순간 어둠 속에서 사내가 모습을 드러내자 여인이 몸을 흠칫 떨었다.

사내, 묵객이 손을 내저었다.

"아, 놀라게 할 의도는 없었소. 몇 가지 묻고 싶어서 왔으니까."

안심시키는 말투에 여인의 눈빛이 조금은 누그러졌다.

"무슨 일이십니까?"

여인이 두근거리는 가슴을 부여잡으며 조심히 물었다.

"거기 보따리 말이오. 혹시 만두요?"

"그렇습니다."

"흐음. 확실히 수상하구먼."

묵객은 팔짱을 낀 채 보따리를 보며 턱을 쓸었다.

"아직 만들어놓은 만두의 양도 부족할 터인데, 기껏 만들어놓은 만두를 들고 어디로 가는 거요?"

"그것이……."

여인이 대답하지 못하고 어물쩍거렸다.

묵객의 뒤에 한발 물러나 있던 능자진이 그녀 앞으로 걸어 나왔다.

"괜히 소란 일으키고 싶지 않소."

그는 자신의 허리춤에 매달린 검집을 손가락으로 툭툭 쳐 보였다.

평소와 달리 위협적인 행동이었지만 그만한 이유가 있었다.

이곳으로 몰려든 빈민가 사람들.

어디로 숨어들었는지는 모르지만 도움이 매우 절실한 상황일 것이다.

"아이고, 나리. 살려주십시오! 쇤네는 아무것도 모릅니다."

위협이 먹힌 것일까. 중년 부인이 급히 바닥에 고개를 조아리자 묵객과 능자진의 눈빛이 예리해졌다.

"쇤네는 정말 시키는 대로만 했습니다. 저 폐가 사람들의 부탁에 이것을 나르는 것밖에 한 일이 없습니다."

"폐가 사람들?"

능자진이 의아한 얼굴로 묵객과 눈을 맞췄다.

묵객은 굳은 얼굴로 여인의 대답을 기다렸다.

"석 달쯤 되었을 겁니다. 처음 보는 남정네가 돈을 줄 테니 사흘에 한 번씩, 삼백 인분의 만두를 구해달라고 말입니다. 마침 기근이고 사람도 없어서 이렇게 들고 나르고 있습니다."

여인은 자신은 잘못이 없다는 말을 계속 강조했다.

"이해하기 어렵구려."

몇 마디 더 보태던 여인의 설명에 묵객이 끼어들었다.

"손이 있으면 직접 가지러 올 것이지, 왜 이 많은 양을 부인에게 시키는 거요?"

"그것이……."

여인은 잠시 호흡을 고르다 재차 읍소하며 대답했다.

"거기에 문둥병에 걸린 사람들이 살기 때문입니다."

"문둥병……."

살이 썩어 문드러져 뚝뚝 떨어져 나가는 끔찍한 병.

의원들 중에는 다른 사람에게 전염되지 않는다는 말을 하는 이도 있지만, 확실한 건 문둥병 환자의 모습이 워낙에 흉측해 사람들이 접촉을 꺼린다는 것이다.

동네에 따라서는 병에 걸렸다는 것만으로 돌로 쳐 죽이는 경우도 있었다.

"문둥병이라면… 그런 곳에 음식을 내다 판 것이오?"

능자진이 기가 막힌다는 얼굴을 했고, 묵객은 그의 손을 잡았다.

"그곳은 외부의 출입이 거의 없었겠구려?"

"그렇습니다."

"사방을 들쑤시던 관인들도 발을 들이지 않았겠군. 이 근방의 사람들도 얼씬조차 하지 않았을 테고?"

"맞아요."

여인의 대답에 묵객이 고개를 끄덕였다. 이제야 어찌 된 영문인지 알 것 같았다.

"그럼."

스륵.

묵객은 무릎을 굽혀 여인과 시선을 맞추며 말을 이었다.

"안내하시오. 그곳에 부운현에서 온 사람들도 있을 터이니."

＊　　　＊　　　＊

화르르!

망루 사이에 끼워놓은 두 개의 횃불이 주위를 밝히는 어두운 시각.

"누구냐?"

사박대는 소리에, 얼굴에 천을 두르고 눈만 내어놓은 중년인이 하나가 장대를 휘두르며 소리쳤다.

수풀 사이로 낯익은 중년 부인의 얼굴이 보이자, 그는 긴장을 풀었지만 다시 멈칫했다.

여인 뒤에서 나오는 사내들을 인지한 것이다.

"오해 마시오. 우리는 공격할 의사가 없소."

묵객은 아무것도 들지 않은 빈손을 들어 보였다. 그러고는 곧장 여인을 앞질러, 천으로 얼굴을 가린 중년인에게 포권을 취해 보였다.

"본인은 칠객의 묵객이라 하오. 사연이 있어서 온 것이니 일단 얘기라도 들어보지 않겠소?"

"칠객? 강호칠객을 말하는 것이오?"

어디서 명호를 들어본 것일까? 중년인의 눈빛이 묘하게 가라앉았다.

"그렇소이다."

묵객의 말에 중년인은 그의 행색을 위아래로 훑어보았다.

일단 문전 박대는 아닐 거라는 판단하에 묵객이 예의를 차리며 말했다.

"저희는 사람들을 찾고 있습니다. 혹 부운현에 살았던 병자들을 알고 있습니까? 저희는 그들을 찾다가 이곳까지 흘러들어오게 되었습니다."

"……."

중년인은 어떤 반응도 없이 침묵했다. 이번에는 능자진이 나섰다.

"형장, 우리는 과거 방각 대사께 빚을 진 사람들이오. 그분이 부운현의 병자들을 돕기 위해 애를 썼지. 그분이 돌아가신 후 장씨세가의 장웅 공자가 그 일을 맡았소."

능자진이 차근차근 말을 이었다.

"하지만 근자에 발호한 은자림 때문인지 일이 꼬였소. 자금을 보내는데 받는 사람도 찾기 힘들고 연락도 두절된 상황이오. 나와 묵객 대협이 이 먼 곳까지 찾아온 건 그 때문이오. 조금 납득이 가시오?"

"……."

중년인은 여전히 말이 없었다. 그저 탐색하는 눈빛으로 두 사람을 노려볼 뿐이었다.

도통 설득이 되지 않자 다시금 묵객이 나섰다.

"만두 네 개, 세 개, 다섯 개, 일곱 개. 기억하시오?"

"……!"

묵객의 말에 순간 중년인의 눈이 커졌다.

"장웅 공자가 말해준 밀마지요."

묵객은 조용히 그의 반응을 기다렸다. 능자진도 이번엔 내심 뭔가 기대하며 조용히 그의 기색을 살폈다.

잠시 고민하던 중년인이 자신의 얼굴에 손을 대어 사락사락 붕대를 풀어냈다.

"흡!"

일순 묵객과 능자진의 표정이 굳었다.

횃불에 비친 중년인의 얼굴은 살이 썩어 문드러지고 흉악하게 일그러진 모습이었다.

문둥병이라고 해서 뭐 좀 징그러운 정도겠거니 했지만 실제로 보니 그게 아니었다.

말하기 어려울 정도로 혐오감이 몰려온 것이다.

"큭큭. 강호에 협명을 떨치는 묵객도 이건 감당이 안 되시나 보오?"

중년인이 한스러운 탄식과 함께 냉랭한 비웃음을 흘렸다.

"아니, 이건……."

"실례라고 할 것 없소. 우릴 보는 이들은 열의 아홉이 그런 얼굴이 되지. 하지만 말이오, 우리 마을에는 나보다 더 심한 사람도 있소."

묵객이 사과하려 하자 중년인이 휙휙 장대를 휘둘렀다.

예를 차린 말투와 달리 내용은 지극히도 사람을 부끄럽게 하는 것이었다.

"본인은 전중(田重)이라고 하오. 도우러 오셨다는 분들이… 아직 환자들의 마음까지는 모르시나 보오. 지금 당신들 같은 눈빛. 그런 눈빛이 이미 썩은 우리 가슴에도 한 서린 상처를 주고 있다는 걸 말이오."

"……."

능자진은 잠시 말을 잇지 못했고, 묵객은 크게 탄식을 쏟아냈다.

"형장……."

"돌아가시오. 만두 스무 개든 스물한 개든, 아직 아무 감당도 준비도 안 되신 분들은."

휙!

중년인이 더 말할 것 없다는 투로 그대로 돌아섰다.

"허, 이것 참……."

"가십시다."

그때 묵객이 능자진의 어깨를 툭툭 치며 말했다.

"아니, 대협. 겨우 찾았는데……."

"갑시다, 일단은."

묵객이 말과 함께 눈을 찡긋했다.

능자진은 그 신호를 읽었다.

"알겠습니다."

곧 둘은 몸을 돌려 숲속으로 사라졌다. 전중은 그 모습을 가만히 지켜보다 꼬불꼬불한 산길을 터벅터벅 걸었다.

사박사박.

길을 벗어나 수풀을 헤치고 들어갔다. 한참 더 걸어가자 작은 망루 하나가 세워져 있었다.

"뭔데 그래?"

망루에서 번을 서던 네댓 명의 사내들이 물었다.

"별것 아니네. 그냥 겁 많은 잡놈들이야."

사락사락.

중년인은 벗은 천을 다시 얼굴에 두른 후 대답했다.

"혹 따라왔을지 모르니 주변을 확인해 보세."

"그래. 자넨 저곳을 돌아보게."

"자넨 저 주변으로."

화르르르.

횃불을 들고 세 명의 사내가 일대를 뒤지기 시작했다. 중년인은 풀이 잔뜩 죽은 중년 부인을 향해 손을 내밀었다.

"부인 잘못이 아니오. 상대는 강호에서 엄청난 무명을 가진 고수들이니까. 그래도 혹시 모르니 오늘은 마을에서 묵고 가시는 게 좋겠소."

"감사합니다."

부인이 고개를 끄덕였다.

중년인은 받아 든 보자기를 들고 조용히 한 곳을 바라보았다.

'묵객이라……'

잠시 고민하던 그는 이내 어둠 속으로 걸음을 재촉했다.

*　　*　　*

사사사삭.

중년인의 뒤를 밟는 묵객과 능자진의 움직임이 은밀했다.

괜히 소란스럽게 일을 진행시키기보다 이런 방식이 더 효율적이라고 판단한 것이다.

일각쯤 지났을까. 중년인이 굽은 도로로 접어들 때 묵객이 능자진에게 신호를 보냈다.

투욱.

능자진이 걸음을 멈췄고 호흡을 가다듬으며 주위를 살폈다.

열다섯 채 정도의 나무집이 모여 있고, 집집마다 문 앞에 달린 등에서 희미한 불빛이 새어 나오고 있었다.

딱딱.

조용한 어둠 속에서 나뭇가지 부딪는 소리가 침묵을 깨웠다.

중년인이 장대로 잘려 나간 나무 밑동을 툭툭 치는 소리였다.

'사람이야.'

묵객과 능자진의 눈이 마주쳤다.

끼이이익.

몇 번 숨을 고를 때쯤, 둘의 시선이 한곳으로 집중되었다.

대문들이 열리더니 그 안에서 사람들이 몰려나온 곳이다.

"천천히들 들어라."

중년인은 능숙하게 음식을 건넸다.

체구가 크고 작은 사람, 걸음걸이가 느리고 불편한 사람 등 대부분은 그의 말을 듣는 둥 마는 둥 보자기 안의 만두를 먹기 시작했다.

"형장……."

"보고 있소."

능자진의 물음에 묵객은 고개를 끄덕였다.

해진 천을 두른 채 몰려드는 사람들.

얼굴은 모두 가리고 있었지만 눈빛에는 불신과 지독한 경계가 많이 쌓여 있었다.

묵객은 내력을 돋워 시력을 더욱 끌어올렸다.

어둠 속이기도 했고 만약을 대비해 제법 거리를 벌렸기 때문이다.

"미안하구나. 요 며칠 제대로 먹지도 못했는데 오늘도 많이 가져오지 못했다."

중년인은 먼저 아이들에게 만두를 건넸다.

그러다 백발의 노인을 보고 물었다.

"아영(兒榮)이는?"

그 말에 노인이 고개를 절레절레 저었다.

"저기 와요."

때마침 만두를 집어 먹던 한 아이가 손가락으로 어딘가를 가리켰다.

중년인, 즉 전중의 고개가 그곳으로 돌아갔고 뒤쪽에서 천천히 걸어오는 두 여인이 있었다.

"빨리 와, 이년아!"

천을 두른, 부인으로 보이는 여인과 조금 떨어진 채 힘없이 나부끼듯 걸어오는 소녀였다.

특이한 것은, 소녀는 다른 사람들과 달리 얼굴에 천을 두르지 않았다는 점이다.

'괜히 소름이 돋는구먼……'

능자진은 숨을 깊게 들이쉬었다.

한밤중에 깡마른 소녀를 보자니 뭔가 스산한 느낌이 들었기 때문이다.

"빨리 와! 이 계집애야!"

재차 소리친 부인이 소녀의 손을 잡아당겼다.

그리고 이끌다시피 하여 중년인 앞에 도착했다.

눈치를 보듯 주위를 힐끔힐끔 더듬던 소녀가 만두를 하나 집어 들려다 이내 다시 손을 거둬들였다.

"왜 안 먹느냐? 하루 종일 굶었으면서."

조용히 물어보는 중년인에게 앙상한 몸의 소녀가 겁에 질린 듯 말했다.

"무서워서요."

"뭐가?"

중년인이 의아하게 바라보았지만 소녀는 고개를 저을 뿐이었다.

"괜찮다. 여긴 무서운 건 없다. 그들은 없어."

중년인이 만두 하나를 집어 내밀었다.

소녀는 주저하더니 다시금 고개를 저었다.

"있어요. 누가 데려온 것 같아요."

"누가?"

부인이 눈을 뜨며 소녀를 바라보았다.

소녀가 바짝 마른 팔을 앞으로 내밀어 중년인의 미간을 짚더니 수풀 쪽으로 고개를 돌렸다.

"바로 당신이잖아……."

第八章

은자림의 소녀

오싹!

수풀 뒤에 숨어 있던 능자진은 소름이 돋았다.

'어떻게?'

거리는 얼추 십 장, 인기척은 최대한 줄였고 숨도 쉬지 않은 채 조용히 바라보던 중이었다.

어지간한 일류 고수라도 눈치 못 챌, 아니 백대고수쯤 되어야 가능할 거리였다.

그런데 소녀는 단 한 번에 두 사람이 숨은 자리를 가리키고 있었다.

'저자가 우리를 데려왔다는 걸 어떻게 안 거지?'

묵객은 다른 의미로 놀라고 있었다.

분명히 전중이란 자는 자신이 말한 밀마의 의미를 알아차렸다.

'만두 스무 개든 스물한 개든'이라고 말한 그것이 바로 답을 했다는 의미다.

다만 무슨 의도였는지 자신들을 내쫓았지만 한편으론 이곳으로 불러들여 빈민촌의 참상을 보여주려 했다.

그런 와중에 소녀가 자신들의 위치를 알아낸 것이다.

삐이이이―!

"침입자다!"

"적이다! 모두 대비해라!"

때마침 요란하게 호각 소리가 울려 퍼졌다.

만두를 먹던 문둥이들을 보호하듯 십수 명의 사내들이 일거에 나타났다.

"이게 무슨 일인가?"

"침입자가 저곳에 있는 듯합니다."

아영이라는 소녀가 가리킨 풀숲을 향해 모두가 창, 쇠스랑 등 농기구와 병기를 들고 대비하고 있었다.

"아하하. 이런."

결국 묵객과 능자진은 바위 뒤에서 몸을 드러내기로 했다.

"저기, 저희는 나쁜 사람들이 아닙니다."

묵객이 두 손을 활짝 펴 보이며 사내들 앞으로 걸어 나왔다.

뒤이어 능자진도 두 손을 들었다.

"아까도 말했지만 우리는 이곳에 병든 사람이 많다고 들었고,

그들에게 도움을 갚으러 온 사람입니다. 방각 대사의……."

"전중 이놈!"

안면이 있다는 걸 강조한 게 오히려 역효과가 난 것일까.

능자진이 지목했던 전중을 향해, 주변의 나병 환자와 사내들이 험악한 얼굴로 험한 소리를 해 댔다.

"설마 밖의 놈들과 교류하며 지금까지 우리를 염탐했던 것이냐?"

"아니, 나는……."

"종수(鐘秀), 저놈을 묶게."

한숨을 쉰 전중이 순순히 포박당했다.

그는 이내 모습을 드러낸 묵객을 향해 원망스러운 얼굴을 했다.

"내 그리 눈치를 줬건만……."

척. 척. 척.

전중은 한쪽으로 이탈했고 남은 열두 명이 날카로운 병기를 꺼내 들었다.

이후 각 여섯 명씩, 묵객과 능자진을 포위했다.

"이거 참……."

능자진이 머리를 긁적이며 옆을 보았다.

묵객도 난처한 얼굴로 서 있자 그가 넌지시 말을 던졌다.

"이왕 이리된 것 진정시킬 필요가 있겠군요."

"그래야 할 것 같군."

대화가 끝나는 순간.

타탓.

둘은 재빠르게 좌우로 갈라졌고.

솨솨솨솩!

약속이나 한 듯 두 사람을 향해 화살이 날아들었다.

채채채채채챙!

곧바로 칼을 꺼내 화살을 쳐낸 능자진은 앞으로 출수하며 순차적으로 들어오는 여섯 방위의 공격을 모두 막아냈다.

'삼류 셋. 이류 둘. 일류는 하나다.'

자경단(自警團)으로 보이는 자들의 공격은 잘 훈련된 합격진이었다.

그 과정에서 능자진은 상대의 실력을 단번에 파악했다.

'문둥이촌이라더니 어떻게 이런 고수들이 있는 거지? 제길, 생각할 틈이 없군.'

쉬익! 쉬익!

능자진은 한쪽 눈을 천으로 가린 사내를 주시했다.

그는 여섯 중 가장 뛰어난 무위를 가지고 있었는데 보법을 펼치는 능자진을 계속해서 따라붙었다.

"하앗!"

캉! 캉! 캉!

능자진은 먼저 날아온 검을 정신없이 쳐냈다.

그러다 지척까지 다가온 무인에게 느닷없이 다리를 뻗었다.

쇄애액.

컥.

일순 턱을 가격당한 사내가 쓰러졌다.

쓱. 쓱.

능자진에게도 피해는 있었다.

머리카락과 왼쪽 어깨가 적의 칼날에 얕게 베인 것이다.

"거, 도와주러 왔다고 말을 해도……."

쓰윽.

능자진은 다시금 에워싸는 적들을 향해 검을 세우며 한쪽 다리를 옆으로 벌렸다.

그의 자세를 알아본 것일까.

사뭇 이채로운 기수식에, 한쪽 눈만 내놓은 사내가 눈썹을 들썩였다.

"화산파?"

당황하는 것도 잠시, 그는 곧바로 능자진을 향해서 달려들었다.

쉿! 쉬잇!

'보인다.'

지금 능자진의 눈에는 묘한 빛이 떠오르고 있었다.

먼저 덤벼드는 일류 무인의 움직임뿐 아니라 우측 그리고 좌측, 심지어 등 뒤에서 뛰어드는 사내들의 동선까지 눈에 그려졌다.

패애애애액!

그 상황에서 능자진은 검이 이끄는 대로 가볍게 몸을 움직였다.

검이 반응하자 자연스럽게 초식이 나간 것이다.

채채채채챙!

순간 다섯 개의 검이 하늘로 치솟아 올랐다.

사내들은 멍한 표정으로 자신들의 손을 바라보고 있었다.

툭. 투투투툭. 쨍강!

그들의 시선이 바닥으로 맥없이 떨어진 자신들의 검으로 향했다.

"매화검수……."

앞서 능자진의 자세를 가장 먼저 알아본 사내가 신음했다.

바람에 떨어지듯 휘몰아치는 검법이 무엇을 뜻하는지 깨달은 것이다.

화산파의 매화일수이라 불린 검성(劍星) 백군령(白君嶺).

과거에 강호를 격동케 했던, 그의 매화구궁검법(九宮劍法)이었다.

"알아보시나 보군요. 그러니 이제 그만……. 응?"

안도의 한숨을 내쉬던 능자진의 눈매가 사나워졌다.

타다다닥!

갑자기 천을 두른 아이들이 어디에서 구했는지 사내들에게 병기를 건네주었고, 일부 장정으로 보이는 자들이 검을 들고 능자진 주위를 포위하기 시작한 것이다.

'이거 참……'

능자진의 표정이 굳어졌다.

여섯이었던 숫자가 무려 스무 명이 넘어가고 있었다. 그리고 마을 안에서 꾸역꾸역 사람들이 더 나타났다.

＊　　　＊　　　＊

"후우……."

묵객은 한숨을 내쉬었다.

괜히 손속에 사정을 두며 제압하려고 하니 오히려 일이 꼬이고 있었다.

손으로 마혈을 두드려 쓰러뜨렸으나 사내들은 뻣뻣해진 몸을 악착같이 일으키려 버둥거렸다.

마비된 몸에 억지로 힘을 주면 통증이 상당할 터인데도 포기할 기색이 없었다.

"아저씨! 저도 싸워요!"

쇠스랑을 들고 있는 사내들 사이에는 마을 사람들은 물론이고 애들까지 섞여 있었다.

묵객이 도 자루를 만지작거렸다.

'이를 어쩐다……'

단월도를 쓴다면 사내들은 몇 명이든 손쉽게 쓰러뜨릴 자신이 있었다.

무예를 익힌 자들은 보폭이나 호흡 등 일정한 규칙이 있기 때문이다.

하지만 아이들과 노인은 다르다.

농기구를 들고 서 있는 것만 봐도 무예가 제대로 여물지 않는 자들이다.

그런 자들은 초식이나 형식이 없는, 전혀 예상 밖의 공격을 하기에 자칫 잘못하면 큰 상처를 입을 수도 있다.

물론 묵객이 아니라 사람들이 상처를 입는다는 소리다.

그러나 뭘 물으러 온 입장에서 피를 보아서야 곤란하지 않은가.

"쳐라!"

망설이는 묵객의 모습을 기회라고 여긴 것일까.

사내 중 하나의 외침과 함께 묵객 주위를 둘러싼 사람들이 일거에 달려들었다.

'결국 우려하던 일이……'

묵객은 탄식했다.

사내뿐 아니라 마을 사람들까지 무려 스무 명이나 되는 자들이 달려들고 있었다.

하지만 합격진도 안 되는 마구잡이 공격이기에 묵객 자신이 아닌 양민들 스스로를 찌르고 벨 것 같았다.

캉! 캉! 쩌저저엉!

묵객은 단월도를 빼내 힘으로 세 개의 검을 날려 버렸다.

캉! 퍼억!

뒤쪽으로 파고들던 사내의 검도 날려 버렸다. 일단 무기를 손에서 떨어뜨리게 한 것이다.

퍼억!

뒤이어 달려오는 자경단 사내를 본 묵객은 발로 눈앞에 있는 사내의 가슴을 찍어 동시에 둘을 물러나게 했다.

'위에!'

거의 동시에 공중에서 내려찍는 자경단 사내가 보였다. 급히 몸을 비틀어 상대의 검을 피하려 한 순간.

'이런!'

돌발 상황이 발생했다.

아이가 있었다. 자신의 앞으로 대책 없이 달려드는 작은 몸짓이 시야에 포착된 것이다.

그와 동시에 공중으로 솟구친 사내의 모습이 보였다.

'피하면 안 돼.'

몸을 내던지듯 달려든 아이의 공간을 계산해 봤을 때 피하면 아이가 칼에 베인다.

촌극의 시간은 그렇게 빠르게 흘러갔다.

"아!"

"저럴 수가!"

칼날이 아이의 몸을 스쳐 가자 저마다 짧은 비명이 흘러나왔다.

달려들던 환자들도 걸음을 멈추고 상황을 주시했다.

"대체……."

공중에서 묵객을 공격했던 규성(規城)이란 자는 이미 땅을 밟고 있었다.

검 끝에 피가 약간 고여 있는 걸로 보아 공격이 성공한 듯했지만 그는 오히려 당황하고 있었다.

조금 전 눈앞에서 벌어진 일 때문이다.

"괜찮으냐?"

"왜······."

묵객은 어린아이를 품에 안고 있었다.

그의 얼굴에서 피가 뚝뚝 떨어졌다. 규성이 내려치는 검을 묵객이 몸으로 막은 결과였다.

"왜라니, 당연하지 않느냐."

스르르륵.

말하는 도중 아이의 얼굴에 둘린 붕대가 벗겨졌다.

물집이 툭툭 피어오른 흉한 얼굴이 드러났다.

"어어어!"

버둥버둥!

묵객이 일으켜 세우기 무섭게 아이가 급히 얼굴부터 가렸다.

당장 죽이겠다고 달려든 게 무색하게 아이의 곱아버린 손은 애처로웠다.

"하, 하지 마!"

묵객이 손을 뻗어 붕대를 붙잡자 아이가 자지러지게 비명을 질렀다.

"괜찮다. 보지 않으마."

하지만 뜻밖에도 따스한 목소리가 울려 아이는 당황했다.

쓰윽. 쓱.

보지 않는다는 말을 지키기라도 하는 것일까. 묵객은 눈을 감은 채 아이의 얼굴에 천을 천천히 둘러주었다.

"네가 어떤 마음인지 알고 있다. 나도 그랬으니까."

"……?"

세심하고 조심스러운 손길로 붕대를 감아 매듭을 지어준 묵객은 의아해하는 아이에게 그제야 살짝 눈을 떠 보였다.

"팔 하나를 잃을 뻔했다. 그것도 도를 드는 오른팔을. 무기는 커녕 젓가락도 집지 못할 만큼 완전히 망가졌었지."

"어……."

아이가 눈을 껌벅였다.

그냥 양민에게도 한 팔을 쓰지 못한다는 것은 괴로운 일이다. 하물며 무기를 쓰는 무인에게 오른팔이 어떤 의미인지는 어린아이라도 알 수 있었다.

"그런데 사실 불구가 되는 것이 무서운 게 아니었지. 가장 무서운 건 사람들의 시선이더구나. 불쌍하게 여기는 시선. 동정하는 시선. 그런 건 위로가 아니라 오히려 내 상처를 더 헤집는 것인데 말이지."

툭툭.

묵객은 아이의 얼굴에 감긴 붕대를 주욱 훑어냈다.

그의 손에 문둥병자의 진물과 진액이 뚝뚝 묻어났지만, 그는 개의치 않고 더러워진 손을 자신의 옷에 문질러 닦았다.

"그때의 나보다는 지금의 네가 더 강하구나."

"…내가요?"

"나는 사람 앞에 나서기도 무서웠다. 사람들의 시선이 무서워서. 하지만 너는 병마도, 시선도, 무엇도 두려워하지 않고 있지 않느냐. 그저 너희 마을 사람을 지키려고 말이지."

피식.

묵객이 아이의 머리를 쓰다듬었다.

당장 울음이라도 터뜨릴 듯한 아이를 향해 그는 씨익 웃어
주었다.

"보장하마. 강호칠객 중의 하나인 묵객의 이름으로. 너는 강
한 아이다."

"나, 나는……."

목이 멘 듯 입만 뻥긋거리던 아이가 후다닥! 사람들 사이로
도망치듯 빠져나갔다.

"후우……."

"험험."

나직한 헛기침에 이어 불편해하는 기색들이 느껴졌다.

어느새 주변에서 덤벼들던 사람들은 모두 손을 멈췄다.

심지어 맞은편에서 능자진을 공격하던 사람들도 움직임을 멈
추고 그를 바라보고 있었다.

문둥병.

살이 썩어 문드러져 나가고 자신에게 옮을지 모른다는 무
서움에 흉한 시선을, 돌을, 심지어 칼날까지 날리던 외지인들
이었다.

묵객은 그들과 완전히 달랐다.

그는 붕대를 감아주며 손에 나병 환자의 진물이 묻어나는 것
도 전혀 개의치 않았다.

수년간 마을에서 내쫓기며 개처럼 살아온 환자들은 묵객의 행동에 놀라고 있었다.

"앞서도 말했지만, 나는 이곳 분들을 도우러 온 사람이오. 그대들이 부운현 사람들이라면 말이오."

묵객은 주위를 둘러보았다.

확 달라진 분위기가 그의 피부로 전해져 왔다.

묵객은 더 당당한 몸짓으로 사람들을 향해 목소리를 높였다.

"우룡객잔에서 만두 네 개, 세 개, 다섯 개, 일곱 개를 밀마로 받고 여기로 왔소. 이 의미를 아시는 분이 있소?"

*　　　*　　　*

묵객이 재차 말을 잇자 사람들 중 몇 명이 탄성을 터뜨렸다.

아마도 밀마의 의미를 알고 있는 자들이리라.

그때 한 사내가 곧장 물어봤다.

규성이라 불린, 자경단에서 뛰어난 무위 실력을 가진 자였다.

"그 밀마를 쓰시는 분은 아오. 하지만 당신들은……."

"다른 사람이지. 나는 방각 대사께 목숨을 빚졌고, 그분이 돕는 사람들을 살아남은 내가 대신 돕기로 약조했소."

다시금 사람들의 입에서 탄식이 흘러나왔다.

묵객은 한층 더 진지해진 표정으로 말을 이었다.

"지금 나는 장씨세가 사람이오. 그리고 이 돈은 장웅 공자께서 여기로 건네주라고 한 거요."

차라락.

그의 품속에서 묵직한 주머니 하나가 나왔다.

그러고는 조금 떨어진 곳에 포박되어 있는 한 사내를 가리켰다.

"먼저 묶인 저자를 풀어주시오. 그는 아무런 죄도 없이 지목당했으니."

묵객은 왠지 전중이 이들에게 자신들의 존재를 알리지 않은 이유를 알 것 같았다.

상황이 이렇게 됐는데도 사람들의 일부는 진한 의심의 기색을 흘리고 있었다. 낯선 자를 기피하는 지극히 배타적인 모습이었다.

잠깐의 침묵 속에서 규성이 나서 입을 열었다.

"전중을 풀어주게."

그가 우두머리였을까. 그제야 자경단 사내들이 움직여 전중을 묶은 포승을 풀었다.

"정말로 도우러 온 사람이란 거요? 그동안… 외부와의 연락은 다 끊겼다고 생각했소. 사죄드리오."

규성이 묵객에게 다가가 포권했다.

"아니, 이해하오. 내가 그대라도 날 의심했을 테지."

묵객의 대답에 규성은 쓴웃음을 지으며 고개 저었다.

"역시 협명을 떨치는 칠객이란 소문이 사실이구려. 일단 그간의 얘기를 좀 해 봅시다. 아, 그 전에 묵객께서는 치료부터……."

규성은 아직도 어깨에서 선혈을 펑펑 쏟아 내는 묵객을 한쪽으로 안내했다.

*　　　*　　　*

응급치료를 마친 묵객과 능자진은 근처에 자리를 잡고 앉아 대화를 이어가고 있었다.

그들 주위에 세 사람이 함께 앉아 있었는데 연장자로 보이는 촌로 하나와 규성, 그리고 접선책이었던 전중이었다.

"요 몇 달 약속된 금액이 들어오지 않아 많이 곤란했습니다. 저희는 그분마저 우리를 버렸다고 생각했으니까요."

송로(宋勞)라고 이름을 밝힌 노인은 이곳 촌장이었다. 그는 천을 감지 않은 얼굴에 남루한 복장을 입고 있었다.

"다행히 토질이 좋아 밭을 일굴 정도는 되지만, 사람은 먹는 것만으로 살 수 없으니까요."

그는 말과 함께 주변을 가리켰다.

푸르게 여문 소채, 그리고 작지만 잘 만들어진 가축우리.

아마도 그것들로 우룡객잔에 식자재를 공급해 왔던 모양이다.

"옷이라든가 신발 같은 것. 그리고 여인들에게… 흐음. 어쨌든 살아가는 데 필요한 물품이 이것저것 많지요. 그중에서도 돈은 꼭 필요했소."

그의 말에 묵객은 고개를 끄덕였다.

"고생이 많으셨구려. 기다리시게 해서 미안하오. 아실지 모르겠지만 요즘 강호에 불측한 무리가 나타나 상황이 너무 좋지 않았지. 은자림이라고, 아주 위험한 놈들이오."

"은자림······."

주위에 몰려 있는 사람들 사이에 웅성거림이 일었다.

고개를 돌린 능자진은 겁에 질린 사람들의 표정을 보았다.

"사실··· 저희가 숨어 있는 이유가 그놈들 때문입니다."

송로가 재차 입을 열었다.

조금 전과 달리 그의 표정은 심각하게 일그러져 있었다.

"여기 있는 사람들 일부는 과거 은자림에 모진 고초를 당했
으니까요. 터무니없는 실험, 그리고 지독한 세뇌. 그놈들에게서
벗어난 이후에도 몇 년간 제정신을 차리지 못하고 살거나, 그때
의 상처가 아직 낫지 않은 사람들이 많습니다."

'역시.'

묵객과 능자진은 누구랄 것 없이 한숨을 토해냈다.

이제껏 부운현 사람들이 은자림과 관계가 있을 거라는 예
상을 해보긴 했다. 하지만 실제로 그걸 확인받으니 기분이 묘
했다.

"그럼 이 마을이 문둥병자 마을로 소문이 난 것은 뭐요?"

"혹 문둥병자들이 어떤 취급을 받고 사는지는 아십니까? 하
루하루 병이 몸을 갉아먹는 것도 서러운데 사람들의 눈에 띄기
만 하면 목숨을 위협받기도 합니다."

"그렇지요."

"그런 이들이 이룬 마을에 우리가 부탁해서 더부살이하게 된
것입니다. 나쁘지 않았지요. 우리는 사람들의 이목을 피할 필요

가 있었고, 그들은 우리가 받는 물품과 일손이 도움이 되었으니까요."

묵객과 능자진이 주위를 둘러보았다.

확실히 얼굴에 천을 두른 문둥병자들도 있었지만, 개중에는 병의 기색 없이 보통 사람처럼 보이는 자들도 있었다.

대충하여 반반. 열 명 남짓한 남녀노소는 조금 허름하고 낡은 옷차림이었다.

"그래도 보통 담력이 아니구려. 문둥병자라고 하면……."

"흉한 모습이긴 하지만 결코 옮는 병이 아니라고 하셨지요. 방각 대사께서. 저희를 이곳으로 모아주신 분 또한 그분입니다."

설명은 꽤 길었지만 사족을 빼고 나면 내용은 간단했다.

방각 대사는 과거 은자림으로 인해 정신적으로 불완전한 사람들과 완치할 수 없는 병자들을 돕고 있었다.

그러던 중 은자림이 다시 출현했고 거기에 연관된 사람들이 크고 작은 발작을 일으켰다.

하여 그들을 보살피던 자들이 대피소를 알아보았고 때마침 부운현에 지나가던 문둥병 환자 하나가 눈에 띄었다는 것이다.

문둥병은 일반 사람들뿐 아니라 관인들에게도 몸수색을 받지 않는다.

그리고 행색이 워낙에 끔찍하여 접촉하려고 하지도 않는다.

은자림의 눈을 피할 수 있는 최적의 장소란 얘기였다.

"한데 의문이 있소. 왜 은자림의 접촉을 그리 꺼리는 거요?"

설명을 듣던 묵객이 물었다.

어차피 은자림은 사람들을 선동하는 단체다.

그들의 꼬임에 넘어가지 않으면 되는 것을 그토록 꺼리는 이유가 의아했던 것이다.

"대협께서는 은자림을 직접 겪어보지 않아서 그러십니다."

송로는 쓴웃음을 지었다.

"놈들의 세뇌 수법과 고초는… 그야말로 끔찍합니다. 대체 사람들을 모아서 무슨 대법을 벌였는지, 아직까지도 우리들에게는 크고 작은 질병이 있습니다."

"허."

"그걸 질병이라고 하기엔 또 애매하더군요. 어찌 보면 괴이한 능력 같은 것입니다. 누구는 눈에서 피고름이 흐르고 눈알이 터질 듯 아프다고 하는데, 눈을 감고도 잘 걸어 다닙니다. 또 누구는 햇볕이 닿으면 살갗이 타들어가기도 하지요. 그런 대신 빛하나 없는 어둠 속에서도 대낮처럼 잘 보인다고 합니다."

송로의 말에 힐끔, 묵객은 아영이라 불린 소녀를 돌아보았다.

분명 무인도 아닌데 초월적인 감각으로 자신들의 숨은 자리를 지적한 소녀.

어쩌면 그 또한 그와 비슷한 경우인 듯싶었다.

"은자림이 당신들에게 뭘 한 거요?"

"저도 모르겠습니다. 다만 사람에게 온갖 해괴한 약을 마시게 하고, 이상한 고문을 한 게 의술인지 사술인지 모를 연구를 하고 있었던 것 같습니다. 거기에 몸담고 있었을 때 우리는 그들만 믿었지요. 내 한 몸을 바치면 새 세상이 오는 데 도움이 될 거라고."

송로가 긴 탄식과 함께 주름진 눈을 가렸다.

"한데 방각 대사께선 왜 오시지 않는 것입니까?"

문득, 이제껏 대화에 끼어들지 않았던 규성이 나직하게 물었다.

묵객은 씁쓸한 표정을 지어 보이며 대답했다.

"귀천하셨소."

"허……"

"아……"

이곳저곳에서 사람들의 탄식이 쏟아졌다.

어찌 보면 방각은 이 마을 전체를 만들고 지원해 온 사람이라 할 수 있었다. 그의 부고에 사람들이 비탄에 빠지는 것은 당연했다.

"여러분께는 미안하게 되었소. 어쨌든, 그로 인해 내가 그분 대신 이곳에 온 거요."

잠시 침묵이 일었다.

그 침묵을 규성이란 자가 재차 깨뜨렸다.

"그럼 옆에 계신 이분 대협도 같은 이유로……"

"아, 나는 다른 사람이오."

사람들의 시선이 모이자 능자진이 조심스레 물었다.

"혹시 흑도의 소위건이라는 사람을 아시오?"

"소 대협이… 왜?"

이번에도 몇몇이 반응했다. 특히 아영이라는 소녀의 동요가 눈에 띄었다.

능자진은 안심했다.

소 대협이라. 그가 흑도의 무리 중에서 악명 높았던 사람이라 나쁘게 보이지 않을까 걱정했는데…….

규성이 고개를 한 번 끄덕이고는 말했다.

"그도 우리에게 도움을 주시던 분 중 하나요. 그분은 왜?"

"그렇구려. 묵객께서 방각 대사께 구명의 은혜를 받은 것처럼 나 역시 그렇소. 소위건이 내 목숨을 대신 살렸지. 그가 우룡객잔이라는 말을 입에 담았고, 그래서 묵객과 함께 이곳을 찾을 수 있었소."

능자진이 품속에서 뭔가를 꺼내놓았다. 지난번에 묵객에게 보였던 옥패였다.

"저건……!"

"아!"

그걸 본 사람들이 저마다 소리를 질렀다.

묵객이 밀마 얘기를 꺼냈을 때와는 전혀 다른, 거의 대부분의 사람들이 그걸 보고 반응한 것이다.

"그, 그걸 당신이 왜 가지고 있는 거요?"

놀란 표정으로 급히 묻는 전중에게 능자진이 조금 당황한 표정으로 말했다.

"소위건 그 사람이 제게 남긴 것입니다."

"아니, 그럼 그분은……."

"역시 죽었소. 나를 대신해서."

능자진이 말이 떨어지기가 무섭게 사방에서 격한 반응이 일었다.

"아!"

"그럴 수가!"

"이런 일이!"

웅성거림을 넘어 충격에 빠진 듯한 반응이었다.

방각 대사의 죽음을 알게 된 것과는 다른 의미의 공포? 그런 모습이었다.

"거짓말!"

묵객과 능자진이 놀라 서로를 바라볼 때 한 가닥 찢어지는 듯한 가냘픈 목소리가 울렸다. 조금 전 중년 부인 뒤로 숨어 있던 소녀, 아영이었다.

"거짓말! 거짓말! 거짓말쟁이! 오빠가 왜 죽어!"

'오빠라고?'

당황한 얼굴로 소녀를 보던 능자진은 자신의 몸이 부우웅 하늘로 날아오르는 것을 느꼈다.

'이 무슨?'

정신을 차릴 새도 없이 몸이 쭈욱 밀려 나갔다.

콰드득! 쿵!

그리고 공깃돌처럼 나무에 충돌하며 엎어져 버렸다.

"······!"

"······!"

"······!"

지켜보던 묵객은 경악으로 물들었다.

눈으로 보고도 대체 무슨 일이 일어났는지 알지 못하는 자들도 있었다.

묵객의 시선이 말라비틀어진 소녀에게 이어졌다.

"너희들! 너희들 때문이야! 너희들만 찾아오지 않았어도! 그러지만 않았어도! 우리 오빠가!"

"아영이가!"

"갑자기 왜 발작이……."

"모두 도망가!"

사람들이 소리 지르며 하나둘씩 자리를 벗어났다.

옆에 앉아 있던 노인과 사내도 어김없이 도망을 치기 시작했다.

눈으로 보고도 믿기 힘든데 그것이 다가 아니었다.

스르륵. 스르르륵.

쓰러진 사람들이 하나둘씩 허공으로 떠오르기 시작했다.

일부는 공중을 뱅뱅 돌고, 일부는 날아오르다 떨어져 땅에 처박혀 피를 흘리고 있었다.

그것으로 끝이 아니었다.

드르르르륵—!

쫘드득!

'허어…….'

쫘드득!

땅이 크게 울리나 싶더니 뒤에 있던 나무 집을 지탱하는 기둥 하나가 엿가락처럼 휘어졌다.

꽈드득! 파지직! 파지지지직!

그것은 집의 또 다른 기둥으로 이어졌고 이내 모옥을 지탱하는 모든 기둥들이 미친 듯이 흔들렸다.

그것은 단지 시작에 불과했다.

꽈드득! 파지직! 파지지지직! 꽈드득! 파지직!

전방위에서 엄청난 굉음이 주위를 울렸다.

단지 집 한 채가 아니었다. 십수 채, 거의 모든 집들의 기둥과 대들보가 갈라지고 부서지며 터져 나갔다.

파아아악!

한순간 무너질 듯 휘청거리던 모든 집들이 일제히 공중으로 치솟아 올랐다.

"이, 이게 무슨……."

묵객은 마치 재앙이라도 보듯 멍한 표정을 짓고 있었다.

뿌리째 뽑힌 나무처럼 치솟아 오른 집채들 주위로 부서진 파편들이 묵객의 머리 위로 비 오듯 쏟아져 내렸다.

"피리! 피리를 들고 와!"

"묵객! 묵객 대협! 능자진 대협을!"

주위에서 사람들이 뭐라고 아우성치고 있었지만 묵객의 귀에는 그런 말이 들어오지 않았다.

"어떤 연유로 은자림 또한 흔들리고 있고, 불온해지는 분위기를 일부의 희생을 통해 결집시킨다는 거죠."

"꺄아아아아!"

소녀의 울부짖음 속에서, 사람들의 비명 속에서 묵객은 그제 야 알 수 있었다.

집 열 채를 공중으로 떠워 올리는 초월적인 힘, 그건 무공이 아니다.

무위의 극이라는 허공섭물이라도 이런 조화를 만들어내지 못한다.

"순교자. 혹은 제물이죠."

서혜가 했던 말들이 묵객의 뇌리를 스쳐 갔다.

은자림의 뜬금없는 자살행위는 제물을 바쳐 누군가를 부르 는 행위였다.

예전에 그들이 했다고 전해지는 끔찍한 실험들.

과거 심신에 상처 입은 사람들이 사는 곳이 부운현.

"설마 은자림이 부르던 게……."

나병촌 환자들의 마을처럼, 극단적인 폐쇄 공간이 이들에게 필요했던 이유.

이런 곳이 아니라면 집요하게 추적해서 그들을 쫓았을 은 자림.

그리고 혹도 살수이면서 뜬금없이 사람들을 도왔던 소위건.

"이 소녀였던 것인가……."

그 모든 것이 눈앞의, 초월적인 힘을 가진 소녀와 연결되고 있었다.

은자림은 목적은 바로 이 소녀였던 것이다.

第九章

드러나는 실체

'이건 무공이 아니다.'

허리춤으로 향하는 묵객의 손이 가느다랗게 떨렸다.

십수 채의 집이 치솟은 상황을 보니 마음을 다스리기가 쉽지 않았다.

'확실히 인간의 힘이 아냐.'

제아무리 경천동지할 무공을 지닌 자라 해도 이런 능력을 보인다는 건 불가능했다.

허공섭물과는 비교조차 되지 않을 초자연적인 힘이었다.

'일단… 제압하고 봐야겠군.'

철컥.

묵객의 단월도가 매섭게 뻗어 나왔다.

여전히 거대한 집채가 눈앞에서 요란한 소리를 내고 있었지만 그는 더 이상 동요하지 않았다.

오랜 강호행에 사선을 수없이 넘어온 그였다.

'사술의 핵심은 바로 술자.'

초자연적인 힘이라도 결국 그것을 부리는 것은 인간이다.

소녀만 제압하면 끝나는 문제였다.

그렇게 마음먹은 순간.

"거짓마―알!"

구구구구궁!

허공으로 솟아 있던 집채들이 묵객을 향해 일렬로 쏟아져 내렸다.

콰아앙! 콰아아아앙! 콰아아아아아앙!

연거푸 세 채의 집이 바닥에 꽂히며 굉음을 터뜨렸고, 묵객의 몸도 삽시간에 내려앉아 버렸다.

"대협!"

전중과 규성, 두 사내가 소리쳤다.

아영의 발작에 도망가던 중 묵객을 발견했다. 그리고 곧 거대한 건물이 묵객의 몸으로 떨어지는 것까지 목격했다.

콰앙!

"죽었……."

"아냐!"

전중의 말을 끊고 규성이 한쪽을 가리켰다.

연달아 부서지는 건물들의 천장을 뚫고 뛰어오르는 묵객의 신형이 보였다.

파팟. 타앗!

묵객은 신형을 돋워 떨어지는 집들을 밟으며 날아올랐다. 이후, 소녀의 머리 위로 움직였다.

쿠쿠쿵! 쿠쿵! 쿠쿠쿵!

소녀도 가만히 있지 않았다.

접근을 허용하지 않을 생각인지, 내리꽂은 집의 잔해를 거꾸로 허공으로 띄워 올린 것이다.

"이런!"

"안 돼……."

전중과 규성의 표정이 고통스럽게 일그러지는 가운데 허공에서 박살 나는 집의 잔해들이 폭음을 토해냈다.

콰앙! 구우우우웅!

파앗!

묵객은 그 공격도 피해냈다. 어느새 소녀의 지척까지 다가가 검을 휘둘렀다.

"이제 그만……."

멈칫!

소녀의 백회혈을 찌르려던 묵객은 멈칫했다. 반사적으로 무인의 본능으로 상대를 죽이려 했으나 아슬아슬하게 멈출 수 있었다.

'제기랄. 죽이면 안 되지.'

스윽.

그때 소녀가 일그러진 얼굴로 묵객을 돌아보았다.

묵객은 소름이 돋는 기분을 맛봤다.

'무, 무슨 눈빛이……'

새파란 눈.

검거나 고동빛인 한인(漢人)의 눈이 아니었다.

마치 서역인의 그것처럼 푸른, 아니 그보다도 마치 사람의 것이 아닌 듯한 섬뜩한 눈이었다.

파라라라라락.

"……!"

일순 바닥에 있던 흙더미가 물보라를 일으키듯 치솟아 올랐다.

묵객이 급히 뒤로 물러섰다.

패애애애액!

뒤이어 흙 속의 자갈들이 암기처럼 비산하자 묵객의 몸이 다시 흐릿하게 바뀌었다.

처억.

삼 장 뒤에서 겨우 다시 모습을 드러낸 묵객이 도를 세우며 한숨을 쉬었다.

"이거… 간단히 끝나진 않겠군."

다행히도 소녀는 감각이나 기감이 아닌 오로지 시각으로 자신을 상대하고 있었다. 즉, 일류 이상의 신법을 쓰는 무인의 움직임을 눈이 따라잡지 못하는 것이다.

'방심해선 안 돼.'

그럼에도 확실히 파괴적이고 초월적인 능력을 가진 건 부인할 수 없었다.

무엇보다 여기서 저 소녀가 날뛰는 시간이 길어질수록, 자신이야 어쨌든 이 마을은 점점 절단이 나는 것이다.

스스스스슥.

소녀가 손을 들자, 떨어진 집에서 부서진 나무 잔해들이 하나둘씩 떠올랐다.

그리고 칼로 깎은 듯 날카롭게 변해 곧 방벽처럼 소녀의 몸 주위를 천천히 메워갔다.

"…갈수록."

가가가각!

무기가 시원치 않아 아예 직접 만들고 있는 것일까.

이제 기둥이고 서까래고 잘못 맞았다간 치명상을 입을 정도다.

집채를 떠우는 그녀의 능력을 가늠해 볼 때 사람을 산 채로 꿰뚫어 버릴 터였다.

패애애애액—!

예리한 창처럼 파편이 사방에서 날아들었다.

"흡!"

묵객은 신음과 함께 단월도를 급히 휘둘렀다.

파파파파파파팟!

파각! 파각! 파각! 파각!

무시무시한 광경이었다.

엄청난 속도로 날아드는 거대한 송곳들을 일일이 단월도로 쳐 내는 묵객이었다.

그렇게 날아드는 파편들을 쳐내갈 때쯤.

파파파파파팟.

이번엔 바닥에 있는 돌들이 암기처럼 날아들었다.

"돌아가시겠군."

화드드득.

이건 조금 전처럼 일일이 쳐내는 게 의미가 없었다.

파팟!

한쪽으로 쳐내듯 동작을 보이던 묵객이 뒤로 쭈욱 빠졌다.

그러자 쭈우욱, 자석처럼 자갈 더미가 그를 따라왔다.

따땅따당!

이를 악문 묵객이 앞으로 달려 나가며 자갈을 쳐냈다.

파팟.

또다시 옆으로.

따땅따땅.

또다시 앞으로.

파파파팟.

이윽고 모든 자갈들을 옆으로 쳐내자 이번엔 긴 풀들이 찢기듯 허공으로 치솟았다.

사아아아아아아ー악!

"그만 좀 해!"

묵객은 도를 치켜세웠다.

긴 풀들이 칼날처럼 꼿꼿이 서서 언제든 날아들 준비를 하자 묵객이 그제야 화를 냈다.

'단순히 빠르고 강할 뿐 그 이상도 이하도 아냐.'

소녀의 공세는 위력적이다. 하지만 무인 특유의 교묘함과 어지러움이 없었다.

패애애애애애액!

대꾸라도 하듯 풀잎의 칼날이 소나기처럼 쏟아졌다.

후욱!

그 속에서 묵객의 신형은 삽시간에 사라졌다.

"……!"

당황해서 사방을 두리번거리던 소녀가 눈을 부릅떴다.

어느새 눈앞에 나타난 묵객이 자신을 보고 있었다.

"이쯤하고 그만 쉬어라."

툭. 투투투투툭!

묵객이 소녀의 여섯 개 혼혈을 빠르게 점했다.

비틀!

몸을 가누지 못하고 쓰러지는 소녀를 보고 그제야 안심한 묵객이 후우 한숨을 내쉬었다.

'어라?'

그런데 그는 곧 이상한 것을 발견했다.

뾰족하게 변한 풀들이 여전히 공중에 떠 있었다.

오히려 처음보다 더 늘어난 듯 수많은 풀들이 허공에 떠오르고 있었다.

따딱. 따딱.

아까 피했던 자갈 더미들이 다시 몰려오고 있었다.

심지어는 제일 먼저 쳐내고 부쉈던 집의 잔해들, 뾰족하게 깎인 나무 잔해들까지 하나둘 그를 노리는 듯 모여들고 있었다.

"어… 이게 어떻게 된……."

놀란 묵객이 뒤를 돌아보았다.

스윽.

그곳에서는 분명 혼혈이 짚여 쓰러져 있어야 할 소녀가 몸을 일으키고 있었다.

피가 떨어질 듯 붉게 달아오른 눈자위에 새파랗게 변한 눈동자.

가히 지옥에서 올라온 악귀처럼 흉흉한 기세였다.

"하…하하하."

묵객은 이제 저도 모르게 물러서며 식은땀을 흘렸다.

"저, 저기 우리, 말로 해보지 않을래?"

＊　　　＊　　　＊

쿠쿵! 쿠쿵!

"칠객의 하나라더니 과연……."

한편, 송로는 집들을 부수며 그 틈으로 돌입한 묵객을 보고 눈을 부릅떴다.

염력이라 불리는 괴이한 능력.

은자림에서 길러진 아영은, 그 교단의 수많은 피험자들 중에서 가장 강력한 능력을 지닌 아이였다.

설령 천하십대고수라 해도 이미 몇 번은 죽였을 만한 공세를 퍼붓고 있었다. 그런데도 묵객은 아영의 공격을 피하며 여유 있게 뒤를 잡은 것이다.

후드득!

"이런!"

그런 그도 결국은 무림인이었나 보다.

아영의 혼혈을 짚고 방심하다가 다시 주변 기물이 우르르 떠오르는 걸 보고 멈칫멈칫 물러서고 있었다.

"뭣들 하나! 빨리 피리를 들고 와!"

"그… 여기서 어떻게 말입니까!"

송로의 말에 전중과 규성이 비명 지르듯 대답했다.

사실 이제껏 아영이 저런 발작을 일으킨 경우는 많았다. 한 번 흉성이 발작한 은자림의 피험자들을 제지할 수 있는 방법은 바로 피리였다.

"맙소사."

문제는 그 피리가 있을 만한 집들을 아영이 죄다 박살 내서 잔해 더미로 뒤덮여 있거나 혹은 허공에 둥둥 떠올라 있었다.

"피리… 라니. 무슨 피리요?"

그때 등 뒤에서 나는 목소리에 송로가 고개를 돌렸다.

조금 전, 아영의 힘에 날아가 쓰러진 능자진이 허리를 부여잡은 채 힘겹게 몸을 일으키고 있었다.

"능자진 대협! 어떻게… 몸은 괜찮은 거요?"

"나는 괜찮소. 그보다 나도 돕겠소. 한데 그게……."

끄으응!

부딪친 허리가 아픈지 능자진은 신음을 흘렸다.

그의 손엔 소위건이 주고 간 옥패가 들려 있었다.

노인이 입을 쩌억 벌리는 가운데 능자진이 물었다.

"어떻게 생긴 거요?"

"바로 이렇게 생긴 겁니다!"

말과 함께 노인이 옥패를 빼앗아 들었다.

토도독.

그리고 옥패를 문지르자, 표면에 매끈하게 막혀 있던 조각들이 떨어져 나가며 일곱 개의 작은 구멍이 드러났다.

삐이이익!

그 옥패를 입에 물고 노인 송로가 크게 숨을 불어냈다.

*　　　*　　　*

사사사사사삭.

자갈, 날카로운 풀, 나무 잔해들이 주위를 휘감아 돌자, 묵객은 몸에 한기가 스며드는 듯한 느낌을 받았다.

'결국 죽이는 수밖에 없나…….'

그는 소녀를 보며 입술을 깨물었다.

기와 파편의 폭풍은 아까보다 오히려 더 크게 퍼져 나가고 있었다.

버틴다면 계속 버틸 수 있겠지만, 이러다가 자칫 주변에 있는 사람들까지 휘말릴 수 있었다.

십여 장쯤 떨어져 있는 능자진과 마을 사람 셋, 거기에 이십여 장 주변에 아직 채 벗어나지 못한 이 마을 사람들까지 있었다.

우르르릉! 우르르릉!

소녀의 폭주는 점점 더 강렬해지고 있었다.

파편과 풀잎과 자갈은 이제 모래 폭풍처럼 맹렬하게 주변을 돌고 있었다.

여기서 자칫 자신이 쓰러지기라도 하면 소녀의 힘이 저들까지 모두 찢어발길지도 모른다.

'뒷머리 위의 백회혈.'

사락.

묵객은 이제 단월도를 더듬듯 기를 불어넣었다.

딱 두 치. 이 정도의 깊이로 검기를 찔러 넣는다. 예리함이 아닌 기의 충격만으로.

'어려운데……. 나는 의원도 아니고.'

얕으면 화살에 놀란 멧돼지처럼 소녀는 더욱 폭주할 것이다.

그렇다고 깊이 찌르면 인체 제일의 요혈이 파괴당해 그 자리에서 절명한다.

실수를 용납하지 않는 단 한 번의 기회.

스르륵. 스르륵. 스르륵.

'제길!'

하지만 여유 있게 연습할 상황이 아니었다. 모래바람처럼 빙빙 도는 파편들이 당장에라도 달려들 듯 기세를 높이고 있었다.

양자택일의 순간이었다.

소녀를 죽일 것이냐, 아니면 도망갈 것이냐.

묵객의 눈이 날카롭게 가늘어졌다.

"미안하다. 하지만 어쩔 수 없구나."

파파파팟.

지이이이잉.

딱 두 치. 그보다 약간 긴 듯했지만 묵객은 단월도를 찍어 올릴 듯이 겨누었다.

그가 막 신형을 도약시키려 힘을 주는 순간.

피이이이이익.

풀썩!

한 가닥 피리 소리와 함께 소녀가 갑자기 쓰러졌다.

"또 무슨……."

그게 술책일지 모른다고 생각한 묵객은 더욱 긴장했다.

후드득. 와드드득!

그런데 풀잎과 자갈들이 우르르 땅 위로 쏟아졌다.

"…응?"

쿠쿵! 쫘드드득! 콰콰콱!

다음으로는 부서진 집의 잔해와 바위들까지 땅 위로 떨어져 뒹굴었다.

    *   *   *

따닥따닥.

여러 개의 모닥불을 두고 마을 사람들이 이리저리 모여 앉아 있었다.

기거하는 집들이 몽땅 날아갔으니 꼴들이 말이 아니다. 그 가운데서 촌로가 말을 이었다.

"그럼 저 아이가 소위건의 동생이란 말이오?"

아영이란 아이에 대해 설명을 듣던 와중에 능자진이 물었다.

"예, 그렇습니다."

마을의 촌장인 송로가 긴 한숨을 내쉬며 말했다.

"보시다시피 저희는 세상에서 환영받지 못하는 병자와 환자들입니다. 마을에서 살 수도 없고, 기껏 만든 마을도 관군이나 다른 사람들이 와서 몰아내고 망가지기 일쑤지요. 그래서 한자리에 오래 머무르지 못하고 이리저리 흘러 다니곤 했습니다."

그렇게 이동하던 어느 날, 웬 무인이 여아 하나를 데리고 왔다. 같은 처지이니 받아달라고 하면서.

"은자림에게 실험을 당한 아이였습니다."

"…실험?"

묵객의 물음에 송로는 주변을 돌아보며 한 청년을 가리켰다.

조금 전 싸움에 휘말려 팔이 부러진 청년이었다.

"용운(鏞雲)이라는 아이입니다. 눈이 없는데 앞을 보고 관상을 보는 아이지요."

"허……."

묵객이 말을 잊고 그 청년을 보았다.

하얗게 백태가 낀 두 눈은 척 보기에도 시력을 유지할 수 없는 눈이었다.

그런 보이지도 않는 눈으로 사람의 모습을 정확히 맞히고, 앞날까지 예언하는 약간의 신통력을 가졌다니 확실히 사교 집단에서 유용하게 쓰일 만한 사람이다.

"은자림은 사람을 가지고 괴이한 짓거리들을 많이 했었습니다. 약물에, 고문에 그리고 온갖 괴이한 사술들까지."

송로가 지난날을 떠올리는지 잠시 치를 떨고는 말했다.

"대법(大法)이라고 했지요. 그들은 계속 무언가를 찾고 연구하고 있었습니다. 창피스럽게도, 그때만 해도 저는 그들이 시키는 것마다 하나도 의심 없이 믿고 따랐습니다. 정말로 새 세상을 위한 대업이라 믿고……."

"그런 건 아무래도 좋소. 그보다……."

능자진이 말을 끊었다.

"나중에라도 그 무인이 소위건이란 걸 알았을 터인데 가만히 있었다는 거요?"

그의 얼굴은 어두웠다.

목숨을 빚져서 이번 일에 끼어들게 됐지만, 소위건은 흑도의 고수다. 돈이 되는 일이라면 악한 일도 마다하지 않았다.

그의 손에 죽거나 상한 이들이 적게 잡아 백은 된다는 말이다.

"대협께선 모르겠지요. 저희에게 아영이는 남이 아닙니다."

송로가 쓰게 웃었다.

동병상련이랄까. 그들에게 아영은 같은 입장에 처한 사람이었다. 소위건이 악인임은 분명한 사실이지만 그 동생까지 그런 건 아니었다.

"저희가 아영이를 내치는 것은 저희더러 살 자격이 없다고 하는 것과 같습니다. 이 아이가 무슨 잘못이 있겠습니까? 이 아이 역시 이용당했는데 말입니다. 대협, 우린 바깥사람들의 상식으로 보면 죄인들입니다. 하나 다른 시각으로 보면 더 큰 고통을 받는 사람들입니다."

노인의 절절한 말에 묵객과 능자진은 불편한 얼굴을 했다.

이용당하고, 자신들의 의지가 없다고 해서 잘못이 아예 없는 것은 아니다.

하지만 누구는 문둥병 환자가 아님에도 얼굴이 썩어 문드러지고, 어떤 이는 은자림의 괴이한 실험에 팔다리가 등나무처럼 휘어진, 그냥 보아도 순탄치 않은 인생의 사람들에게 더 이상 책임을 묻기도 힘들었다.

"알고 있습니다. 저희도 잘못했다는 것을. 그래서 저희 삶으로 그 잘못을 갚는 중입니다. 다행히 그런 저희에게 명호 대협과 방각 대사의 손이 닿았지요."

송로는 뒤이어 어둑어둑해진 마을을 휘이 둘러 가리켰다.

얼추 백여 명의 사람들이 살고 있는, 이십 가구 정도의 작은 마을이었다.

개울 주변으로는 소채밭이 몇 개 만들어져 있고, 구석에는 양이나 염소 등 작은 동물들도 기르고 있었다.

"먹는 거야 손들이 모이니 어찌 된다 쳐도 입을 것, 쇠 다루는 것, 그런 것들은 저희가 어떻게 할 수 없었지요. 물품이 계속 필요하기도 하고."

"음."

사람이 살아가는 데 먹는 것만으로는 해결되지 않는다.

옷이나 신발, 그리고 밭을 가는 쟁기나 나무를 베는 도끼 등은 자급자족으로 만들어낼 수 없다.

결국 많은 사람이 살아가는 데는 그 자체로 굉장히 많은 돈과 물품이 필요하다.

"그때까지 소위건 그 사람이 보내온 재물은 저희가 삶을 유지하는 데 큰 도움이 되었습니다."

"그렇군요."

"어? 그러고 보니 말인데……."

납득했다는 묵객과 달리 능자진이 고개를 갸웃하며 송로에게 물었다.

"나이 차이가 꽤 많이 나는데 이 아영이란 애가 소위건의 동생이 맞소? 차라리 딸이라면 모를까."

소위건의 나이는 대충 마흔이다. 한데 아영이라는 여아는 끽해야 열서넛쯤으로 보였다.

당연한 것을 묻자 송로가 다시금 쓴웃음을 지었다.

"성장이 멎은 겝니다."

"…허어?"

"저도 이상하다 싶어 물어보았지요. 어려 보이는데 그 당시에 열여섯이니까 지금은 얼추 스물은 되었겠습니다만."

구음진맥.

태어나면서부터 기혈의 일부가 과하게 쏠린 사람들이 종종 겪는 일이다.

그들의 수명은 열여섯이 한계다.

저주받은 체질이라 할 수 있지만, 사람에 따라 선천적으로 이능이라 불러야 할 괴이한 힘을 쓰기도 했다.

그 당시 은자림의 수뇌부는 그 구음진맥에 큰 관심을 보이고 연구했다.

어떻게든 열여섯이라는 나이를 넘겨 구음진맥의 능력을 유지하는 방안이 없을까 하고.

"어찌 보면 소위건, 그 사람이 그리된 것도 달리 방법이 없었기 때문 아닌가 싶습니다만."

"집안에 병자가 있고, 세상을 믿을 수 없다면 그리될 수도 있긴 하지."

묵객이 고개를 끄덕였다.

소위건의 여동생은 사교 집단에 붙잡혀 큰 고초를 겪었다.

당시 믿었던 사람들에게 그런 일을 당했으니 증오와 불신이 가득했을 터.

거기에 병자는 데리고 먹이는 데만도 큰돈과 품이 들어간다.

앞뒤 안 가리고 돈만 벌려고 했다면 혹도의 악랄한 악당이 수입 면에서는 좋았을 터다.

하나하나 속사정을 듣고 나니 조금은 이해가 갔다.

"그 은자림 말이오."

이제껏 별 반응 없이 듣기만 하던 묵객이 조심스레 입을 열었다.

"최근 들어 갑자기 괴이한 행태를 보이고 있소. 사람들을 드러내 놓고 포섭한다든가 혹은 집단으로 자살을 하게 만든다든가."

강호의 심상치 않은 행태를 이야기해 주자 송로가 묵묵히 무언가 헤아려 보더니 이내 고개를 저었다.

"저 역시 당시의 은자림에서 긴요한 자리에 있었던 건 아니라……. 아영이를 저희가 데리고 있는 것에는 약간의 앙갚음 또한 있습니다. 지금 듣기로는 아마 그것이지 않을까 생각됩니다."

앙갚음.

은자림은 아영을 대단히 중요시했다고 한다.

그러니 사유는 모르지만 일단 이 아이를 그들의 손에 넘기지 않는 것만으로도 무언가 차질이 생기리라고 여긴 것이다.

"구음진맥이라……."

묵객은 아영을 다시 돌아보았다.

근 스무 살이라고 하는데도 끽해야 열서넛으로밖에 보이지 않는 앳된 얼굴의 소녀는 마을에서 의원으로 사는 한 남자의 품에 조용히 누워 있었다.

아무래도 저 아이가 중요한 열쇠가 될 것 같다고 여긴 묵객은, 끙끙대는 다른 부상자들을 보고 혀를 찼다.

"다들 다친 곳은 좀 어떻소?"

"삐거나 부러진 사람은 있지만 다행히 죽은 자는 없습니다. 대협의 도움으로 이렇게 된 것 같습니다."

"나 때문이 아니오. 피리 소리가 조금만 늦었어도 이 아이를 진정시키기 힘들었을 것이오."

공치사에 묵객이 손사래를 쳤다. 그러자 규성이란 이가 고개를 저었다.

"아니오. 대협이 하신 거요. 피리 소리는 이 아이의 발작을 누그러뜨리는 것뿐 이렇게 정신을 잃게 하지 못하오."

"음?"

"이 아이는 대협의 손에 쓰러진 거요. 아까 소인이 얼핏 보니 아영이 머리 쪽에 아른거리는 뭔가가 사라지더니 몽둥이처럼 아영이의 뒷머리를 때리더군."

"…내가? 내가 그랬소?"

"예."

규성이 단호하게 대답했다. 묵객이 잠시 입을 벌리고 그를 보다가 자신의 손을 슬쩍 내려다보았다.

'허어… 검기를 흩뜨렸다가 다시 모은다?'

자신의 손으로는 했다고는 믿기지 않는 공부였다.

한번 발출했던 검기를 어느 순간 일시에 흩어지게 만드는 수법도 난해하거니와 그것을 다시 한 곳에 모으는 것은 더더욱 어렵다.

그것은 내공의 문제가 아닌 깨달음의 문제이기 때문이다.

자신이 알고 있는 공부보다는 한 차원 높은 경지의 무위인데, 얼떨결에 그걸 성공시킨 모양이다.

'조금은 성장했나 보구나.'

모든 무공은 깨달음이 동반돼야 그 위력을 발휘할 수 있다.

노천의 도움으로 육체적인 경지가 입신의 경지에 도달했지만 사실 묵객의 수준에서 체력은 그다지 큰 도움이 되지 않는다.

하지만 지금 와서 보니, 그 작은 차이가 이런 때 큰 결과를 만들어내는 모양이다.

백척간두 진일보.

최악의 상황에서 마지막 한 가닥의 힘이 더 남아 있고 없고가 집중력의 발휘로 이어지는 것이다.

"이 아이, 우리가 데려가도 되겠소?"

묵객이 당시의 감각을 되새기는 사이, 능자진이 송로에게 물었다.

장씨세가는 지금 은자림과 싸우고 있는 입장이었다. 정말로 그들과 대적해야 하는 처지라면 광휘와 묵객이라는 양대 고수가 보호하는 편이 더 나을 것이다.

"그러시지요. 피리 쓰는 법을 알려 드리겠습니다."

송로가 고개를 끄덕였다.

*   *   *

파락.

일왕자의 서신을 접은 광휘의 눈가에 잔잔한 떨림이 일었다.

"후우……."

장웅은 그 모습을 보며 가만히 기다렸다.

중원 전역을 어지럽혔던 무리 은자림, 그리고 그들에 맞서 싸운 광휘.

한때는 그가 무림맹의 기둥이었다고 했다.

난세를 뒤흔든 무리들과 대척한 그가 황실과 연이 없는 게 오히려 이상한 일이었다.

"결정을 내리셔야 합니다, 대협."

스륵.

광휘가 두루마리를 접어 품속에 넣는 모습을 본 장웅이 입을 열었다.

"아시다시피 황실의 사건에 개입하는 순간 양자택일의 길에 들어섭니다. 그 선택의 끝은 길보다 흉이 많지요."

꿀꺽.

장웅이 침을 삼켰다.

마치 선택을 강요하는 것 같지만, 여기서는 어쩔 수가 없었다. 광휘가 황실의 일을 맡는다면 장씨세가에는 이보다 더 큰

복이 없었다.

꾸욱.

광휘가 눈을 감고 오래오래 생각에 잠겨 있을 무렵 장웅이 주의를 환기시키듯 화제를 돌렸다.

"이 일과는 별개로 드릴 말씀이 있습니다."

그가 광휘를 보러 온 것은 일왕자의 서신을 건네는 것 이외에 다른 목적도 있었다.

"묵객 대협과 함께 대화를 하다 보니 나온 얘깁니다만… 부운현이라고 아십니까?"

"…부운현?"

"예. 묵객께서 방각 대사의 마지막을 도와드리면서……."

장웅은 소상하게 설명했다.

묵객과 능자진, 방각 대사와 소위건에 대해.

그들의 인연이 부운현으로 이어진 상황까지 얘기했다.

"지금은 그들이 은자림과 이어진 건지 어떤지 확실치는 않습니다. 하지만……."

장웅이 신중하게 입을 열었다.

은자림의 사교에 피해를 보았던 사람들과 방각 대사의 도움, 거기에 명호, 무엇보다 근자에 은자림이 의미 없이 교세를 확장하는 것과 집단자살이라는 극단적인 행동을 보인 것까지.

"저로서는 뭐와 연관이 된 건지 모르겠습니다. 이 부분에 대해서 혹시 대협께서도 아시는 것이 있을지……."

"실험일 거요."

스륵.

장웅이 말하는 도중 광휘가 눈을 떴다. 그 표정은 심각할 정도로 굳어 있었다.

"…그리고 구음진맥이었지."

"예?"

장웅이 물었지만 광휘는 대답하지 않았다.

그는 가만히 이를 사리물며 예전의 일을 짚고 있었다.

"과거에 실험했던 표본이오. 장대풍의 말대로 놈들이 그 여자를 찾고 있는 거면……."

뚜욱 뚝. 피가 떨어져 내리듯 광휘의 말이 가닥가닥 끊겼다.

장웅은 뭔지 모를 섬뜩한 기운에 입을 열지도 못하고 기다렸다.

"은자림은… 과거 극악무도한 짓을 많이도 저질렀소. 그중 가장 지독한 짓은, 같은 신도들을 상대로 대법과 사법의 실험을 한 거요."

"그런 일이 있었습니까?"

장웅의 물음에도 긴 침묵 뒤 광휘가 입을 열었다.

"그렇소. 그들의 실험체 중에 신재라고 불리는 이들이 있었지. 혹 염력이라고 아시오?"

"염력이면… 초자연적인 현상을 부리는 자들 말입니까?"

장웅이 믿지 못하겠다는 듯 혀를 찼다.

어려서부터 책을 가까이했던 그는 산해경이니 뭐니 하는 잡서도 꽤 많이 읽었다.

하지만 염력은 용이니 봉황이니 하는 급의 상상 속의 산물이다. 그게 다름 아닌 광휘의 입에서 거론되니 황당하기 그지없었다.

"한 명이 더 있을 것이오."

여전히 어안이 벙벙한 장웅을 내버려 두고, 광휘는 스스로 정리하듯 말을 이었다.

"운 각사는 분명 과거에 죽었지. 맹주의 손에. 그런데 그가 살아 돌아왔다는 것은… 마공일 테지. 그것과 염력. 지금 그들이 찾고 있는 여인은 아닐 테고……."

내공과 달리 초자연적인 힘인 염력.

은자림에서 신재라는 중요한 취급을 받은 까닭.

불사와 재생이라는 부분에서 은자림은 집요할 정도로 관심을 보였다.

죽은 이의 혼(魂)을 불러들이는 것은 고명한 도인이나 승려는 되어야 가능하다.

그런 자들이라도, 한번 죽었던 이의 혼을 다시 부르는 천지의 율법을 어그러뜨리는 짓을 할 리 없을 터.

거기서 은자림은 구음진맥에 눈을 돌렸다.

염력을 타고나는 구음진맥.

그들은 열여섯이 되기 전에 반드시 죽고 만다.

'생각(念)이 힘을 만들어낸다는 부분에서 주요하게 쓰이고 있었지.'

염력과 강신, 빙의 등이 무슨 관계가 있는지는 광휘도 정확히 알지 못했다.

하지만 염력도 강신도, 따지고 보면 불가의 육신통에 들어가는 불가해한 힘이다.

당시의 은자림은 그것들이 밀접한 관계가 있다고 보았다.

바로 신령을 흔들어 깨우는 것, 그것이 염력을 가진 자들의 능력이었기 때문이다.

무림맹주가 서역으로 간 이유가 또 다른 은자림의 생존자가 있어서일 가능성도 농후했다.

"장웅 공자."

멍한 표정을 짓고 있던 장웅은 광휘가 묻는 말에 퍼뜩 깨어났다.

"아, 예."

"묵객이 그 부운현이라는 곳에 그들을 찾으러 간 거요?"

"예. 며칠 전에……."

"그들의 종적을 찾으시오. 그리고 묵객만이 아니라 개방, 하오문 등 모든 곳에 연락을 취하시오. 염력을 쓰는 여인을 찾으라고. 확보되면 무슨 수를 써서든 그녀를 보호하라고."

"대, 대협?"

장웅은 와들와들 떨었다.

갑자기 명령이라도 내리듯 고압적으로 변한 광휘의 눈은 시뻘겋게 달아올라 있었다.

'함정을 파놓았어.'

광휘는 그제야 은자림의 의도를 깨달았다.

염력을 쓰는 여인이 한 명 더 있다고 가정한다면… 그리고 그 여인이 중원이 아닌 곳에 있다면.

"거기 숨어 있는 게로군."

조금 전 자신에게 손을 뻗었던 그들이 있는 곳.

그곳은 바로… 황궁이었다.

第十章

그 사람의 꿈

타악.

"하아……."

서혜는 이마에 손을 올린 채 긴 한숨을 쉬었다.

표정이 눈에 띄게 어두웠다.

하오문은 거대한 정보 단체다. 그녀는 그 단체의 기둥이다.

일을 행함에 있어 이미 벌어진 일에 대한 지나친 심력 소모는 더 나쁘다는 걸 잘 알고 있었다.

"예측이 안 돼."

그럼에도 지금의 상황에서는 진정하기가 힘들었다.

영민왕의 한 수는 모든 것을 진창으로 만들었다. 지금 상황에서는 장씨세가에 어떤 일이 벌어질지 예측할 수 없었다.

"대안이 없으니 방법도 찾을 수가 없어······."

더구나 앞으로 벌어질 형세를 읽지 못하니 방책 역시 준비하기가 힘든 상황이었다.

정보 단체의 가장 중요한 존재 의의인 앞일을 예측할 수가 없게 된 것이다.

탁탁.

상념에 빠진 그녀의 귀에 문 두드리는 소리가 들렸다. 서혜는 살풋 얼굴을 찌푸리며 말했다.

"들어와."

끼이익.

허락이 떨어지자마자 문이 열렸다.

광휘였다. 서혜는 잠시 당혹스러워하면서도 어색하지 않게 말을 건넸다.

"죄송합니다, 대협. 저희 문도인 줄 알고······."

"괜찮소. 미리 말도 없이 갑자기 찾아온 건 나였으니."

광휘는 서혜가 권하는 의자가 아닌 벽에 몸을 기댔다. 할 말만 하고 바로 돌아가겠다는 태도였다.

"우선··· 죄송하다는 말씀을 드려야겠어요. 이번 일에 대해서는 저희도 전혀 예측하지 못했어요."

서혜가 한숨을 쉬며 인정했다.

영민왕이 이번에 쓴 수는 왕명이다.

이런 극단적인 상황은 예상조차 하지 못했다. 일이란 원래 변수가 많지만, 책사가 하는 일은 그런 변수를 사전에 짚어내는 것이다.

"사과하지 않아도 되오. 오히려 예측 못 한 것이 우리에겐 호재가 되었으니."

"그게 무슨……."

"일단, 보시오."

광휘가 스륵, 품에서 작은 함을 꺼냈다.

얄팍한 함의 표면에는 금과 은으로 사자와 용이 상감되어 있었다.

때가 묻은 듯 지저분하게 접힌 서신 하나가 위에 놓여 있었다.

"이건?"

서혜의 눈이 화등잔만 해졌다.

"일단, 보시오."

광휘가 똑같은 말을 반복했다.

스륵.

서신과 두루마리를 읽어가는 동안 서혜의 낯빛은 시시각각으로 변했다.

처음에는 머리를 한 대 맞은 모습이었다면, 나중에는 소름이 돋는 표정을 짓고 있었다.

부르르!

가늘게 손을 경련하는 서혜에게 광휘가 말했다.

"서신은 장대풍 도지휘사의 것이오. 재미있게도 그가 은자림의 목적을 파악한 듯하오."

"이게… 이 염력이라는 게… 혹시 제가 알고 있는 그게 맞나요?"

"아마 맞을 게요. 서 소저 또한 들은 바가 있지 않소. 내공이
나 술수 없이도 사물을 움직이는 초자연적인 힘을 가진 사람들
에 대해서."

"…들은 적은 있긴 해요."

서혜는 한숨을 쉬고는 한 번 읽은 서신을 다시 한번 꼼꼼히
읽었다.

염력을 쓰는 여인, 그리고 서혜 자신이 조사한 은자림의 행동.

이제껏 전혀 예상하지 못했던 가정 하나가 떠올랐고, 그것이
의미하는 바에 그녀는 다시 소름이 끼쳤다.

"이 모든 게……. 그럼 여기 적힌 염력을 쓰는 여인은 어디에
있는 건가요?"

"나도 모르오. 하나 짚이는 곳이 있소."

광휘는 장웅에게 들었던 이야기를 그녀에게 전했다.

은자림 그 사교 집단에 당한 피해자들, 그들의 간호를 지원해
온 방각 대사와 명호, 그리고 마침 그중 하나가 부운현이라고.

"천운이군요."

서혜가 가슴을 쓸어내렸다.

사필귀정이라고 해야 할까. 하늘도 무심치 않아 마침 묵객이
그곳에 간 상황이었다.

"이번 일은 이 모든 사건 중에서 가장 중요한 부분이오. 믿을
만한 자를 뽑아 추호도 누설되지 않도록 해야 하오."

"그건 걱정하지 마세요. 본 문은 지난번에 큰 출혈을 겪으면

서 의심되는 이를 모두 걸러냈으니."

서혜가 쓴웃음을 지었다.

일전에 장련에게 지적받았을 때, 하오문은 이미 가장 믿을 수 있는 사람들만으로 추려둔 상황이다.

가족, 혈연 그리고 수대에 걸쳐 인연을 맺어온 사람들만 남아서 지금이라면 구파일방이나 오대세가도 경시하지 못할 강한 응집력을 가진 조직으로 바뀌어 있었다.

"서 소저가 그렇게까지 장담한다면 그런 거겠지. 한 가지가 더 있소."

광휘가 입을 열었다. 서혜는 살짝 긴장했다. 왠지 이쪽이 본론이라는 느낌이 든 것이다.

"앞으로는 영민왕에 관한 자료를 모으는 데 집중하시오. 그 자들이 스스로를 드러냈다는 것은 그들 나름대로 성공할 수 있다는 자신이 있을 때요. 무엇을 생각했든, 최악의 가정까지 다 헤아려 봐야 하오."

"…잘 알겠어요."

"참고로 그들에겐 태생적인 약점이 있소. 은자림은 소수고, 그러니만큼 그들의 이목은 황궁의 인사와 관료들, 즉 중요 인물들의 동향에만 집중되어 있을 거요."

"……!"

광휘의 말에 서혜는 놀란 얼굴이 되었다.

"과연… 소수의 조직이 가지는 태생적인 한계가 있지요."

확실히 하오문은 그 구성원들이 전부 고관들과 연결되어

있다.

숙수, 심부름꾼, 마구종, 상인 등 고관의 집에 들를 수 있는 사람이 많다. 황궁이든 오왕자의 저택이든, 적진 안에서 일어나는 정보마저 규합할 수 있는 것이다.

"…가능은 하겠지만 제 선에서 해결될 문제는 아니에요. 하오문주께 얘길 해볼게요."

"미안하오. 무리한 일을 시켜서."

광휘가 살짝 고개를 숙여 보였다.

아무리 하오문의 정보 집단이라 해도 황궁과 오왕자의 주변에 문도들을 투입시키는 게 쉬울 리가 없다.

자칫하다간 문파 전체가 깡그리 멸문당하는 일을 겪을 수도 있다.

위험 부담이 크지만, 그럼에도 하지 않을 수 없는 일이다.

"한데 대협, 그런 말씀을 하시는 의도가… 황궁에 올라가신다는 얘기인가요?"

황궁을 조사해 달라. 그 말은 결국 광휘가 황궁에 들를 일이 있다는 이야기였다.

"뭐… 소소한 인연이 있소."

광휘는 살짝 고개를 돌려 외면하며 천천히 문밖으로 걸어 나갔다.

"하긴… 없는 게 오히려 이상했지."

그가 나간 곳을 보고 서혜가 피식 웃었다.

바보 같은 질문이었다.

그가 누구인지, 그리고 어떤 사람인지 알고 있으면서 이런 말을 했다니.

"이럴 때가 아냐."

딸랑! 사각사각!

서혜는 종을 쳐서 사람을 부르고, 급히 인편으로 보낼 지시 내용을 써 갈겼다.

"부르셨습니까, 아씨?"

"특급 지시다. 가장 믿을 수 있는 일 조 전원에게 전파하라."

문도가 달려오자 서혜는 서릿발처럼 냉랭한 목소리로 명했다.

하오문 전체의 명운이 달린, 거대한 폭풍을 바라보는 배의 선장 같은 얼굴이었다.

✳ ✳ ✳

사락, 사락.

땅거미가 짙게 깔렸다. 조금씩 어두워지는 시각에 처소에 들어온 장련은 잠시도 자리에 앉아 있지 못하고 서성거렸다.

"하아……."

"나에게 맡기거라."

문밖으로 나오지도 않는 광휘의 방에 들어가며 장웅이 남긴 말이었다.

오라버니를 믿지 않는 건 아니지만 여전히 그녀는 불안했다.

장련 또한 안다. 한때 광휘가 과거의 짐에 내리눌려 얼마나 괴로워했는지.

그런 그에게 자기 가문의 안위를 위해 짐을 지게 하는 것이 너무나도 괴로웠다.

"소저는 아무것도 모르오. 이번에 상대할 자들이 얼마나 무서운지를."

광휘가 했던 말의 의미를 이제 알 것 같았다.

저 암중 세력이 설마하니 황실마저 움직일 줄이야. 이제는 가문이고 뭐고 다 팽개치고 도망가고 싶은 기분이었다.

자신이 이런데 그는 어쩔할까. 그렇게 나서고 싶지 않아 했던 그가 또다시 황궁과 엮이게 되는 상황이라니.

어쩌면 그 말은, 더는 관여하고 싶지 않다는 절박한 호소였는지도 모른다.

퉁퉁!

"소저, 광휘요."

"아!"

문 두드리는 소리에 장련은 몸을 흠칫 떨었다.

"네, 잠시만요."

급히 옷매무새를 가다듬고 장련이 문을 열었다.

끼이익!

왠지 모르게 그늘진 광휘의 얼굴을 보는 순간 살짝 숨이 막혀왔다.

"어떻게… 이야기는 잘되셨는지……."

"우선 들어가도 되겠소?"

"아, 네네."

장련이 허둥지둥 물러서자 광휘가 들어와 구마도를 한쪽 벽에 걸쳐놓았다.

딸그락. 끼이익.

"……."

묵직한 쇳덩이가 벽을 긁는 소리가 들렸다.

장련은 저도 모르게 그쪽으로 눈을 돌렸다가 흠칫, 제풀에 놀라 광휘에게 시선을 주었다.

그러다가 다시금 눈을 아래로 내렸다. 가슴이 졸아들어 눈도 마주치기 어려웠다.

오라버니와 무슨 이야기를 나누었는지, 그 일로 광휘가 어떤 마음일지 짐작조차 하기 어려웠다.

숨 막힐 듯한 침묵이 한참이나 내려앉았다.

"왠지 오늘 소저의 기분이 좋지 않아 보이오."

"…네?"

광휘가 한 말에 장련의 눈이 동그래졌다.

생각해 보니 기껏 들여놓고 뭐라 말도 하지 않고 한참 동안 앉혀놓은 것이다.

"아. 그, 아니, 그게… 오해하지 마세요. 전혀 그런 마음은 없어요."

"……."

광휘는 대답이 없었다.

장련은 이제 울상이 되었다. 스스로 해놓고도 무슨 말인지 모르겠다는 생각이 들었다.

'바보야! 바보! 이 멍청이!'

장련이 자책하며 다시금 불편한 침묵에 잠겨 들었다.

그녀는 갑자기 억울하다는 생각이 들었다.

"남자가 왜 그래요?"

처억.

눈빛이 변한 그녀가 허리에 손을 얹었다.

"무슨 말이오?"

광휘가 고개를 갸웃했다. 장련이 내친김에 눈에 힘까지 꽉! 주며 말했다.

"그냥 사내답게 가면 간다! 아니면 안 간다! 말하면 되잖아요. 괜히 무게나 잡으면서 방 안으로 숨고 말이죠. 제가 그거 보면서 얼마나 속 끓였는지 아세요?"

목소리가 점점 높아졌다.

급기야 파르르 주먹까지 떨면서 말하는 장련을, 광휘는 물끄러미 보고만 있었다.

"과거에 그리 대단하셨던 분이라면서요? 황실에도 연이 있으셨다고요? 그래요! 그렇게 잘나신 무사님이잖아요! 그럼 잘난 남자답게 수습을 하든가! 아니면 아니다! 라고 딱 잡아떼든가 하셔야죠!"

"……"

"왜 아무 말이 없어요! 제가 틀렸으면 틀렸다고! 아니라면 아니라고……"

"맞소."

뚜욱!

장련이 입을 다물었다. 이제껏 바가지 긁듯 쏘아댄 그녀의 말에 비로소 광휘가 대답을 한 것이다.

"소저의 말이 맞소. 내가 과거에 너무 잘나간 탓이지."

"……"

웃어야 하는 걸까. 평소라면 피식 웃음이 나왔을 테지만 지금은 그렇지 않았다.

오히려 가슴에 돌덩이가 얹힌 듯 답답해졌다.

"후우."

장련은 한숨을 내쉬었다.

일단 강짜를 부려 대답을 이끌어내긴 했는데, 여기서 더 뭐라고 말을 해야 할지 알 수가 없었다.

이제껏 저질러 놓은 말이 있어서 무안하기도 했다. 혹여 성질 고약한 여자로 보이는 게 아닐까 두려웠다.

"무사님, 전 후회 없어요."

마음을 진정시킨 장련이 창가를 보며 말을 꺼냈다.

"좋아하는 분과 밥도 먹어봤고. 가로수 길도 걸어봤고. 얘기도 많이 했으니까 후회 같은 건 없어요."

"……."

광휘의 시선이 장련에게 향했다.

장련은 여전히 창밖을 바라보고 서 있었다.

차마 광휘를 보고는 하지 못할 낯부끄러운 말이었기 때문일까.

"그런 날은 절대 오지 않을 거라 생각했어요. 어릴 때는 공부 때문에 정신이 없었고 조금 커서는 다른 문파들의 이권 다툼 때문에… 그리고 고작 이 년 전만 해도 석가장에 가문이 넘어가니 마니 했으니까요."

"……."

"사실 부유한 집안의 여식이라는 게 꼭 좋지만은 않아요. 첩첩이 싸인 집에서, 숨도 못 쉬고 예절 바른 여자로 커서 세상 구경도 못 하다 아버님이 점찍어둔 남자와 혼인하는 운명……. 그런데 전 무사님을 만났어요. 다른 집안 규수들은 상상만으로 그치는 일들을 너무 많이 겪고 살았어요."

그와 함께했던 식사, 가로수 길을 거닐었던 것, 목화솜을 베어 글자를 쓰고, 등불을 들어 객잔에서 강호의 고수들을 만나고, 그리고 그가 아파할 때 붙잡으며 울부짖었던 것.

"그러니까 혹시라도 결정하는 이유가 저 때문이라면 사양하겠어요. 아시겠어요?"

하나하나 따져보면 꿈결 같은 사연들이었다. 그러니까 후회하지 않았다.

설령 여기서 그가 무슨 결정을 내린다고 해도, 이제까지의 행복했던 시간이 이걸로 모두 끝이라는 말을 들어도.

"…어차피 그럴 생각이오."

멈칫!

광휘의 말에 장련의 몸이 굳었다. 차마 돌아볼 용기가 나지 않았다.

"나도 내 삶이 있는 거니까."

장련의 입술이 살짝 떨렸다.

드디어 그가 결정을 내린 것이다.

"앞으로는 내 인생을 살 거요. 아무런 득이 없는 싸움에 내 운명을 맡길 생각 없소."

"…그래요."

장련이 끼익끼익. 거칠게 소리 날 듯 고개를 돌렸다. 가슴이 먹먹했다. 손이 덜덜덜 떨렸다.

예상했던 것이지만, 역시 많이 아팠다. 그럼에도 그녀는 평온한 표정으로 말할 수 있었다.

"당연히 그래야죠. 제게도 그렇게 말씀하셨죠. 더는 누군가에 의해, 누군가를 위해 희생만 하는 그런 삶을 살아선 안 된다고."

스스로는 의식하지 못했지만 눈가가 살짝 붉어져 있었다. 눈물이 나올 것 같았다. 가슴이 북받쳐 오르는 것을 억지로 억누르며 장련이 물었다.

"그런데 무사님, 앞으로는 뭘 하고 싶으세요? 다른 의미 없어요. 그냥 궁금해서요."

그는 떠난다.

그게 너무나도 무섭고 사무치게 아팠다.

내색하지 않으려고 했지만 광휘가 자기 인생을 살겠다고 말한 순간 장련은 가슴이 무너져 내릴 것만 같았다.

톡. 톡.

광휘는 대답이 없었다. 탁자를 가볍게 두드리던 그가 나지막하게 말했다.

"꿈이 하나 있소."

"꿈……."

"내가 아니라 내가 아는 사람들의 꿈을 이뤄주는 것. 그걸 보고 있노라면 나도 행복해지지 않을까. 그렇게 생각하고 있소."

천중단 그리고 무림.

그의 과거를 생각해 보면 충분히 가능한 일이다.

장련은 살짝 고개를 끄덕여 알았다는 표시를 했다. 차마 입을 열지 못한 채.

"마침 운이 좋은 건지, 내 아는 사람 중에 소박한 꿈을 가진 사람이 하나 있소. 그런데 막상 나서려고 보니 일이 좀 커질 것 같아서 고민 중이오."

"일이란 게… 원래 그렇죠."

장련이 겨우 말했다.

세상사가 그렇다. 간단한 일이라도 간단하지 않다.

그래도 부디 그 일만큼은 간단하게 풀리기를. 장련은 마음속으로 기원했다.

"처음에는 나 혼자서 할 수 있을 줄 알았는데… 가면 갈수록 누군가를 끌어들이지 않으면 안 될 만큼, 일이 더욱 커져 버렸소."

"……?"

장련은 살짝 고개를 기울였다. 머리가 멍해서인가, 광휘가 무슨 말을 하는지 알 듯 말 듯 했다.

"다행히도 내겐 칼 쓰는 짓거리 외에 조금 특별한 능력이 하나 있소."

"무사님은… 이것저것 유능하세요."

"그런지는 모르겠소. 어쨌든 그걸 상대가 좋아할까 걱정이 돼서 말이오. 소저는 어떻게 생각하시오? 꿈은 원래 스스로 이루는 건데, 괜히 도와주겠다고 나서면 그게 그 사람을 곤란하게 하지 않겠소?"

장련은 곰곰이 생각에 잠겼다.

광휘의 말뜻이 뭔지 갈피를 잡을 수 없었다. 그래도 나름대로 최선을 다해 대답했다.

"그 사람이 스스로 꿈을 이룰 능력이 안 되나요?"

"내가 보기엔 충분히 능력이 있소."

"그러면 가만히 놔두는 게……."

"나도 그러고 싶은데… 방해하는 것들이 워낙 많아서 말이오. 그 꿈을 꾸기엔 환경이 너무 좋지 않아서."

"그럼 환경만 바꿔주면 되잖아요."

"그게 말이오… 그 사람의 꿈은 이루는 것보다 유지하는 게 몇 배로 힘드오. 더구나 한번 도와주면 계속 도와야 할 것 같은데, 그 사람이 그걸 받아들일지 어떨지 모르겠소."

광휘가 한숨을 쉬었다.

"제 생각에는."

장련도 한숨을 쉬었다. 그리고 그에게 말했다.

"무사님이 어떤 사람인지 안다면, 그리고 무사님의 뜻이 온전히 그 사람을 위한 것임을 안다면. 그 사람은 받아들일 거예요."

"역시 그렇구려."

광휘가 웃었다. 장련은 왠지 그 누군가가 시샘이 났다. 그게 누구인지, 하다못해 무슨 꿈인지라도 알고 싶었다.

"그래서 그 사람의 꿈은 뭔가요?"

장련의 질문에 광휘가 그녀를 지그시 응시했다.

너무 똑바로 바라보는 그 시선에 장련이 고개를 돌리려던 그때.

"좋아하는 사람과 같이 밥을 먹는 거요. 가로수 길도 걷고 얘기도 하고 말이오."

광휘가 갑자기 이상한 대답을 이어나가기 시작했다.

"어릴 때는 공부 때문에, 조금 커서는 다른 문파 때문에 고생해서 말이오. 다른 평범한 집안의 규수들과는 전혀 다른 고단한 삶을 살았소. 그래서 이젠 세상 구경도 시켜주고 싶고 좀 편히 쉴 수 있게 보금자리를 만들어주고 싶소."

"……"

"그러려면 집안 담이 튼튼해야 할 것 같소. 석가장이니 하북팽가니 하는 귀찮은 것들이 감히 넘보지 못할 만큼."

"무사님, 지금 그 말씀은……."

"그래서 생각했소. 하북제일가가 아닌 중원 제일가(中原第一家)쯤은 되어야 할 것 같다고. 물론 하북도 넓소. 하나 그것만으로는 중원의 위협으로부터 안전하지 못하오."

장련의 입술이 바르르 떨렸다. 그 사람이라 지칭하는 것이 자신인지 그제야 알았다.

그런 장련을 보고 광휘가 재차 말했다.

"중원 제일가. 그쯤 되면 맘이 놓일 것 같소. 무가가 아닌 상계에서. 물론 그걸 그 사람이 받아들였을 때의 이야기요."

"거짓말하는 거죠? 그게 어떻게 말이 되는……."

"가능하오. 황궁이 돕는다면."

"……!"

"황궁의 도움이 있다면 충분히 가능한 얘기요. 물론 나도 좀 도와야겠지만."

휘청!

장련은 몸이 쓰러질 듯 휘청거리기에 정신을 다잡았다.

그제야 이해한 것이다.

꿈 그리고 환경.

그 모든 것은 자신의 일이었음을.

이 남자는 처음부터 올곧게 자신만 보고 있었음을.

"당연히 쉽지 않은 일일 거요. 아무리 황궁의 도움이 있다고 해도 유지하는 건 오로지 소저의 몫이니까. 벅찰 수도 있소. 마음에 들지 않을 수도 있소."

"……."

"하지만 난 보란 듯이 해낼 거요. 이게 내가 새 인생을 살면서 가장 하고 싶었던 일이오. 어떻소, 소저? 생각이 있으시오?"

광휘는 장련을 향해 이제껏 감추고 있던 미소를 지어 보였다.

온화했고, 더없이 따스한 그런 미소였다.

*   *   *

장대하고 웅장하게 늘어진 전각.

구중궁궐의 높은 건물 사이에서 한 여인이 안개에 싸인 자금성을 내려다보고 있었다.

스물에 접어든 여인은 단순호치라 부르는 미인의 요건처럼 입술이 붉고 슬쩍 드러나는 이는 백옥처럼 하얗다.

붓으로 그린 듯 미려하고 단정한 이목은 보는 사람이라면 누구나 찬탄할 정도의 미색(美色)이었다.

"마마! 마마!"

다급한 목소리와 함께 시비 하나가 넘어지다시피 방문을 열고 들어왔다.

"무슨 일인데 그리 소란이냐?"

여인이 부드럽게 물었다.

시비 영영은 어려서부터 같이 커온 시녀였다.

덤벙대는 면이 있기는 하지만 항상 밝고 명랑한 성격이라 곁에 두는 것만으로도 즐거웠다.

"혹시 들으셨어요? 군영왕께서 또 일을 벌이고 계세요."

오늘따라 영영의 얼굴이 잔뜩 찌푸려져 있었다. 당장 울음이라도 터뜨릴 것 같았다.

"대소 신료를 모아놓고 연회를 벌이고 있어요. 그것도 한림원(翰林院) 앞에서요! 태자비마마!"

"뭐?"

태자비마마라 불린 여인이 눈썹을 찡그렸다.

한림원은 황제의 직속인 학사들이 모인 곳이다.

도서와 국사 편수의 사무를 맡는 곳에서 연회라니, 이는 기행이란 말로도 부족한 것이다.

'정말이지 마음 편할 때가 없구나……'

황태자비 주연(柱聯)은 짧게 한숨을 내쉬었다.

그의 부군인 군영왕은 그동안 계속해서 건강이 좋지 않았다. 몇 년 동안 제대로 수라도 들지 못하던 병자가 올해 들어 조금씩 기운을 차리더니 얼마 전부터는 거동을 할 수 있게 되었다.

그래서 조금 마음을 놓았는데 그사이 황제가 피습을 당하고, 이리 어지러운 정국에 황태자가 또 기행을 벌이다니.

"영영아, 옷을."

"네, 마마."

시녀가 급히 옷장에서 가벼운 비단옷을 한 벌 꺼내 황태자비에게 걸쳤다.

"태자비마마, 소녀는 정말 이번 일을 이해할 수 없어요."

그러고는 푸념하듯 울상이 되어 주절주절 늘어놓았다.

"거동도 힘들었던 분이, 한 달 전에는 마구간에서 마구종들과 술자리를 하다가 그대로 잠을 청하셨잖아요. 보름 전에는 궁수처(宮手處)에서 시종들을 끌어서 숙수(熟手:음식을 만드는 사람) 흉내를 내시고. 이번엔 황제 폐하께서 화를 당하신 상황인데 연회라니. 대체 군영왕께서는……."

"영영아."

주연의 표정이 굳어졌다.

"네네, 마마."

영영은 자기 말이 지나쳤다는 걸 깨닫고 움찔 고개를 숙였다.

"한림원 앞에 대소 신료들이 얼마나 모였느냐."

주연은 더 이상 뭐라 말하지 않고 영영의 도움을 받으며 옷차림을 살폈다.

궁내의 일이니 가볍게 치장하는 것이지만, 관원들의 앞에 드러나는 것이니만큼 쉽게 넘길 수도 없는 것이다.

"전부요."

영영은 입술을 삐죽 내밀며, 그래서 자신이 걱정하는 것 아니겠냐는 얼굴이 되었다.

"군영왕께서 궁내의 모든 대소 신료들을 다 모으셨어요. 싹

다요!"

*　　　*　　　*

　한림원은 업무에 지친 학사들이 가끔 전각을 나와 담소를 나누고 휴식을 취하는 곳이다.

　황궁 제일의 학사들을 위하는 곳이니 그 앞의 정원 또한 화려했다.

　거대한 연못과 교각, 숲들로 뒤덮인 아름다운 곳에서 학사들은 때론 자리를 잊고 담론을 나누고, 더러는 물 위에 떠다니는 연꽃들을 보며 휴식을 취하기도 한다.

　한림원은 학사들만 기거하는 곳이 아니다. 문서 하나하나에 고위 관원의 임명과 궁내의 기밀이 들어 있다.

　그런 만큼 궁내에서도 품계가 높은 이들만이 들어올 수 있어 고고하고 적막한 분위기가 감돈다.

　와하하! 아하하하!

　그런 한림원 앞에 오늘따라 웃음소리가 끊이질 않았다.

　"저기예요, 마마!"

　영영이 쪼르르 달려가 한 곳을 가리켰다.

　"여차! 여차!"

　면류관(冕旒冠)을 쓴 젊은 사내가 인부로 보이는 두 사내와 어깨동무를 하고 있었다.

　분명 정복(正服)을 입은 것은 고귀한 귀인으로 보였는데 그

하는 행동은 영락없이 동네 얼뜨기였다.

그의 좌우에 대신 관료가 시립해 있었다.

'대학사(大學士) 조길(曺吉).'

태자비 주연은 찬 숨을 들이마셨다.

머리가 희끗한, 황제의 고문을 맡고 있는 대학사의 얼굴이 보였다.

평소 감정을 잘 드러내지 않는 그가 불쾌한 낯빛인 걸 보니, 지금 분위기가 어떠한지 바로 알 수 있었다.

주연의 눈이 주변을 훑었다.

'육부 장관들 모두 있어……'

이부, 호부, 예부, 병부, 형부, 공부의 장관들도 보였다.

그들 역시 대학사 조길의 표정과 다를 바 없었다. 하나같이 짜증스럽고 이게 뭐 하는 짓이냐는 얼굴들이었다.

그보다 더 가관은 그 뒤에 선 이들이었다.

'국자감 관료와 오군도독부 장군들까지……'

교육기관인 국자감과 출병권을 가지고 있는 오군도독부의 사람들까지 보이자 주연의 얼굴이 더욱 굳어졌다.

"마마, 어떡해요. 어서 말려야……."

"영영, 가만히 있거라."

시녀의 다급한 말을 주연이 냉정하게 끊었다. 그러고는 군영 왕에게 시선을 돌리며 대답했다.

"아녀자가 함부로 나섰다간 일을 더 그르친다. 우선은 보자꾸나."

주연은 고운 입술을 깨물며 장내에 벌어지는 일을 차분히 바라보았다.

"어떠냐? 다시 한번 나와 탈춤을 같이 춰보지 않겠느냐?"

사자탈을 든 군영이 머리띠를 두른 사내를 향해 말을 걸었다.

사내는 웃지도 울지도 못하고 난감한 얼굴이 되었다.

황태자와 몸을 얽으며 탈춤이라니. 자칫하다 옥체에 손만 대도 목이 날아갈 수 있다.

하지만 당장 명이 떨어진 터라 거부할 수도 없는 노릇이다.

"왕께서 하신다면 분부대로 해야 합죠."

"그럼, 그럼. 이번엔 네가 이 머리를 하거라. 난 다리를 하지."

"예? 그건……."

사내의 표정이 굳어졌다.

사자탈춤은 둘이서 함께하는 춤이다.

그런데 황태자가 다리 쪽을 한다는 건, 귀하신 분의 머리를 자기 낭심 밑으로 처박아야 한다는 것이다.

"허어."

"크흠……."

체면을 돌보지 않는 모습에 대소 신료들의 눈썹이 사납게 치솟았다.

일왕은 여전히 개의치 않고 웃어 보였다.

"왜? 이번엔 내가 한데도? 한번 보여주랴? 내가 얼마나 잘하는지?"

일왕은 말에 그치지 않고 경극을 하는 사내의 다리 밑으로 머리를 들이밀었다.

"흐엑!"

놀란 사내가 몸을 옆을 비틀었고 순간적으로 떠밀린 일왕이 바닥에 쓰러졌다.

쿠당탕!

"태자 전하!"

"이놈이 어디서!"

근처 신료들이 급히 다가왔다.

군영왕의 무릎이 찢어져 살짝 피가 흐르고 있었다.

"허허허. 되었다. 내가 제풀에 넘어진 것이니. 그보다 저기 튀어나온 꽃대(花莖)가 보이느냐?"

일왕이 너털웃음을 터뜨리며 손을 내저었다.

호위 역을 맡은 무사들이 칼을 뽑아 들고 경극하는 사내를 겁박하는 사이, 황태자는 흙바닥에 돋아난 풀을 가리켰다.

"이봐. 너 저거 가지고 오너라. 어서!"

"예! 예엣!"

명령이 고맙다는 듯 경극하던 사내가 날쌔게 달려가 풀을 뿌리째 뽑아 왔다.

일왕은 그걸 받아 들고 우적우적 깨물더니, 퉤 하고 까진 무릎 부위에 씹은 풀을 뱉고는 문질러 발랐다.

"이것이 차전초(車前草)라는 것이다. 이렇게 살갗이 까졌을 때 지혈을 하고 빨리 낫게 하는 고마운 풀이지. 어떠냐? 이참에 하나 배웠지 않느냐?"

"예예. 참으로 영민하시옵니다, 전하."

사내가 꾸벅 고개를 숙였다.

그는 감격한 듯했지만 정작 이 꼬락서니를 본 대신 관료들은 더욱 눈살을 찌푸렸다.

몇몇은 아예 고개를 돌려 버리는 모습이었다.

"쯧쯧쯧. 저리 바보처럼 변하셨을 줄이야."

한편에서 고개를 흔드는 자도 있었다. 바로 사례감 안의 수당 태감인 헌숙(獻宿)이란 자였다.

황제의 비답(批答) 대필을 맡은 자로, 금의위를 통제하는 최고의 환관 중 하나였다.

"차전초가 상처에 바르는 약은 맞지 않습니까."

조심스레 말을 거드는 자는 문서방(文書房)의 관료였다.

"그러니까 더 문제지. 어디 황궁의 태자께서 아무 데서나 난 저런 풀뿌리를 입에 무시는가. 당장 약방에 사람을 부르면 차전초 따위와는 비교도 안 되는, 귀하고 좋은 금창약이 많은 것을."

"그거야 그렇지요."

"지금 이 연회 자체가 문제야. 태황태부께서 지금 어떤 변을 당하셨는데. 저잣거리 어린애라도 애비가 다쳤을 때는 주변을 보고 몸을 사리거늘."

끌끌끌.

혀를 차는 그의 말에 주위의 대신 관료들은 말없이 고개를 숙였다.

확실히 황태자가 지금 보이는 행동은 목불인견, 즉 눈 뜨고 못 볼 꼴이었다.

군왕이 스스로의 체면을 내던지고 아랫사람처럼 미천하게 흙바닥에서 뒹굴다니.

더구나 일부러 대신 관료들을 이리 모아둔 자리에서야!

"잘하고 계신 것 아니겠습니까."

"오셨소이까?"

투덜거리던 수당태감이 마침 다가온 노인을 보고 급히 예를 표했다.

상대는 병부 장관인 당상관 팽석진이었다.

"한데 잘하고 계신다는 말이 무슨 뜻입니까?"

수당태감이 묻자 팽석진은 피식 웃었다.

"이미 일왕이 천지를 안을 그릇이 되지 못함은 알 만한 사람들은 다 알고 있는 얘기지요. 차라리 이 연회가 그의 진면목을 알 수 있는 기회가 될 테니."

"진면목이라……"

수당태감이 수염을 쓰다듬으며 미소를 지었다.

"미적미적 망설이던 사람들이 깃발을 바꿔 든다는 말씀이구려."

팽석진에게만 들릴 만큼 나직한 소리였다. 수당태감은 웃고 당상관도 미미하게 웃었다.

장인태감과 제독, 병필과 달리 수당태감은 이미 방향을 정한 것이다.

"응?"

말하다 말고 두 사람은 멈칫했다. 저쪽에 떨어진 곳에서 그들을 보는 여인의 시선을 느낀 것이다.

"조심합시다. 황태비가 왔소."

팽석진이 목소리를 낮추며 손짓했다. 그러자 근처에 있던 관료들의 시선이 몰렸다. 그중 직급 낮은 자가 모두에게 들리게 소리쳤다.

"태자비께서 행차하셨습니다!"

第十一章

또 하나의 대원

"어? 태자비?"

흙투성이로 비단옷을 왕창 망쳐놓은 일왕의 걸음이 멈췄다. 고개를 돌려 보니 정말로 그의 부인이 와 있었다.

"오셨소, 태자비!"

헤벌쭉 웃으며 손을 흔드는 일왕의 얼굴은 잔뜩 상기되어 있었다.

그는 온통 먼지투성이가 된 채로 풀썩 태자비 앞으로 걸어가 앉았다.

"아하하. 어두컴컴한 방 안에서만 보던 사람을 창창한 볕 아래서 보니 더욱 기분이 좋소이다! 이 보라지. 이리 예쁜 사람이 내 처라니!"

팔불출이 따로 없었다. 오랜 병치레로 얼굴이 해쓱해진 그는 부인의 미모를 보고 즐겁게 웃고 있었다.

뒤쪽에 떨어져 있던 대신 관료들이 어떤 표정을 짓고 있는지는 신경도 쓰지 않는 모양이었다.

"영영, 잠시 저리 물러 있거라."

"예."

주연의 말에 시녀가 즉각 쪼르르 물러섰다.

태자비는 다시 한번 주위를 둘러보고는 천천히 무릎을 꿇어 흙바닥에 앉은 군영왕과 시선을 맞췄다.

"태자 전하, 대체 왜 이런 일을 벌이셨습니까?"

"응? 무슨 일 말이오?"

"그저 흥을 즐길 것이면 혼자 밖에 나가실 것이고, 사람이 필요하면 좋은 곳에 앉아 일을 벌이실 것이지. 대신 관료들을 모두 모아두고 한림원 앞에서 왜 이렇게 하시냐는 말입니다."

그러자 군영왕, 즉 황태자이자 황제 아래의 일왕이 거드름을 피우며 말을 이었다.

"나를 보필하는 첨사부(詹事府:황태자를 지도하는 기구)의 서사(徐士)께서 말씀하시길, 상황이 힘들수록 어려움에 굴하지 않고 맞서라 하였소. 그간 내가 병으로 꽤 오래 누워 있었지 않소. 그러니 이런 때일수록 대소 신료들을 모아 황위를 이을 자가 건강하단 모습을 보여주고 싶었소."

"……"

태자비 주연은 그 말도 안 되는 궤변에 잠시 고개를 돌렸다.

주위의 분위기는 심상치 않았다.

나라를 움직이는 육부의 장관들, 내각부의 주요 인사들과 오군도독 소속의 장군들, 심지어는 국자감까지 얼굴을 붉히고 있었다.

그들이 이제까지 군영왕의 이 꼬락서니를 보았다 생각하니 정신이 아찔해질 지경이었다.

"태자 전하."

그녀는 진지하게, 그리고 그만이 들을 수 있을 정도로 속삭이듯 말했다.

"지난 오랜 시간 전하를 가까운 곳에서 보아왔습니다. 성격이 괄괄하시어 사람마다 평가는 다르나 소녀가 보기엔 늘 어려운 일을 슬기롭게 헤쳐 나가셨습니다."

"……."

"소녀는 지금 한 가지를 묻고자 합니다. 태자 전하께서는 대붕(大鵬)의 이야기를 아십니까?"

"아이고, 태자비."

일왕은 고개를 절레절레 저으며 자리에서 일어섰다.

무릎을 꿇은 시선이 따라 올라오자 그가 크게 웃었다.

"그대는 다 좋은데 날 너무 믿으려는 게 탈이오. 나는 초나라 장왕 같은 인물이 아니라고."

그는 그 말과 함께 다시 대신 관료들이 있는 곳으로 돌아갔다.

휘청.

태자비 주연이 몸에 힘이 빠진 듯하자, 곧 시녀 영영이 다가와 그녀를 부축했다.

"마마, 괜찮으세요?"

"괜찮다. 조금 안심했을 뿐이야."

주연은 손을 내저으며 스스로 일어났다. 그녀의 얼굴에 어느덧 잔잔히 미소가 걸려 있었다.

"안심이라니요?"

"영영아, 네 초나라 장왕의 고사를 알고 있느냐?"

대붕.

한쪽 날개가 십 리에 달하고, 한 번 날면 구만 리 바다를 헤쳐 나간다는 거대한 새다.

실제로 있는 것이 아니라 호사가들의 담화에서나 나오는 이야기다.

"춘추시대에 초나라에 한 왕이 있었다. 정사를 돌보지 않고 삼 년 동안 주색잡기에 빠져 지냈지. 심지어 신하들이 직간하려 들면 그 즉시 목을 친다고까지 하셨다."

주연은 멀어져 가는 군영왕을 보며 웃음 지었다.

"어느 날 한 신하가 와서 물었다. 초나라 언덕에 새가 한 마리 있는데 그 새는 날지도 울지도 않고 그냥 앉아만 있었다고. 그 새의 이름이 무어냐고."

그것이 대붕이다.

초의 장왕은 크게 웃으며 그 말에 대답했다.

—삼 년을 날지 않았으니 언젠가 한번 날개를 펴면 하늘을 찌를 듯이 솟아오를 것이고, 한번 울음을 토하면 반드시 세상을 놀라게 할 것이다.

"…소녀는 태자비께서 무슨 말씀을 하시는지 모르겠어요."
"그래. 보통은 모르지. 하지만 군영왕께서는 아시더구나."
주연은 아름답게 웃었다.

"태자 전하께서는 대붕의 이야기를 아십니까?"

조금 전에 그녀와 군영왕 사이에 짧게 오갔던 대화.
대붕의 고사를 모르는 사람이라면 그게 뭐냐고 물었을 것이다.
혹시 알고 있어도, 정말로 가슴에 큰 뜻을 품은 사람이 아니라면 오히려 얼굴이 굳었을 것이다.

"아이고, 태자비. 나는 초나라 장왕 같은 인물이 아니라고."

군영왕은 즉각 그런 것 아니라고 손사래를 치며 물러섰다. 마치 속내를 들킨 초나라의 장왕처럼.
삼 년 동안 사냥과 주색잡기에 빠졌지만, 실상 신하들의 충정과 주변 상황을 엿보기 위해 연극을 하고 간신들을 걸러내려 기다리던 사람.

그리고 조정에 모습을 보이자마자 인재들을 적재적소에 등용하며 중원에서 가장 강성한 나라를 이끈 왕.

"오왕께서 납시셨습니다!"

때마침 쩌렁쩌렁 울리는 소리에 주연이 퍼뜩 시선을 돌렸다.

무복을 입은 금의위와 함께 등장한 자는 바로 제후들 중 가장 많은 세력을 가지고 있는 영민왕이었다.

*　　　*　　　*

오왕 영민왕.

현 황제의 밑에 있는 제후 가운데 가장 비범한 자로, 출신이 아닌 능력 유무로 사람을 기용한다는 현군이다.

각 부처에서 그의 간택을 기다리는 신료가 무려 수천에 달하는, 황궁의 실세이기도 하다.

그에 반해 군영왕은 어릴 적 잠시 잠깐 능력을 보였을 뿐, 자라면서 기행과 파격을 일삼아 대소 신료들 대부분이 골머리를 앓고 있었다.

상벌이 엄격하고, 사람을 기용하는 데 거침이 없는 오왕은 군영왕과 크게 대비되는 인물이었다.

"형님, 이게 뭐 하시는 짓입니까!"

영민왕의 노여운 음성에 장내는 찬물이 끼얹어진 듯했다.

춤을 추던 광대뿐 아니라 고개를 숙인 대신 관료들, 심지어 태자비인 주연 역시 오왕과 일왕의 대치 상황을 보고 있었다.

"왔는가, 아우?"

태연하게 대답한 군영왕이 바지에 묻은 먼지를 툭툭 털어내며 변명하듯 하하 웃어 보였다.

"방에 있다 보니 왠지 좀 답답해서. 그래서 신하들을 불러 모아……."

"형님!"

영민왕의 거듭된 외침에 걸어오던 군영왕의 몸이 움찔했다.

"이곳은 정대고명(正大高明)한 한림원 앞입니다! 학사들이 학문을 가다듬고 치세와 정국을 연구하는 곳이란 말입니다! 한데 이런 잡것들을 끌어들이다니요!"

광대를 삿대질하는 영민왕의 노성에 학사들이 탄식을 흘렸다.

이제껏 군영왕의 기행에 얼굴만 찌푸릴 뿐 차마 제후에게 목소리를 내지 못하던 이들은 잠시 잠깐 후련함마저 맛보았다.

"아우도 참 사람이 딱딱하이. 내 생각엔 이곳 사람들도 가끔은 머리를 식히고 시정의 한가로움을 맛봐야 더 능률이 좋지 않을까 해서… 그래서 해본 걸세. 이 형님이 그리 생각이 없지는 않다네. 하하. 하하하."

"크흠."

"흐흐흠."

서슬 퍼런 영민왕과 달리 군영왕의 바보 같은 대거리가 더더욱 주위 신료들의 탄식을 불러 모았다.

참 변명 같지도 않은 변명이었다.

오왕이 매섭게 노려보자 일왕은 뭔가 말을 더 해야 한다고 느꼈는지 머리를 긁적이며 입을 열었다.

"너무 그러지 말게. 내 얼마 전에 병상에 계신 부황께 말씀을 들었네. 큰일이 날수록 평소와 다름없이 행동하라고. 내 보기에 사람들 분위기가 많이 가라앉아서, 그래서 평소같이……."

"이게 어째서 평소와 같습니까. 그리고 폐하께서는 그런 뜻으로 하신 말씀이 아니잖습니까!"

노한 영민왕이 군영왕의 말을 끊었다.

분명 무례한 행동이지만, 누구도 그를 책하는 이는 없었다.

"형님께서는 각처의 대소 신료들이 자신의 일에 흔들림이 없도록 독려하고 마음을 잡아주셔야 하는 분입니다! 그런데 하던 일마저 놓게 하고 강제로 연회에 끌어들이시다니요!"

"……."

"더구나 지금 황궁이 왜 어수선해진 겁니까! 불측한 무리들의 침입으로 천자마저 화를 입으셨습니다! 마땅히 역도들을 색출하고, 황성 전체의 방비를 굳건히 해야 하거늘! 이런 때 연회라니요!"

쩌렁쩌렁 장내를 울리는 일갈에 대소 신료들은 저마다 반응을 보이고 있었다.

누구는 영민왕의 말에 동의한 듯 고개를 끄덕였고, 누구는 살짝 고개를 저었다.

소심해서 조용히 귓속말로만 속삭이는 이들, 그리고 침음을 하는 자들 등 반응은 각기 다양했다.

"아우, 화 좀 그만 내시게."

어느덧 허허 웃고만 있던 군영왕의 얼굴이 조금 굳어졌다.

비록 그가 뒤에서는 누구나 험담을 해댈 못난 태자라도, 영민왕에게는 엄연히 형이고 윗사람이다.

한배에서 난 형제라도 하나는 황제, 하나는 제후가 된다. 혈육이 아닌 군신의 도리를 지켜야 하는 것이다.

한데 영민왕은 지금 공공연히 사람들이 모인 자리에서 윗사람을 비방하고 있는 것이다.

"지금 제가 화를 참아야 할 상황입니까? 형님께서는 저 불측한 무리들이 어떤 놈들인지, 왜 그런 짓을 벌였는지 대관절 알고나 계십니까?"

영민왕은 오히려 잘되었다는 듯 더욱 역정을 내며 군영왕을 몰아붙였다.

"어, 음. 그것이……. 조사를 시켜놓았네만 워낙 은밀하게 활동하는 놈들이라 쉽지가 않네. 듣기로는 몇 년 전부터 사교의 교리를 퍼뜨리는……."

"하! 몇 년 전요? 그놈들은 자그마치 십오 년 전부터 암약해 왔습니다! 바로 은자림! 한때 강호를 떠들썩하게 만들었던 그놈들이란 말입니다!"

"흐음……."

잠시 생각에 잠기듯 턱을 괴던 군영왕의 눈이 어느 순간 미묘하게 가늘어졌다.

"자네 참 많이도 아는군?"

"많이 알 수밖에요. 형님께서는 당시 와병 중이시라 조정에서 어떤 일이 일어났는지 직접 보지 못하셨으니까요. 하나."

영민왕은 말과 함께 턱짓을 했다.

그러자 환관 하나가 달려와, 천에 싸인 길쭉한 푯말 같은 것을 들어 바쳤다.

"이게 뭔지 아십니까?"

펄럭.

오왕이 천을 젖히자 피로 쓴 듯 붉은 글귀가 드러났다.

'하늘을 대신하여 벌을 내린다'란 말이 적힌 푯말.

대소 신료들의 시선이 모두 오왕에게로 몰렸다.

"폐하께서 화를 입으신 그 참람한 날에, 다른 곳도 아닌 어전에서 발견된 것입니다. 감히 스스로 하늘이라 칭하다니! 그놈들은 대놓고 황실과 이 나라 조정을 적대하고 있단 말입니다!"

대신들의 표정이 굳었다.

드세고 자존심 높은 강호인들 사이에서도 하늘(天)이라는 표현은 함부로 쓰는 것이 아니었다. 감히 천자의 위엄을 넘본다는 느낌을 주기 때문이다.

한데 다른 곳도 아닌 황실에, 감히 하늘이니 벌이니 하는 말을 써서 남기다니.

상대가 얼마나 과감한지, 그 수단이 얼마나 적대적인지를 알려 주는 표현이었다.

"도성의 경계를 굳히고, 스며든 역도들을 색출하기 위해 오군도독부까지 동원된 상황입니다. 하루도 허투루 쓸 시간이 없단 말입니다. 그런데 형님께서는! 생각하시는 게 고작 침울한 분위기를 해소한답시고 연회를 여시는 겝니까! 이게 이 나라 황위를 물려받으실 분의 결정입니까."

"……."

"영민왕께서는 그만 고정하시지요."

오왕의 발언이 점차로 위험해지자 태자비 주연이 입을 열었다.

그녀는 소매를 살짝 내저어 두 사람 주변의 대소 신료들을 가리켰다.

하나같이 얼굴에 실망과 안타까움, 분노로 가득했다.

오왕은 슬쩍 그를 향해 예를 표하고는 말했다.

"태자비께서 오셨군요. 송구하오나 지금은 형제간이 아닌 군신 간에 이야기를 나누는 중입니다. 자중해 주셨으면 합니다."

"자중은 제가 아니라 영민왕께서 하셔야 할 것 같습니다만."

태자비는 고운 눈썹을 살풋 찌푸리며 말을 이었다.

"이번 일을 벌인 것이 정말 은자림인지 아닌지는 아직 명확하지 않습니다. 섣부른 추측은 방향을 더 흐릴 뿐입니다. 확실한 것은, 저들이 황궁의 경계를 뚫고 감히 천자를 도모하려 할 만큼 강하고 은밀한 자들이라는 것뿐."

"이번 일에 사용된 폭약은 폭굉이라 불리는 흉물입니다. 그런 폭발력은 은자림 외에 없……."

"무경칠서, 경계팔법에 보면 적강하지(敵强下之)란 말이 있습니다. 적의 세력이 강맹하면 나를 낮추어 상대를 방심케 한다."

태자비가 영민왕의 말을 끊으며 한마디 덧붙였다.

"색출하기 힘든 역도를 찾느라 도성을 들쑤시면 오히려 민심이 흉흉해져 그들이 원하는 상황이 되는 것입니다. 그러니 소녀는 제 부군의 생각이 나쁘다고만 보지는 않습니다. 오왕께서는 오왕의 방법이, 태자께서는 태자의 방법이 있는 것이니까요."

"……."

영민왕의 얼굴에 불쾌한 기색이 서렸다.

주연 역시 태자비의 자리를 맡을 만한 재녀다.

병법의 근본을 말하며 동시에 영민왕과 군영왕, 오왕과 황태자의 신분 차이를 지적한 것이다.

"제가 혈기가 끓어 경솔하게 군 면이 있었군요. 태자비께서 제 모자란 행동을 지적해 주신 것은 감사히 받겠습니다. 하지만 주위를 한번 둘러보십시오."

오왕은 한발 물러섰다. 그리고 긴 탄식을 쏟아냈다.

"황태자 전하의 성향이야 물론 알고 있습니다만, 그것도 정도와 때라는 게 있습니다. 폐하께서 피습을 당하신 지 얼마나 되었다고 한림원 앞에서 난장판이라뇨. 대소 신료들의 표정을 보십시오."

그가 주변을 가리켰다. 사람들은 지금 이 상황을 고뇌하거나 불편해하는 얼굴들이었다. 하나같이 받아들이기 힘들어하는 기색이었다.

"아무리 심모원려(深謀遠慮:멀리까지 내다보는 생각)가 있다 해도 세상이 알아주지 않으면 모르는 법입니다. 모름지기 군주란 아랫사람의 마음과 행보를 살펴 함께해야 하는 것 아니겠습니까?"

"맞는 말입니다. 열 길 물속은 알아도 한 길 사람 속은 알기 어려운 법이지요."

주연은 고개를 끄덕이며 재차 말을 이었다.

"그러기에 저는 이곳에 계신 모든 분들의 충심을 의심하지 않습니다. 황태자께서 정말로 잘못된 일을 했다면 신하 된 자로서 목숨을 아끼지 않고 간언해야 하는 법. 이제 와서 오왕께서 하시는 말에 기다렸다는 듯 역성을 든다면 그 또한 이상한 것 아니겠습니까?"

'이년이……'

꿈틀.

오왕 영민왕의 얼굴이 일그러졌다.

태자비의 언변은 교묘했다. 오왕이 일왕을 탓한 내용을 거꾸로 돌려서 이 자리에 있는 모든 신료들을 싸잡은 것이다.

'확실히 상대하기 까다로운 계집이야.'

만약 여기에 반발을 던진다면 스스로를 욕하는 입장으로 바뀌게 될 것이다.

그가 재차 군영왕의 잘못을 트집 잡으려고 할 때.

"둘 다 그만하게."

황태자 군영왕이 인상을 썼다. 그러고는 오왕을 향해 손짓을 했다.

"모처럼 아우가 이리 왔으니 얘기나 조금 나눠보지. 누가 의자 좀 가져와 주겠나?"

호위무사 두엇이 급히 의자를 가져왔다.

형제간의 이야기가 되자, 주연이 소매를 흔들어 예를 표하며 한 발 물러섰다.

"형님… 형님께서는 정말 속도 편하십니다."

오왕은 궁리 끝에 다시금 탄식하는 얼굴로 긴 한숨을 쏟아 냈다.

"저는 폐하께서 변고를 당하신 이후로 지금까지 하루도 맘 편히 자본 적이 없습니다. 각 문의 출납 대장을 검토하고 방벽을 보수하며 군병을 재정비하고, 이런 일이 다시는 일어나지 않게 노심초사해 왔습니다. 한데 이제껏 형님께서는 뭘 하셨습니까?"

"……."

황태자는 말이 없었고 태자비의 얼굴은 짙게 그늘져 있었다.

"국정에 검토할 것이 산더미처럼 쌓여 있습니다. 형님께서 상황의 중함을 모르고 편히 연회를 즐기는 것은, 예, 그럴 수 있다고 치겠습니다. 하나."

오왕 영민왕의 말소리가 낮아졌다. 하지만 공격의 수위는 오히려 전보다 더 날카로워졌다.

"이 자리에 모인 대소 신료들은 하나같이 제 일이 있는 사람입니다. 가뜩이나 혼란스러운 국정을 아예 마비시키실 생각이십니까? 이보게, 거기 자네."

그는 황태자 하나만 노리지도 않았다.

오왕의 지명에 가까이 있던 환관 하나가 고개를 숙였다.

"내관감(內官監)의 장인태감 정호(定浩)이옵니다. 말씀하소서."

"장인태감, 이번 일에 대해 자네의 심사를 듣고 싶네. 자리가 자리이니만큼 있는 대로 고하게. 솔직하게."

영민왕이 대놓고 압박을 가하자, 그는 잠시 눈을 감았다가 조용히 말을 이어갔다.

"아뢰옵기 송구하오나 소인은 모처럼 황태자 전하의 모습을 뵙는 것만도 의미 있는 일이라 생각하옵니다. 이제 황실의 후사가 병에서 벗어나셨고, 얼마 전 일어난 큰 변에 소심한 저희들은 모두 심려 중이오니, 조금 시간을 주시면 안 되겠습니까?"

"흠. 소인, 형부 당상관인 팽석진입니다."

뒤이어, 부르지도 않았는데 화려한 무복을 입은 관인 하나가 다가와 머리를 조아렸다.

"소신은 영민왕 전하의 말씀에 동의하옵니다. 은자림은 한 치 앞도 예측할 수 없는 자들입니다. 강호의 파랑이라 여겨 강 건너 불구경할 것이 아니라 군을 움직여 방비에 힘써야 한다고 생각합니다."

"흠흠."

태자비의 고운 아미가 찌푸려졌다.

'결국 올 것이 온 것인가.'

지록위마.

영민왕은 태자의 앞에서 내가 옳으냐 아니면 황태자가 옳으냐고 물었다.

우회적으로 '나냐, 형님이냐. 이 자리에서 선택하라'는 말을 던진 것이다.

다행히 장인태감은 환관답게 매끄럽게 대답했지만, 형부의 당상관은 애초부터 저쪽의 사람.

"소인은 오군도독부 소속의 청병(靑炳)이옵니다. 오왕 전하의 말씀에 동의하오이다."

한번 물꼬가 터지자 하나둘, 군부의 수장들이 오왕에게 동조하기 시작했다.

"소인은 국자감의……."

"소인은……."

'맙소사. 너무 안 좋아.'

태자비 주연은 어느새 목덜미에 소름이 쭈욱 돋았다.

한 명 또 한 명. 대부분은 오랫동안 오왕이 주도해 온 국정에 몸담았던 이들이다. 이제껏 황태자파라고 생각했던 인물마저 있었다.

게다가 신중한 이들은 우물쭈물 뒤로 물러서 있고, 목소리 큰 이들의 말만 대변되는 상황이었다.

최악의 경우 이제껏 중립을 지켜온 대소 신료들마저 분위기에 휩쓸려 오왕에게 줄을 대려 할 수도 있다.

'뭔가 해야 해. 한데…….'

속이 탔다.

이대로라면 군영왕은 눈뜨고 황위를, 아니, 황태자의 자리를 뺏기게 생겼다.

그런 그녀의 속을 아는지 모르는지 그녀의 부군은 히죽! 바보처럼 웃었다.

"동생 말은 참으로 좋은 말이군. 오왕의 열정을 보니 이 나라의 장래가 밝다고 다시 한번 느끼게 되는구려."

"허허……."

'이런 판국에도 아직 남은 수가 있나?'

허탈한 웃음과 달리 오왕의 눈은 빠르게 돌아갔다.

"음… 아우, 실은 나도 이제껏 놀고 지낸 것은 아닐세. 그대가 말한 출납 대장도 살펴보았고 어제 그제는 조용히 금의위들의 숙소를 둘러보고 그들을 응원했지. 나름 애쓴다고 애쓴 것이… 혹시 현제(賢弟)가 우형(愚兄)에게 더 해야 할 바를 가르쳐 줄 수 있을까?"

"…원하신다면."

군영왕의 말투가 묘하게 바뀌자 그것을 감지한 오왕 영민왕이 기다렸다는 듯 뒤를 둘러보았다.

관인 한 명이 고개를 끄덕이며 목소리를 높였다.

"들라 하라!"

"일왕께서 연회를 여시는 동안 소제는 놈들을 찾고 처단할 최적의 인물을 물색하고 있었습니다. 은자림 그놈들의 뿌리는 강호. 그렇다면 강호에서 놈들과 싸우는 것이 최적이지요."

어느새 황태자라는 호칭을 슬그머니 일왕으로 바꾼 오왕.

"그게 정말입니까? 강호에?"

"은자림과 싸운 자가 있습니까?"

신하들은 그 내용에 놀라 아무도 그의 실책을 지적하지 못했다.

십오 년 전. 은자림의 피해를 알고 있는 오래된 노신들일수록 더욱 그랬다.

"과거, 은자림을 멸문까지 몰아넣었던 인물이지요. 이제껏 극비로 묻혀 있었지만 궁에 들러 성은을 입은 일도 있다고 하더군요. 무예는 물론이고 충심까지 보장된 인물로, 이 일에 누구보다 적합한 사람입니다."

"허! 그런 이가……."

신하들의 웅성거림은 더욱 커져갔다.

관인이 데려오는지, 사람들 사이를 헤치고 인도되어 오는 한 사내가 있었다.

광휘였다.

"소개하지요. 전 어사중랑장 광휘."

사람 자체가 잘 벼린 칼날 같은 기세를 드리우는 무사였다.

그가 앞으로 다가오자 오왕은 흐뭇한 얼굴로 말을 이었다.

"멀리까지 오느라 참으로 수고 많았노라, 전 승청포청사. 내가 당신을 불렀……?"

스윽.

한데 말을 거는 오왕을 무시하듯 광휘가 그 앞을 지나쳤다.

그리고 좀 더 걸어가 황태자 앞에 섰다.

모두가 그 무례함에 안색이 하얗게 실려갈 때, 따분한 투의 음성이 광휘의 입에서 흘러나왔다.

"정말이지, 그놈의 버릇! 본인이 필요할 때만 황태자고 왕명이오?"

감히!

지켜보던 신하들 모두가 분노했다.

다름 아닌 황태자께 천인공노할 무례를 저지르고 있지 않은가.

하나 일왕, 황태자는 특유의 바보 같은 웃음으로 히죽 그를 맞았다.

"어. 잘 지냈는가, 광휘?"

"……!"

오왕의 눈이 커졌다.

뒤에 있던 신하들도 시선이 제각기 변했다.

이게 어떻게 된 일인가 싶어 황망해할 때, 광휘가 또 한 번 나지막이 투덜거렸다.

"그렇게나 사람이 없소? 황실에?"

"일이 좀 그렇게 되었다네, 전우(戰友)여."

군영왕은 피식 웃으며 가슴께의 옷고름을 풀었다.

그와 함께 드러난 어깨에 선명한 문신이 새겨져 있었다.

"저건!"

누군가 그것을 알아채고 비명처럼 소리 질렀다.

반월 모양의 인고의 흔적, 고통을 이겨내는 영예로운 상징.

그것은… 양쪽 어깨와 팔목 어름에 굽이쳐 흐르는 '천중단의 표식'이었던 것이다.

*　　*　　*

"병필태감, 저건……."

"천중단의 표식입니다! 우성 장군!"

"아니, 군영왕께서 천중단이라니. 대체 이게 무슨……."

사방에서 신하들의 웅성거림이 끊이지 않았다.

나름 오랫동안 국정에 몸담았던 대소 신료들은 서로서로 물었다.

믿기지 않는 일이지만 분명히 군영왕의 어깨에 새겨진 표식은 천중단의 것이었다.

"마마……."

영영도 놀란 얼굴로 태자비를 바라보았다.

그중에서 가장 놀란 것은 태자비 본인이었다.

'어떻게 된 거지? 부군께서?'

태자비는 이 중에서 군영왕과 가장 밀접한 여인이다. 이러니저러니 해도 몇 년이나 살을 섞고 산 부부 아닌가.

하지만 그녀조차 군영왕이 천중단이라는 것은 알지 못했다.

'태자께서… 세상을 모두 속이신 것인가?'

영민한 그녀는 지난 세월을 모두 되짚어보았다.

기실 그녀가 보기에 군영왕은 그리 병약하지 않았다. 그런데도 와병을 칭하며 오래도록 국정에 참여하지 않았다.

권력을 가진 자가 얼굴을 보이지 않으면 천천히 그 밑바닥이 무너짐에도 불구하고.

'저 사내는?'

그녀는 답을 줄 수 있는 유일한 사내를 바라보았다.

등에 멘, 온몸을 가릴 듯한 거대한 도신에 무릎까지 내려온 피풍의와 허리에 찬 기이하게 꺾인 검.

기세 자체가 잘 벼린 검처럼 예리한 사내였다.

"이건 거짓이야! 대체 무슨 생각으로 이런 거짓을 말하는 것이냐!"

그를 향해 오왕이 목청껏 소리 질렀다.

"천중단이라니! 살아남은 자조차 한 손에 꼽히는 그들이라니! 형님께서 천중단이라는 말입니까? 대체! 군왕이 헛말을 하면 그 뒷일이 어찌 되는지 모르시는 겁니까!"

그 말에 동요하던 신하들이 연거푸 고개를 끄덕였다.

천중단은 은자림과의 싸움을 위해 강호에서 결성된 조직이다.

천자의 적통을 받을 황태자가 거친 야인들과 함께했다는 것부터가 어불성설이다.

그 치열한 싸움에서 살아남은 자들 중 하나라는 것도 역시 믿기지 않는 일이었다.

'대체……'

그것만큼은 태자비 주연 또한 내심 끄덕일 수밖에 없었다.

군영왕이 이런 때 거짓말을 할 것 같지는 않았다. 하지만 상황이 너무 엄중했다.

"뭐, 못 믿을 일이긴 하지. 하지만 그게 그렇게 되었네."

스륵.

황태자는 피식 웃으며 면류관을 풀어 시종이 들고 온 의자에 슬쩍 내려놓았다.

"대외적으로 알려진 바로는 살아남은 천중단의 고수는 하나,

현 무림맹주이지. 하지만 철저하게 지워진 인물도 몇 명 있었네. 그자가 바로 이 사내 광휘지. 하지만……."

황태자는 고관대작, 특히나 나이 든 노인들을 보며 되물었다.

"강호의 고수처럼 통제할 수 없는 이들을 천자께서 그냥 내버려 두고 안심할 수 있으셨겠는가?"

"으음……."

정계에서 오래 묵은 이들이 고개를 끄덕였다.

확실히 황태자의 말대로였다.

예로부터 관과 무림은 상호 불가침을 표방했지만, 그럼에도 어디로 튈지 모르는 강호의 고수들은 황실에서 항상 주의해서 보고 있었다.

불측한 말이지만 나쁜 마음을 먹은 절대 고수가 패악질을 부리는 경우도 있으니까.

아니, 당장 은자림이 바로 그렇지 않은가.

"그런… 그런 말도 안 되는!"

"쯧. 아우가 천중단에 대해서 알아봤자 얼마나 알겠는가? 은자림이 어떤 놈들인지 가장 잘 아는 건 이 중에서 단둘뿐일세. 하나는 저 사내. 그리고."

황망해하는 오왕에게 황태자가 스윽 자신을 가리켰다.

"바로 나지. 정말 지긋지긋하게 싸웠으니까."

이제껏 시종일관 한량처럼 뭔가 풀려 있던 군영왕의 눈빛이 칼날처럼 날카로워졌다.

그의 앞에 서 있는 광휘처럼.

"말도 안 되는 소리! 천중단은 전원이 강호의 백대고수로서……!"

"오왕! 무례하구나! 신료들이 있는 자리다!"

쩌렁쩌렁!

일왕의 호통에 오왕 영민왕은 정신이 번쩍 들었다.

"아무리 형제간이라 하나! 충효의 근본을 보여야 하는 군왕이 거늘! 적당히 하지 못할까!"

"……!"

뒤이어 이를 까득 깨물었다.

군영왕은 어느새 자신에게 아우 대신 오왕이라는 공식적인 호칭을 부르고 있었다. 공적인 자리이니 더 이상 반발할 수가 없다.

'어떻게 이런 내공이……'

그보다 더 충격적인 것은 목소리에 깃들어 있는 심후한 내력이었다.

오왕은 물론이고, 지켜보던 당상관 팽석진의 표정이 굳었다.

균열이 일고 있었다. 기껏 일왕에게서 떨어져 오왕에게 줄을 대려고 하던 대소 신료들이 놀람과 두려움에 다시금 흩어지고 있었다.

그를 느낀 오왕이 소리쳤다.

"이, 이! 지금 제 무례를 탓하실 때입니까! 이게 거짓이 아니라는! 어떻게 된 일인지를 밝히셔야……!"

"군정문(君定文). 황궁 내에서 추출한 세 명 중 하나. 가칭 천무단 입단. 죽(竹)의 패로 천중단 내 흑우단으로 삼 조 편성."

대답하듯 말하는 목소리가 있었다. 광휘였다.

"삼가 마공 패월성 오대 신자(神者)에게 암습당해 동행한 금의위 위사 한 명과 신무시위사는 그 싸움에서 전사. 그 책임을 물어 직위 사퇴."

"……."

"이후 마공에 대한 부상을 입고 요양하며 후위에서 전사자 가족을 돌보기로 함. 내가 들은 보고로는 그게 마지막이오."

"허……."

신하들의 표정에 경악이 서렸다.

말투가 딱딱하긴 했지만, 광휘라는 자의 말에는 거짓이 없어 보였다.

그저 있는 사실을 그대로 말하는, 그런 사람 특유의 무감정함이 잔뜩 묻어나 있었다.

"너무 의심할 것 없네, 장인태감. 황제 폐하께 윤허를 받아 진행한 일이니."

"폐하께서… 말씀입니까?"

고개를 끄덕이는 장인태감에게 광휘가 말했다.

"당연한 일 아니오. 일국의 황태자가 국정에 참관하지 않고 십여 년간 얼굴조차 비치지 않은 채 와병을 칭하면, 보통은 어떻게 되오?"

현숙한 눈빛의 장인태감이 잠시 셈하듯 눈을 깜박이더니 곧 대답했다.

"개개인의 사정은 반려되오나, 전례상 다른 이를 책봉하게 됨니다. 일국의 황태자는 단순히 천자의 후사만이 아니라 함께 국정을 움직이고 상의하셔야 하는 자리니까요."

"그렇지. 그런데 왜 지금까지 내가 직위를 온전히 유지하고 있었을까?"

황태자가 픽 웃으며 물었다.

"그건 몇 가지 이유가 있으나… 어의의 말과 폐하께서 태자전하에 대한 신임을 거두시지 않은 게 가장 큰 요인입니다."

"이제 알겠나?"

황태자가 오왕에게 시선을 옮겼다.

오왕은 이제 굳은 얼굴을 감추지 못하고 이를 갈았다.

'이진감(李振鑑) 그 영감탱이는 알고 있었어.'

은자림이 넘겨준 정보를 너무 과신했다.

태자의 건강은 그를 담당하는 어의 외에는 누구도 알 수 없다.

그 어의와 가장 밀접하게 관계를 유지하는 것은 권력자의 수족처럼 움직이는 환관이다.

장인태감 정도 된다면 슬그머니 말을 던져 어의의 입을 다물게 할 수 있었을 것이다.

생각해 보면 처음부터 이상했다. 장인태감은 권력의 최고 중심에 서 있는 인물이다.

그렇다면 나라의 권세가 오왕 자신에게 천천히 기우는 것을 능히 알았을 텐데도 그는 움직이지 않았다.

오왕 자신이 친서를 보내 같이 손을 잡자고 몇 번이고 회유

했음에도.

"내가… 불러서 온 것이 아니었단 말인가?"

오왕은 이제 광휘를 보며 허탈한 얼굴이 되었다.

분명 자신의 지위를 통해 정식 절차를 밟아 장씨세가로 왕명을 전달했다.

변수를 하나로 묶어 처리할 생각이었는데, 오히려 가만히 있는 섶에다 오왕 스스로 불씨를 던진 꼴이었다.

"이거 말인가?"

펄럭.

황태자가 서신 하나를 들어 보였다.

오왕이 왕명으로 내린 서신이, 어떻게 된 일인지 황태자의 손에 들려 있었다.

"놀랄 것 없네. 그냥 내가 오왕보다 조금 더 빨리 보낸 것뿐이니까. 그보다 시기가 참 묘하긴 하지?"

황태자가 웃었다. 그는 이제까지 단 한 번도 보인 적 없는, 군왕이 역도를 향해 내보이는 살벌한 시선을 보내고 있었다.

"황궁에서 하북의 장씨세가까지는 수백 리. 폐하께서 화를 입으신 그때 즉각 파발을 보내도 최소 사흘은 걸리는 거리지. 광휘의 종적을 찾고 그를 인선하기까지라면 최소 열흘은 넘었어야 말이 맞지."

꿈틀!

지적받은 오왕의 미간이 좁아졌다.

"한데 광휘가 자네에게 전갈을 받은 것은 고작 사흘. 단 사흘

만이었다는 것. 뭔가? 이건 마치 이런 일이 일어나리라는 걸 알고 있었던 것 같지 않은가? 영, 민, 왕?"

웅성웅성.

대소 신료들 사이에서 동요가 퍼져 나갔다.

오왕은 등골에 식은땀이 흐르는 것을 느꼈다. 지금은 무슨 말도 할 수 없었다.

애초에 이런 상황을 가정조차 하지 않았으니까.

섣불리 변명하다간 무슨 파국을 불러올지 알 수 없었다.

"뭐… 그걸 문제 삼지는 않겠네, 영민왕. 그대는 항상 강호상에 일어나는 문제에 촉각을 곤두세우고 있었으니까. 하나."

황태자는 이제 유유자적한 얼굴에, 한 가닥 날카로운 가시를 담으며 말을 이었다.

"이제부터는 조심하게. 은자림이 어떤 놈들인지 직접 부딪쳐 보지도 않고서 다 안다는 그 오만한 말투 말일세."

"……!"

빠직!

오왕은 분노했지만 겉으로 감정을 추스르는 데 급급했다.

"은자림의 침입이 있을 수 있다고? 그래서 방비를 해야 한다고? 영민왕 그대는 아직도 모르는 것인가, 아니면 모르는 척하는 것인가. 이미 그들은 이곳에 와 있다."

군영왕의 말은 계속되었다. 이제 그는 주위에 있는 대소 신료와, 그들 아래 당연히 따라붙는 수행원들을 주욱 훑었다.

"내가 파악하기로는 최소 수십, 많게는 수백의 은자림 인원들이 황궁에 간자처럼 숨어 있다. 그들이 누군지는 파악도 되지 않아. 시종일지, 호위무사일지 아님."

황태자는 주위를 둘러보며 말을 이었다.

"여기 지엄한 고관대작들 사이에 숨어 있을지."

"……!"

대소 신료들은 온몸에 소름이 쭈욱 끼쳤다.

은자림이 황성에까지 스며들었다니. 이미 천자에게마저 해를 입힌 그들이 자신들에게 독니를 드러내지 않으리라고 누가 장담할 것인가.

"그래서 나는 그대들에게 고한다."

일왕이 신하들을 향해 준엄하게 말했다.

"이제껏 있었던 불민한 일은 모두 불문에 부친다. 미덥지 못한 본인이 아닌 영민한 오왕을 보고 미래를 점친 것은 탓할 수 없을 터. 하나!"

쩌르릉!

내공을 한껏 담아 소리친 말에, 오왕을 비롯한 많은 대신 관료들이 일왕 쪽으로 고개를 돌렸다.

"이제는 그대들도 결정할 때다! 오왕인가! 아니면 황제 폐하인가!"

털썩! 털썩!

신료들이 하나둘 몸을 숙이거나 무릎을 꿇었다.

조금 전 발언의 무게가 얼마나 무서운지 누구보다 잘 알고 있는 것이다.

황제 폐하, 천자를 입에 담은 이상 오왕은 그들에게 고려의 대상이 아니었다.

"선택하라!"

털썩, 털썩.

하나가 또 하나가, 한 무리가 그의 앞에 조아렸다.

오왕 영민왕은 이를 악물고 있었다. 권력이 손안에서 물처럼 새어 나가고 있었다.

＊　　＊　　＊

차악. 차악.

은은한 등불이 곳곳에 걸려 있고 물품들은 가지런히 정돈되어 있는 방.

짙은 묵향이 잔잔히 감도는 화려한 서재에서 한 사람이 붓을 들고 난을 치고 있었다.

차악.

"그래서."

붓을 내려놓고 그가 찻잔을 들었다.

함부로 얼굴을 볼 수 없도록 쳐진 형형색색의 주렴, 그 맞은편에서 감히 고개를 들지 못하고 무릎을 꿇은 채 기다리는 이가 있었다.

"…한림원의 일은 다 끝났는가?"

"그렇습니다, 폐하."

폐하라 불린 노인이 묵묵히 고개를 끄덕였다.

후우.

그는 발치에서 침요를 슬쩍 잡아당겨 무릎까지 끌어 올렸다. 그러고는 나른한 얼굴로 재차 질문을 던졌다.

"어의는 어떻게 보는가. 정문(政文:군영왕의 아명)에게 승산이 있다고 보는가?"

어의는 잠시 숙려한 후, 조심스레 입을 열었다.

"시간이 좀 걸릴 것 같습니다. 태자 전하의 와병과 침묵이 너무 오래된 터라. 아무리 좋은 터를 내준다고 해도 나무가 가지에 열매를 맺을 때까지는 시간이 걸리는 법이지요."

"시간이라……."

훗훗.

황제는 웃었다.

그동안 황태자는 자신의 명대로, 오랜 기간 병상에 기거하며 거의 폐인처럼 지냈다.

이미 마음이 떠난 신하들도 적지 않을 테고, 이제껏 중립적인 태도를 유지한 이들을 끌어들이는 데도 어려움이 있을 거라는 말이었다.

"그럼 정문이가 그 '징표'를 보여준다면 어떤가."

"…설마!"

어의의 눈이 커졌다. 그는 황제가 말한 징표란 것이 무엇을 뜻하는지 알고 있었다.

"내 예상보다 조금 빠르긴 하지만… 그 아이도 생각이 있었겠지. 무릇 세상일은 준비가 부족해도 서둘러서 해야 될 때라는 게 있는 법. 기회는 자주 찾아오지 않는 법이거든."

오십 평생 나라를 다스려 온 노회한 능구렁이 황제는 그 나름 오랫동안 숨겨왔던 비장의 한 수가 있었다.

"자네도 애썼네. 내 무예는 잘 모르지만, 듣기로 마공이란 것은 치료하기가 힘들 정도로 부작용이 심하다고 들어 걱정했네만."

"워낙에 몸이 강건하여 잘 버티셨습니다. 제가 할 수 있는 치료는 금방 끝났지만 정신적인 문제가 남아 조금 힘들었지요."

이진감은 상기했다.

태자 군영왕이 천중단에서 돌아오고 난 후 앓았던, 전신혈맥에 퍼진 사이한 기운이 신체 장기를 터뜨릴 듯 부어오르게 만드는 증상을.

군영왕은 당시 정말로 심각한 부상을 당했다.

이진감은 필사적으로 태자의 요상에 힘썼다. 그건 어의로서 인정받을 만한 의술의 힘으로 가능했다.

하지만 때때로 미친 듯이 정신이 혼미해지거나, 때로는 폭주하는 등의 증상이 있었다.

마공은 단순히 몸에만 영향을 미치지 않았다. 그 때문에 긴 세월 동안 황태자 군영왕은 자의 반 타의 반으로 와병을 칭하며 스스로 주변 사람들을 차단해 온 것이다.

"폐하, 외람되오나 소신이 한 가지 여쭙고 싶은 것이 있사옵니다."

"말하게."

"소신이 보기에는 이렇게까지 일을 벌이실 필요는 없었던 것이 아니온지. 폐하의 옥체마저 위험에 빠뜨릴 필요가 있었사옵니까?"

"위험이라……."

황제는 나른하게 웃어 보였다.

"어의 이진감. 그대는 현 조정의 그림을 어떻게 보고 있나?"

"소신은 우둔하여 조정의 일은 잘 모르옵니다."

어의는 신중하게 자기 주제를 밝혔다.

"자금성 제후들의 힘이 너무 강하네. 자고로 역사를 둘러봐도 신료들의 힘이 너무 강하면 군주에게도 감히 눈을 흘겨 뜨는 법."

황제가 한숨을 내쉬고는 말을 이었다.

"거기에는 정문이도 예외가 아닐세."

"허어……."

어의는 한숨을 쉬었다.

황제는 자신의 사후에도 이어질 제국의 미래를 재단하고 있는 것이다.

그 자신의 목숨마저 걸고, 그리고 아들의 목숨 또한 걸고.

"본래 거사는 구실이라는 게 필요하지. 난의 조짐이란 일어난 다음에 조치하는 것보다는 미리미리 다져주는 것이 나은 법."

사각사각. 좌아아악!

공들여 그려놓은 그림을 황제는 대번에 두 쪽으로 찢어버렸다.

화르륵!

뒤이어 찢은 그림을 화로에 던져 넣자, 삽시간에 재가 되어 불타올랐다.

"그 말씀은……."

"앞으로 다시는 발을 들일 수 없게 만드는 걸세."

사르륵.

황제는 천천히 자리에서 일어나 서탁 주변을 서성였다.

과거의 역사를 보면 권좌를 차지하기 위해 친족을 죽이는 일이 열에 네 번은 되었다.

아무리 혈족이라 아끼는 마음이 있다 해도, 그 주위에서 부추기는 사람이 있으면 사람은 흔들리는 법이다.

황제는 아예 본을 보여, 다시는 누구도 황제의 혈족에 감히 함부로 손대는 일 자체를 영원히 못하게 만들려는 것이다.

그 신호탄이 바로 일왕자, 군영왕이었다.

"무영(懋嶸·영민왕의 아명)이도 만반의 준비를 할 게야. 그 아이 역시 어릴 때부터 영민했으니까."

천천히 창가로 다가간 황제가 자금성 아래를 내려다보았다.

천하가 흐르고 있었다.

계획의 한 축이 실행되기 시작했다.

이제는 전방위로 일왕자를 지원해야 할 때다.

하지만 영민왕 역시 제 할 일을 다할 것이다. 마지막 발버둥을 치며.

"지켜보세. 이 천하가 누구의 것이 될 것인지 말일세."

황제의 나른한 웃음이 드러났다가 천천히 사라졌다.

천하를 내려다보는 오연한 시선이었다.

第十二章

파천자의 이름

쾅! 쾅! 쾅!

집무실로 들어오던 영민왕은 거세게 발을 굴렀다.

분이 풀리지 않았다.

"이제는 그대들도 결정할 때다! 오왕인가! 아니면 황제 폐하
인가!"

좀 전에 한림원 앞에서 외친 황태자의 목소리가 아직도 귓가
에 생생했다.

빠드득!

영민왕은 손톱이 살을 파고들어 피가 흐를 정도로 주먹을 말

아 쥐었다.

참으로 치욕스러웠다.

신하라는 자들은 그 직전까지 자신을 우러러보다가 황태자,
아니, 일왕이 외치는 순간 즉각 머리를 조아렸다.

그 속에서 일왕은 자신을 보며 비웃고 있었다.

"선택하라!"

"크으……."

"너무 마음 쓰지 마십시오."

쓰윽.

오왕의 뒤에서 관복을 입은 노인이 말했다. 하북팽가 출신으
로, 형부 당상관까지 오른 팽석진이었다.

"그는 이제 겨우 병상에서 몸을 추스른 자입니다. 아직 신료
간에 제대로 된 검증도, 신뢰도 싹트지 않았습니다. 길 가다 개
짖는 소리마다 돌아보려 하십니까?"

"그는 천자께서 뒤에 계신다고 했다."

영민왕이 짤막하게 말했다.

권력의 향방은 결국 황제에게서 내려오나.

일왕이 바보가 아니라면 그런 것으로 거짓말을 하지는 않을
터였다.

감히 천자의 뜻을 멋대로 입에 담았다간 제 직위는 물론이고
목숨까지 날아갈 터였다.

"뭐, 중요한 발언이긴 하지요. 하지만 폐하의 뜻만으로 정국을 이끌고 갈 수는 없는 법입니다. 어차피 대국의 승계는 능력 있는 자가 잡는 것이며, 지금 거기에 가장 가까운 분은 영민왕이십니다."

여유롭게 말을 받는 형부 당상관 팽석진을 보며 오왕이 볼을 씰룩거렸다.

"좋은 수라도 있는가?"

"물론입니다."

"음."

털썩!

오왕은 조금 마음이 가라앉은 듯 자리에 거칠게 앉으며 안색을 풀었다.

"한번 들어보지."

처억.

오왕의 앞에 선 팽석진이 긴 읍을 해 보였다.

"조금 전에도 말씀드렸지만, 황태자는 이제 막 병을 털고 일어난 몸입니다. 이유가 어찌 되었건 그 긴 세월 동안 국정에 참여하지 못했지요. 핏줄만으로 그를 신임하는 신하들은 많지 않고, 원리 원칙을 따지는 신료들은 오히려 우리 편을 자처할 것입니다."

일왕의 와병이 아무리 천자의 뜻이 실린 것이라 해도 실제로 이제까지 정무의 대부분을 보아온 것은 오왕 영민왕이다. 그것을 부정하는 이는 아무도 없을 터였다.

큰 흠이 없다면 마땅히 능력 있는 자에게 권위를 맡기는 것이 합당하지 않은가.

"물론 한림원에서 조금 소란이 있었지요. 그 일로 각 부처의 대신들이 일왕에게 손을 내민다고 가정해도, 싸움은 결국 결과로 말하는 법. 금중(禁中)과 연관된 관직을 얼마나 포섭하느냐가 훨씬 중요합니다."

"흠."

아무리 천하를 다스리는 황제라 해도 한 사람이 전국을 끌어가지는 못한다.

그 때문에 황제의 손발처럼 그 명령을 확실히 수행하는 이들이 존재한다.

십이감(十二監)의 환관들과 왕부호위지휘사(王府護衛指揮使), 경위지휘사(京衛指揮使)를 얻지 못하면 설령 황위를 받았다 해도 시끄러워질 터였다.

금의위와 동창은 모르는 이가 없는 황실의 친위 무력이지만, 그들은 기본적으로 수비대이고 감찰대다.

"그래서?"

오왕은 조금 흥미가 생긴 얼굴로 물었다.

천하를 다스리고 행정을 움직이는 데는 각 부처들의 협조가 필요하고, 따라서 끌어들이는 데 오랜 시간과 노력이 든다.

아무리 황태자라고 해도 말 한마디로 그들의 태도를 바꾸는 요술을 부리지는 못할 터.

"이미 우리와 손을 잡은 이들은 연명부(聯名簿)에 이름을 올렸습니다. 그 수나 움직일 권력으로 보나, 일왕과 우리의 전력은 상대조차 되지 않습니다."

팽석진은 어느새 황태자라는 존칭조차 일왕이라는 말로 바꾸고 있었다.

비록 그가 비밀리에 천자의 신임을 얻고 천중단에 몸담은 공적이 있지만, 이는 어디까지나 암중에 움직인 일이다.

공적을 증명받기도 어렵고, 황위를 이어받을 능력을 검증할 거리는 더더욱 안 된다.

"말은 맞지만 한 가지 간과하는 것이 있군."

흥분이 가라앉은 것일까. 오왕이 입을 열었다.

"아무렴 한림원 앞에 모인 대소 신료들이 그것을 모를까? 한데도 그런 표정들을 보였다는 건 충분히 정치적인 셈이 들어갔다고 봐야 해."

오왕은 까드득, 다시금 이를 갈았다.

처음에 일왕의 말에 불편한 눈빛을 보냈던 많은 신하들이, 천중단의 문신을 보자마자 얼굴이 달라졌다.

그런 반응은 단순히 천중단의 표식을 확인한 놀라움 때문만은 아니었을 것이다.

그곳에 모인 신하들은 숱한 조정의 암계와 암투에서 자리 잡은 자들이다.

일왕이 벌인 광대 짓이 어떤 파장을 불러올지 그 짧은 순간 계산한 것이다.

"이러니저러니 해도 아직은 당금 황상께서 계시니 어쩔 수 없지요. 그래서 드리는 말씀입니다만……."

팽석진은 언뜻 오왕의 얼굴에 퍼져 나가는 독기를 보며 말을 이었다.

"연명부에 이름만 올려놨을 뿐 우리 쪽 사람도 아주 완전히 길을 잡은 것은 아닙니다. 그러니 결속을 다질 필요가 있습니다."

"어떻게 말인가?"

스륵.

그는 오왕의 앞으로 작은 명패 두 개를 내밀었다.

오군도독부 이영(李永) 장군

종인부(宗人府) 서참영(緖劅英) 종령(宗令)

"없애 버려야 합니다."

"……."

팽석진의 말에 오왕이 오른쪽 눈썹을 치켜세우며 되물었다.

"이들은 우리 쪽 사람인데?"

"소신도 그렇게 알고 있었습니다, 조금 전까진."

슬쩍 고개를 들어 올려다본 오왕의 시선에 팽석진의 음험한 얼굴이 담겼다.

"이 둘은 먼저, 연명부의 맨 마지막에 이름이 올랐습니다. 그만큼 계산을 많이 하고, 여차하면 언제든 저쪽으로 갈아탈 수 있다는 뜻이지요. 또한."

말을 끊은 팽석진이 기억을 확인하듯 잠시 침묵했다.

"한림원에서 보였던 태도를 기억하십니까? 일왕이 폐하를 들먹이자마자 눈빛이 변하더군요. 심지어 무릎 꿇는 것도 마다하지 않았습니다."

"…행동만으로 확신할 수 있겠나? 자네 말처럼 계산이 빠른 자라면 오히려 그때 그 일이 단순히 연기였을 수도 있어. 머리가 있다면 우리의 패가 더 유리함을 알 텐데."

"그렇다면 더더욱 이들이 버리는 패가 되어야 합니다. 본보기는 널리 알릴수록, 그리고 독하게 내칠수록 그 쓰임새가 살아나는 것이지요."

"흐음……."

오왕은 팽석진이 내민 이름을 내려다보았다.

이영 장군은 북방에서 크나큰 공(公)을 세운 오군도독부의 인물이다.

지금은 현직이 아니라 군대를 움직일 권한은 없으나 그가 가진 사병이 수십, 아니, 그의 명에 따를 장정이 수백이 넘는다.

한때 인망이 높았던 자로, 여차할 경우 요긴한 임무를 맡길 생각이었다.

'서참영…….'

오왕은 이번에는 예부의 사람을 내려다보았다.

한때 종인부 출신으로, 공신의 친척이니 일가니 하는 사적인 업무를 관할하는 자다.

왕족과, 특히 일왕과 관계된 인물이기에 그가 제거될 경우 꽝

장한 파장을 몰고 올 터였다.

"당상관은 지금 우리에게 중요한 것이 뭐라고 생각하나."

오왕은 잠시 생각하듯 시선을 내리깔았다.

"시기다. 시간이 지나면 우린 걷잡을 수 없이 무너지게 된다. 일왕이 감히 폐하께서 제 뒤에 계신다고 한 발언. 그가 천중단 출신이란 것. 그게 싸움의 향방을 많이 틀어버렸다."

"……."

"먼저 오군도독부의 많은 장군들. 특히 황명이라면 무조건 몸을 던지는 충정 어린 장군들이 돌아설 것이다. 그럼 이제껏 중립을 지켜온 관료들은? 군부의 인물들이 하나둘 제 입장을 밝히고 나면 그들 역시 결국은 일왕의 편에 서는 것이 자명할 터."

팽석진의 표정이 굳었다.

오왕의 말은 분명 비관적이지만 충분히 현실성이 있었다.

관료들이 이제껏 황태자를 두고 오왕을 지지했던 이유는 두 가지다.

첫째는 건강이다. 천하를 경영하는 일에 병약한 이는 어울리지 않는다.

황위를 이어받을 이는 이미 공인이며, 용상에서 기침 소리만 터져도 목숨 수십이 날아가고 한 지방이 흔들리게 된다.

둘째는 천자의 신뢰다. 이제까지 황제는 황태자의 자리만 유지시켰을 뿐 그에게 딱히 중요한 일이라든가 큰 공을 세울 기회 자체를 주지 않았다.

따라서 혈육의 정 때문에 자리를 떼지 못했을 뿐, 실제 천자의 뜻은 오왕을 낙점하고 있다는 것이 중론이었다.

그 때문에 그간 여러 왕을 저울질하던 관료들이 결국 오왕 쪽으로 돌아섰다.

어차피 제구실을 못 하는 황제라면, 자리에 올라봐야 나라만 흔들릴 테니까.

한데 오늘 한림원에서 일왕이 천자의 의지를 내세우자 모든 것이 뒤집혔다.

병약한 줄 알았던 황태자는 사실 병약하지 않았고, 천자는 오왕보다 그를 더더욱 신뢰해서 천중단에 직접 연계시킨 것이다.

여기에 그간 십수 년을 은인자중하며 살아왔을 지독한 심계와 자제력은 섬뜩한 것이었다.

"충분히 일리 있는 말씀이오만… 그래서 어찌하시려는지?"

팽석진은 가슴이 서늘했다.

말을 할수록 오왕의 얼굴에 살벌한 기운이 일렁거리고 있었던 것이다.

"아무래도 거사를 앞당겨야겠네."

"오, 오왕 전하……."

"다른 수가 없다. 일왕이 천명하고 나선 이상 앞으로 핵심 전력의 이탈을 막을 명분이 없어졌어. 우리는 시간이 갈수록 불리해질 것이야. 유리한 시기는 지금뿐이다."

애초에 그의 계획은 일왕을 죽이거나 완전히 체면을 망가뜨

러서 스스로 자리를 내놓게 만들어 자신이 다음 황위를 받는 것이었다.

하지만 상황이 바뀌었다.

이미 황제의 뜻은 정해졌고, 황태자는 자신과 은자림의 연수를 눈치챈 듯했다.

그렇다면 그것이 더 퍼져 나가기 전에 모든 판을 뒤집어 버리는 것만이 방법일 터.

"…정말로 하시렵니까?"

"어차피 그 자리는 아버지에게 내가 받기로 되어 있었던 것 아닌가. 그저 몇 해 먼저 태어난 것만으로 이런……."

까드득!

오왕은 다시 한번 이를 갈았다.

천자가 원망스러웠다.

그간 빈자리나 다름없는 황태자 대신 자신이 국정에 쏟은 노력과 시간이 얼마던가.

또한 신료들도 환멸스러웠다.

이제껏 그가 황위를 얻기 위해 음으로 양으로 각 지방관과 대소 신료들에게 뿌린 재물만 해도 금으로 한 개 성을 쌓을 정도였다.

그 많은 노력과 능력과 성의를, 단순히 황태자가 자신보다 몇 해 먼저 태어났다는 이유로 부정당하다니.

"좋습니다. 그리 생각하신다면 단순히 거사만 앞당겨서는 안 됩니다."

"또 무엇이 필요한가?"

오왕이 시선을 들었다.

팽석진이 생각을 정리하듯 턱수염을 쓰다듬으며 느릿하게 대답했다.

"지금 전하께서 말씀하신 바는 셈을 할 줄 아는 세인이라면 누구나 떠올릴 수 있는 바입니다. 하늘이 갑자기 지고 나면, 다음에 그 자리를 이어받을 자는 응당 위험한 의심을 받게 됩니다."

"당연하지. 그러니까 일을 동시에 진행할 걸세."

"……?"

팽석진의 의아한 시선에 오왕은 눈을 가늘게 뜨며 말을 이었다.

"일왕이 오히려 일을 쉽게 만들어주었네. 그 스스로 분명히 말했지. 은자림은 이미 황성 안에 있다고. 하인이든 시종이든, 심지어 대소 신료들 중에 있을지도 모른다고. 그 와중에 천자께서 귀천하시고, 내 사람들이 대거 죽어나갔다. 그럼 그 말을 어떻게 쓸까?"

"……"

"간단하지. 실제로 은자림과 손을 잡은 것은 우리지만, 겉으로는 그들이 원흉이라고 주장할 수 있네. 형님이 끝까지 자리를 내려놓지 못한다면 말일세."

피식.

오왕은 마지막으로 살소 어린 얼굴을 했다.

"천륜을 해한 파천자의 이름을 새겨 드려야지."

"……!"

*   *   *

황태자는 집무실에 들르자마자 태자비에게 머쓱한 얼굴을 했다.

"미안하지만 잠시 둘만 있게 해주겠소?"

"그러시지요. 좋은 말씀 나누십시오."

태자비가 고운 미소를 남기며 나갔다.

광휘와 둘만 남은 자리에서 황태자는 잠시 어색해하다가 입을 열었다.

"그간 잘 지냈는가?"

"……."

광휘는 대답 없이 물끄러미 그를 응시했다. 군영왕은 쓴웃음을 지으며 고개를 끄덕였다.

"하긴, 잘 지낼 리 있었겠나. 황궁에 들어앉아 편하게 놀던 나 같은 놈이 꺼낼 말은 아니지. 미안하네."

그는 문득 과거의 기억을 떠올렸다.

말로 형용할 수 없을 정도의 참혹한 전장에서 하나하나 사라져 가던 영웅 협사들.

"편하게 지낸 것치고는 혈색이 좋지 않아 보이는데?"

광휘가 묻자 군영왕이 활짝 웃으며 말을 받았다.

"하핫! 이것 역시 연기일세. 한림원 후원에서 보지 않았나. 나의 연기에 넘어가는 대소 신료들의 얼굴을. 하하하. 참으로 가관이었네."

"……."

"……."

광휘는 웃지도 비난하지도 않았다. 대답이 없자 황태자는 또한 번 머쓱해졌다.

"앞으로 어찌할 생각인가?"

이번에는 광휘가 먼저 물었다. 그는 턱을 쓰다듬으며 말을 이었다.

"나는 강호인이라 조정의 정계가 어떤 식으로 흘러가는지 잘 모르지만, 어차피 사람 사는 곳일 터. 자네에게 대항하는 자, 그리고 그를 따르는 자들이 두 손 놓고 가만히 있을 리는 없을 텐데."

"아, 뭐. 그 정도 대비야 해놨다네. 광휘, 시간은 내 편이야. 무엇보다……."

군영왕은 말끝에 씨익 웃어 보였다.

"이번 건은 천자께서 직접 승인하신 계획이고."

"계획?"

광휘가 미간을 좁히며 곧장 반문했다.

"하면, 천자께서 이 모든 걸 방관하셨다는 말인가?"

"음… 불쾌하게 여기지 말게. 풀 속에 몸을 숨긴 뱀은 일일이 찾아 때려잡기 힘드네. 하지만 작은 병아리 한 마리를 앞에 놔

두면 주르륵 몰려나오거든."

"그게 다인가?"

광휘가 날 선 얼굴로 묻자 황태자는 난처한 얼굴로 끄덕였다.

"다가 아니지. 사실 제후들이 황궁에서 폐하의 권세를 제 것처럼 부리는 걸 마뜩잖아 하셨네. 해서 그들의 권력을 조금씩 덜어낼 명분과 기회를 찾고 계셨어. 마침 거기에 오왕이 걸려든 거고."

"……."

"이번 일이 마무리되면 오왕은 지리멸렬하겠지. 그 뒤로 어설프게 손을 댄 제후들도 힘을 잃을 테고. 문제는 은자림이야."

"그렇지."

"자네도 나도 알지만, 놈들의 저력과 집요함은 상상을 초월하네. 자칫 나는 물론, 폐하까지 위험해지실 수 있어. 그러니 자네가 힘을 보태주게."

군영왕이 굳은 신뢰와 믿음의 눈길을 보냈다.

광휘는 그걸 무덤덤하게 받았다.

군영왕이 살짝 의아하게 느낄 무렵 광휘가 입을 열었다.

"대가는?"

군영왕은 이제 눈을 동그랗게 떴다.

"대가… 라고? 자네 지금 이번 일에 대가를 받겠다고 말한 건가?"

"그래."

"허……."

그는 조금 전 대답을 들었음에도 여전히 멍한 표정으로 광휘를 바라보고 있었다.

과거 천중단에 잠시 머물렀던 군영왕의 기억에서, 광휘는 전형적인 협사였다. 그 때문에 친교를 나누게 되었다.

그릇된 일을 보면 분노하고, 혹세무민하는 사교의 무리를 지우는 데 목숨을 아끼지 않던 무인이었다.

일에 앞서 옳은지 그른지를 따졌지, 거기에 대가라는, 본인의 이익을 세는 인물은 아니었던 것이다.

"자네… 변했군."

"살다 보니 그렇게 되더군."

광휘의 '살다 보니'라는 말에 군영왕은 이내 씁쓸한 얼굴이 되었다.

광휘의 발작과 광기에 대해서는 군영왕도 이미 들은 바가 있었다.

임무 중 극심한 내상을 입는 바람에 천중단의 일선에서 물러나 황실에서 요양했지만, 그는 꾸준히 천중단의 활약을 듣고 있었다.

광휘와, 그와 함께한 천중단원들은 가히 업적이라 할 만한 일을 이뤄내며 전쟁을 종식시켰다. 그것을 전해 듣고 군영왕은 자기 일처럼 기뻐했다.

하지만 기쁨은 나눌 수 있었을지 모르되, 전쟁 후의 지독한 참상, 후유증, 상처는 보고서에 담기지 않았다.

"광휘, 혹시나 말일세……."

군영왕은 안타까운 얼굴이 되었다.

마공의 요양이야 어쨌건 그는 돌아올 곳이 있었고 몸이라도 편하게 지낼 수 있었다. 반면 광휘는 지옥에서 스스로를 다스렸다.

"내가 모르는 다른 사연이 있는가?"

그 차이가 이렇게 간극으로 벌어졌던 모양이다.

돌보지 못한 전우, 이제는 멀어진 전우.

그를 보며 군영왕은 쓰라린 속을 달랬다.

"이유 같은 건 없어. 그냥 예전과 다를 뿐이야."

"광휘……."

"이보게, 태자 전하. 지금 우리에게 남아 있는 게 무엇일까."

광휘는 그를 지그시 바라보며 말을 이었다.

"나는 천중단에 마지막까지 남아 있었지. 그래서 단원들의 삶의 끝을 숱하게 보아왔네. 영웅 협사들이 우려했던 강호의 도의. 누구나 납득할 수 있는 정의."

"…그랬지."

"한데 모두가 목숨을 던지며 겨우 세워냈던 그것들은… 결국 시간이 지나자 한 줌 흙처럼 사라지더군. 우리에게 남은 건 그때 얻은 상처와 고통과 무기력함뿐이야. 그래서 난 이번 싸움은 후회를 남기지 않으려 하네."

광휘는 그답지 않게 긴 말을 쏟아내고는 탄식을 흘렸다.

"그렇다면 뭔가 대가를 받아야 할 게 아닌가. 누구의 삶이 아니라 나를 위해서."

"음."

군영왕은 침음했다.

예전에 알던 광휘와 다른 냉랭한 모습이었지만, 한편으로는 이해가 갔다.

황성의 대소 신료들의 표리부동에 비하면 광휘의 본전 심리는 오히려 담백한 쪽이었다.

누구도 믿을 수 없고, 어제의 적이 오늘의 동지가 되는 것은 정계 쪽이 더했다.

"알겠네. 그리하지. 어떤 조건이 뭔지 궁금하군."

군영왕이 마음을 정리하며 물었다.

"한때 무림맹주까지 맡았던, 천중단의 단장이었던 광휘. 자네를 만족시킬 만한 조건이라면 성 하나를 내줘도 부족할 것 같은데."

"내 몸값이 그 정도인가."

광휘가 덤덤하게 말했다.

군영왕의 얼굴이 복잡하게 변했다.

이게 묻는 말인지 아니면 불평인지, 도무지 알 수가 없었던 것이다.

그는 이리저리 머리를 굴려보다가 그냥 두 손을 들었다.

"좀 더 정확히 말해주겠나? 뭘 원하는지."

"중원을 관통하는 모든 지방의 물류권."

일순, 군영왕의 얼굴이 조금 굳어졌다.

"물류 교류에 대한 권한을 말하는 건가? 그건 왜?"

"상계 쪽에 아는 사람이 있어서."

"으음……."

군영왕은 침음했다. 더더욱 갈피를 잡기가 힘들었다.

물류를 움직이고 그걸 통제할 수 있는 권한이라면 자칫 황성과 각 지방의 정책관들을 모두 움직이는 일이 될 수 있다.

광휘의 전력은 분명 중요하지만, 이건 나라 전체를 움직이는 동맥을 내주는 일이 될 터였다.

광휘가 그걸 알고 요구하는 것이라면.

"뭐, 힘들다면 그냥 몇 가지 일감만 돌려주면 돼. 그것만으로도 충분한 도움이 되겠지."

"…엉?"

군영왕의 눈이 휘둥그레졌다.

어째 자신이 생각했던 범위와 광휘가 생각했던 범위가 다른 듯했다.

"일이라니? 법제나 관을 재편하지 않아도 된다는 말인가?"

"내가 뭐라고 그런 것에 손을 대겠나."

이번에는 오히려 광휘가 혀를 찼다.

중원(中元)은 하남을 중심으로 열세 개의 성을 포함한 물경 수천 리에 이르는 지역이다.

거래하는 관의 수와 상단만 하더라도 수백 수천 개나 될 법한 거대한 땅이다.

그 안에 있는 모든 물류에 대한 권리를 통째로 넘겨받기 위해서는 관부와 행정직을 대폭 물갈이하고 체재 개편까지 해야 한다.

"난 그냥 거래 선만 터달라고 하는 걸세. 장사가 좀 잘될 수 있게. 가격 경쟁이야 상인들이 하는 것이지만 관부의 사람들은 원래 선물 없이는 만나기도 힘든 것 아닌가."

"어어, 음."

고개를 끄덕이던 일왕이 이내 고개를 저었다.

그는 일국의 왕이며 차기 황위를 오를 황태자다. 작정하면 제국 안에 작은 나라 하나를 새로 만들어서 광휘에게 줄 수 있는 권력을 가졌다.

그런데 정작 광휘가 원하는 것은 그런 것이 아니었다. 고작 중원의 물류라니. 황태자가 각오한 것에 비하면 너무도 작디작은 것이었다.

"내가 너무 큰 요구를 했나."

그런 군영왕의 반응을 오해했는지 광휘가 조심스럽게 운을 뗐다.

"잠깐, 잠깐. 이거 좀 혼란스러워서……. 먼저 확인부터 함세."

광휘의 말에 황태자는 손사래를 쳤다.

그의 전우는 항상 무덤덤하다. 그래서 저게 아쉬움인지 화를 내는 건지 알 수가 없었다. 이런 때는 대놓고 물어보는 것이 나았다.

"일단 그 일을 자네가 하려는 건 아니겠지?"

끄덕.

광휘가 수긍했다.

"하면 거기가 어딘가? 대체 어느 제후들이 자네를 업고 몸집을 키우려고 하는 건가?"

"제후가 아닌데. 날 업으려는 것도 아니고."

광휘가 고개를 내저으며 짧게 말했다.

"앞으로 내가 살 곳이야. 장씨세가."

"장씨세가……."

일왕은 맥이 탁 풀린 듯 허탈한 얼굴이 되었다.

그저 자신의 기준으로 보아 부담스러웠던 것뿐 상대는 지극히 작은 것을 요구하고 있는 것이다.

그가 폭소를 터뜨렸다.

"하, 하하! 하하하하핫!"

물류의 유통은 자칫 나라 전체를 위협할 수 있다.

만약 황태자 자신이 광휘였다면 소금 전매권. 철재의 유통, 미곡의 가격 조정을 뜯어내고, 그걸 바탕으로 정권이나 병권을 양성할 큰 세력을 형성하려 했을 것이다.

"이거, 이거. 아무래도 내가 생각을 잘못했군."

하지만 장씨세가라니. 그들은 순수한 상계 세력이다. 상단을 끼고 왕후장상의 핏줄을 들먹이며 세력을 키우는 제후도 아니다. 게다가 나중에 돈 좀 모았다고 권력을 탐할 수 있는 권문세족도 아니다.

오히려 정권이나 세력과는 아예 담을 쌓은, 아무 욕심도 없이 조용히 지내고 싶어 하는 집단이었다. 광휘는 그들에게 얹혀살겠다는 것이다.

"자네는 변하지 않았어. 예전과 하나도 다를 게 없어. 큭큭큭큭!"

군영왕은 얼마나 웃었는지 눈물까지 비쳤다.

이건 오히려 차기 황위를 이어받는 자에게 이득이 될 거래였다.

제국을 운영하는 입장에서 상단의 고용은 어차피 해야 할 일이었다.

그로 인해 상단이 얻는 이익마저 위험한 곳으로 가지 않고 온전히 제국 안에서 돌 수 있다니.

이 얼마나 고마운 일인가.

"…해 줄 텐가, 말 텐가."

광휘가 괜히 불편한 얼굴을 했다.

이제는 그런 불퉁스러운 모습에서조차 군영왕은 웃음이 나왔다.

"당연히 해주고 말고. 전우여, 아주 일감에 치이도록 내려주겠네."

광휘는 예전에도 지금도, 여전히 멋진 친구였다.

*　　　　*　　　　*

어스름이 자욱이 내리깔린 저녁.

따각. 따각.

오왕은 화려한 백마를 타고 궁성 주변을 돌고 있었다.

궁성은 황성의 외벽 안쪽으로, 그 거리는 약 육 리(2.3㎞)라 그리 많은 시간이 걸리지 않았다.

다각다각.

"불편을 드려 죄송합니다, 오왕 전하."

"미처 알아보지 못하였습니다. 죄는 달게 받겠습니다."

야심한 시각인 데다 얼마 전에 있었던 참사 때문에 경비는 삼엄했다.

오왕을 알아본 무사들이 올리는 군례에는 기합이 잔뜩 들어가 있었다.

그들에게 간단하게 목례한 오왕은 천천히 북문 앞으로 향했다.

"누구냐! 신분을 밝혀라!"

성루가 있는 곳으로 올라가자 경계하던 무사 한 명이 소리쳤다.

"헛! 오왕 전하?"

곧 상대의 인상착의를 보고는 급히 고개를 숙였다.

"괜찮네. 순시를 돌고 있는 와중이니 신경 쓰지 말게."

오왕은 부드럽게 그를 격려했다.

"지금처럼 상대가 누군들 일단 경계에 먼저 날을 세우는 것이 자네들 할 일이야. 앞으로도 계속 지금처럼 해주게."

"아, 여부가 있겠습니까."

"날이 찬데 힘들지는 않은가? 뭐 필요한 것들은 없나?"

오왕은 궁성의 무사들을 하나하나 돌아보며 그들에게 격려의 말을 던졌다.

잠시 윗사람이 와서 긴장했던 병사들은 기운을 잔뜩 내며 제 할 일을 했다.

그 와중에 오왕은 망루에 올라선 채 주위를 돌아보고 있었다.

'변경의 군사를 끌고 경성으로 온다면 황제가 알 수밖에 없다. 그렇다면 결국 황성 주변의 병력을 얼마나 궁성 안으로 들이느냐인데……'

흔히 황궁이라 말하면 경성을 제외한 황성을 가리킨다.

황제와 일왕이 대비했다면 경성 밖에 있는 군사들은 무용지물이다.

결국 둘레가 십팔 리(7㎞)가 넘는 황성으로 들어와 자금성, 그리고 궁성 안까지 와야 한다.

'북문으로 들어올 경우 총 두 개의 문이 있어. 거기다……'

동서남북으로 여덟 개의 문이 있는 자금성 외에도 들어오는 입구에 못이 있었다.

그곳엔 금의위들의 숙소가 있는데 허락되지 않은 외인들을 상대하기 위함이었다.

'게다가 이곳 성루를 지키는 궁성의 무인들까지.'

황궁 수비대로 보이는 이들의 눈도 거쳐 가야 한다.

'일각 안에 모든 게 끝나야 한다.'

"경계는 어느 때 어느 때 바뀌는가. 다들 힘들어 보이는데."

따스한 차 한 잔을 직접 내려주자 감격한 부장이 고개를 조아린다.

"진시. 미시. 술시. 하루에 세 번 사람을 바꿉니다."

"힘들겠군. 한자리에 오래 서 있으면 피곤하고 주의가 흩어질 텐데?"

"주기적으로 사람을 돌려 다리를 풀게 하고 있습니다."

"야참은 지급되나? 그리고……."

오왕은 그렇게 경계의 배치를 하나하나 확인했다. 까마득한 윗사람의 치하에 감격한 부장은 묻는 것마다 신이 나서 대답했다.

"수고가 많군. 자네 이름이 동열이라 했나. 내 기억해 두겠네."

"옛! 오왕 전하!"

"화살 한 대 주겠나? 궁시가 어디까지 날아가는지를 보고 싶군."

"옛!"

오왕 영민왕의 요구에 즉각 부장이 부하들을 시켜 강궁과 잘 벼린 살 하나를 가져왔다.

지이이익.

오왕은 수평에서 살짝 위쪽으로 겨냥했다.

반달처럼 팽팽하게 당겨진 시위가 퉁, 하고 자리로 돌아오는 순간 화살이 맹렬하게 날아갔다.

쉬이이익! 푹!

대략 백오십 보 거리의 땅에 꽂혔다.

'이 거리라면… 무장을 뚫고 들어오는 거리는.'

성루에서 쏘는 화살의 거리와 범위를 알게 된 영민왕은 씨익, 입가에 날카로운 웃음을 새겼다.

第十三章

팽석진의 결단

"여기인가?"

팽석진이 묻자, 그를 따라온 금의위가 고개를 숙였다.

"그렇습니다."

"안에 말씀을 넣어주게. 한번 뵐 수 있겠냐고."

타닥!

금의위 사내가 부복하고는 달려간 지 얼마 후 안에서 허락이
떨어졌다는 소식이 나왔다.

"당상관 팽석진이옵니다. 전 어사중랑장을 뵙고자 합니다."

문 앞에 당도한 그가 예의에 맞춰 입을 열었다.

드르륵.

문이 열리자 당상관은 천천히 발을 옮겼다.

침실이 뒤편에 있고 그 앞으로 탁자가 있는 구조.

황성을 찾은 귀빈들만 앉을 수 있는 그곳에 누추한 차림을 한 사내가 의자에 앉아 있었다.

"처음 보는군."

들고 있던 찻잔을 내려놓고 광휘는 담담한 얼굴로 그를 올려 다보았다.

왠지 그 얼굴이 살짝 상기되어 있다고 느끼며 팽석진은 그의 앞에 깊숙이 고개를 숙였다.

"소신, 형부 당상관 팽석진이라고 합니다. 귀인과 잠시 얘길 나눌 시간이 되시겠습니까?"

'마지막 천중단 단장. 또한 한때 무림맹주의 물망에도 올랐 던 자…….'

팽석진은 조심스레 상대를 살폈다.

광휘 그와 마주하는 것은 처음이었다.

거친 피풍의에서 강호인의 냄새가 물씬 풍겼고, 얼굴은 무뚝 뚝해 무슨 생각을 하는지 파악되지 않았다.

"다급했나 보군. 이 밤중에 온 걸 보면."

광휘가 투욱, 등을 의자에 기대며 말했다.

그에 팽석진은 다시 한번 고개를 숙여 보였다.

"먼저 그간 팽가가 귀인의 청빈을 깨뜨린 것에 참으로 송구함 을 고합니다. 소신의 출신은 분명 하북이지만 안타깝게도 조정 에 몸담고 있어 그에 대한 어떤 중재도……."

"겉치레는 치우고."

광휘가 팽석진의 말을 끊었다. 그리고 무심한 얼굴로 그를 올려다보았다.

"할 말이 있으면 바로 해라."

"……."

거침없는 하대에 형부 당상관 팽석진은 얼굴이 경직되었다.

'역시.'

그러다 안색이 풀렸다.

공치사는 물론, 두루뭉술한 조정의 화법을 쓰는 사내가 아니었다.

그저 강호인.

그렇다면 그냥 솔직담백하게 바로 본론으로 들어가는 것이 낫다.

"잠시 바깥에 나가서 함께 걸으시지 않겠습니까?"

"……?"

"이곳은 왠지 소신이 좀 불편하군요. 먼 데서 와서 그런가, 바깥 공기를 마시며 숨을 좀 돌리고 싶습니다만."

광휘의 얼굴이 찌푸려졌다가 이내 펴졌다.

팽석진은 따로 그와 독대를 요구한 것이다.

지금 이 자리에는 시종, 시비 그리고 은밀하게 숨어 있는 동창의 무사들도 있다.

지붕에서, 창가 쪽에서 은밀하게 숨은 기척이 느껴졌다. 이 때문에 팽석진은 자리에도 앉지 않았다.

"그러든가."

의도를 알았는지 광휘가 자리에서 일어섰다.

*　　　*　　　*

차악. 차악.

휘이이익!

황성 주변을 한참 걷다가 도착한 곳은 이 층 누각이었다. 연못이 내려다보이고 사방이 트여 있었다.

"여기가 좋겠군요."

원래는 주변 경관을 보라고 만든 조경이지만, 사방이 트여 있어 듣는 귀가 따로 숨을 수가 없는 곳이다.

휘이이익!

거기다 밤바람이 세차, 먼 데서 귀를 기울이는 정도로는 결코 무슨 말인지 알 수 없을 터였다.

광휘가 가만히 기둥에 등을 기대서자 팽석진은 천천히 말을 꺼냈다.

"오왕께서는 오래전부터 정국에 대해 고민하셨습니다. 국정을 바로잡고, 고난에 빠진 백성들을 보살펴 오셨습니다. 분명 천자께서는 많은 일을 하셨지만 실질적으로 각 지방의 행정은 여전히 어지럽습니다."

"……"

"관은 그 위엄을 잃고, 강호는 자신들의 이익을 위해 나서지요. 사파와 흑도 고수들이 설치지 않는다고 끝일 것 같습니까.

오히려 관이 더 위험해 보입니다. 오왕께서는 일찍부터 나라의 그런 일을 염려하고 방법을 찾고 계셨습니다. 그렇게 몇 년간 조정의 일을 하시며……."

"서론이 길다."

광휘가 냉담하게 말을 끊었다.

차가운 밤바람에 식은 것일까. 상기되었던 낯빛이 냉랭하게 돌아와 있었다.

"할 만만 하라고 했을 텐데."

"시야를 조금 늘려보지 않으시렵니까?"

광휘의 채근에 팽석진은 재빨리 운을 뗐다.

"귀인께서는 은자림에 대해서 누구보다 잘 알고 계신다고 들었습니다. 그 긴 싸움을 이겨내고 여기까지 오신 것만으로도 검증이 되었지요."

"……."

"거사의 성공은 단순히 무력만으로 되지 않습니다. 명분이 있어야 하고, 뒤를 받쳐주는 신하들도 있어야 하지요. 그것이 있다면 반란은 단순히 역모가 아닌 나라를 위한 개혁의 토대가 될 것입니다."

"흠."

팽석진은 과감하게 나갔다. 광휘가 원하는 대로 자신들의 행위를 아예 실토해 버렸다.

광휘의 얼굴이 조금 더 굳어졌다.

"은자림이 어떤 무리인지 모르고 있는 것 같군."

그는 사나운 눈으로 팽석진을 노려보았다.

"놈들과 손을 잡는 것만으로도 이미 너희들은 위험해졌다. 역모가 성공하면 그다음은? 놈들이 오왕의 명령을 순순히 따라 줄까. 분명 그의 목숨부터 노릴 것이다."

"그래서 제가 대협을 뵙고 있는 게 아니겠습니까."

팽석진은 담담하게 받았다.

이번에는 오히려 광휘가 인상을 썼다.

"무슨 뜻이지?"

"영민왕 전하만 건재하다면 황궁 내에서 은자림을 쳐낼 저력은 충분합니다. 군사든 아니면 다른 방법이든. 성공할 시, 실패할 시, 양쪽에 대한 방책을 준비하는 것이 책사이지요."

"……."

"한데 귀인께서는 어떻습니까. 우리의 거사가 성공했을 때를 생각해 보신 적은 없습니까?"

대답 없는 광휘의 모습을 고민하는 것으로 판단하고, 팽석진은 추가로 말을 이었다.

"소인의 이야기를 하지요. 저는 이미 본가인 팽가와의 인연을 끊었고, 그쪽으로는 오호단문도가 넘어온 데다 봉문을 선언했습니다. 저희가 실패할 경우 제가 죽기만 하면 뒷감당은 사연스레 되는 것이지요."

어쩐지 초탈한 듯한. 찬찬히 관조하는 얼굴로 팽석진이 광휘에게 맹공을 가했다.

"하나 대협은 어떻습니까. 장씨세가에 몸을 담고 계신다지요.

그럼 대협께선 혼자가 아니라 그곳에 사는 수많은 사람의 목숨도 함께 책임지셔야 하는 겁니다. 성공했을 때는 공로를 인정받겠지만 실패했을 때는… 어떻게 할지 방책을 세우셨습니까?”

“음.”

광휘는 침음했다.

이제껏 일을 성공시켜야 한다는 생각만 해왔지만, 팽석진의 말도 일리는 있었다. 모든 일이 다 사람의 뜻대로 되면 얼마나 좋겠는가.

만약 오왕이 황제가 되는 날에는? 장씨세가는 공공연히 역도로 몰릴 것이다.

음모를 저지할 경우도 생각해 봐야 한다.

손쉽게 공로를 인정받을까?

그것 역시 확실치 않다.

황태자를 믿지만, 대소 신료들의 전공 주장에 자칫하면 밀릴 수 있다.

토사구팽이란 말이 괜히 나온 것이 아니기 때문이다.

“황궁은 애초에 그런 곳입니다. 위험 요소는 사전에 제거하는 것이 더 좋다고 보는 곳. 귀인께서 성공하든 실패하든 장씨세가는 이미 위험에 처해 있는 것이지요.”

광휘의 표정이 어두워지자 팽석진은 가슴을 쓸어내렸다.

워낙 무뚝뚝한 인물이라 쉽지는 않았지만 이야기가 먹히는 모양새였다.

“솔직히 말씀드리지요. 저희는 분명 권좌를 노리고 달려들지만, 그건 그간 우리가 해온 노고에 대한 당연한 대가를 받아 내려고 하는 것입니다."

"……"

"대협 또한 알고 계시겠지요. 그 옛날 이후 천중단의 사람들이 어떻게 되었는지를. 별처럼 많은 군웅 협사들은 피를 흘린 대가로 무엇을 받았습니까. 본 하북의 팽가는 어떻습니까."

팽석진의 말끝에서 시린 한(恨)이 슬며시 새어 나왔다.

두 절정 고수를 잃고 그에 대한 보상은 말 몇 마디, 검 몇 자루가 전부였다.

이는 천중단의 모든 단원들이 그랬다.

애초에 대가를 원하지 않았다. 천하를 위한 일이었으니까.

하나 목숨과 노고를 모두 바친 이들에게, 제대로 된 보상을 하기는커녕 맹의 기록에서조차 지워지는 것이 과연 합당한 처우인가.

"팽인호가 장씨세가에 분명 폐를 끼쳤으나, 그가 왜 그런 무모한 짓을 저질렀는지 대협께서도 아실 것입니다. 적대하긴 했으나 과부 심정은 홀아비가 아는 법이지요."

광휘의 얼굴이 더욱 굳어졌다. 팽석진은 마지막으로 쐐기를 박아 넣었다.

"귀인, 저희는 많은 것을 바라는 게 아닙니다. 저희의 거사에 적극적으로 참여하라고 하는 것도 아닙니다. 그저……."

"그래서 대가를 받으려고."

"…예?"

그저 중립만 지켜달라, 그렇게 말하려던 팽석진의 미간이 꿈틀댔다.

"바보처럼 그냥 도우러 온 게 아니야. 이번엔 그에 상응하는 대가를 받으려고 왔다. 일을 했으면 그만한 보수를 받아야지."

"그게⋯⋯."

"당신의 말이 맞다, 당상관. 언제까지나 나라를 위해 충정만 바칠 수는 없지 않나."

팽석진은 눈을 껌뻑거렸다.

이건 그가 들은 것과 달랐다. 광휘는 분명히 이익을 탐하지 않는 강호의 협사였다.

'무엇을 받기로 한 것이지? 군영왕이 뭘 약속한 거지? 삼 개 주? 아니면 군부? 그도 아니면⋯⋯.'

권력을 지닌 자가 상대를 자신의 시선으로 보는, 몇 시간 전 군영왕이 했던 똑같은 실수를 팽석진이 하고 있었다.

하지만 군영왕과 팽석진은 결정적인 곳에서 달랐다. 군영왕은 광휘에게 무엇이든 줄 수 있지만 팽석진은 함부로 약속할 수 없는 처지였다.

"⋯그러십니까."

모든 약속을 할 수 있는 것은 영민왕이다. 그래서 그는 차마 묻지도 못했다.

군영왕에게 광휘가 받기로 한 대가가 무엇인지.

"그보다 넌 은자림이 오왕과 손을 잡은 이유가 뭐라고 생각하나?"

광휘가 이번엔 질문했다.

"설마 황제 자리를 만들어주겠다는 말을 믿는 건 아니겠지? 만에 하나 문제가 생기면 즉각 금의위와 동창을 이용해 은자림을 제거할 수 있다고 보나?"

"……."

"어리석군. 그게 가능했다면 은자림을 상대로 중원 최고의 고수들이 들고일어날 이유 자체가 없었다. 그때 우리가 모았던 힘은 지금의 금의위, 동창, 도지휘사 등과는 비교도 할 수 없다. 그럼에도 천운이 따라서 겨우 압살할 수 있었지."

"……!"

"시야를 넓히라고? 좋은 말이군. 그건 나에게만 해당되는 게 아니라 당상관 당신에게도 해당되는 말인 것 같군."

평소답지 않게 오래 말을 한 광휘는 피곤하다는 얼굴로 미간을 꾸욱 눌렀다.

"살고 싶다면 이 싸움 멈춰라. 그러지 못하면 모두 죽는다."

"……."

"일왕만이 아니라 천자, 그리고 너희가 세운 오왕까지. 놈들은… 은자림은 황위 자체를 거부하는 놈들이니까."

*　　　*　　　*

끼이이익.

새벽이 가까워져 오는 시간에 팽석진은 어디론가 향하고 있었다.

조정의 최고 사육 기관인 오방 관리 기구였다.

"헛. 당상관 아니십니까. 이 늦은 시간에 어인 일로……."

문 앞에 있던 관인 한 명이 고개를 숙여 맞이했다.

"진위태를 불러오라."

"…아, 옙."

그가 나가자 팽석진은 한쪽으로 걸어갔다. 몇 명의 관인들이 인사를 했지만 그는 아랑곳하지 않고 서재에 가만히 머물렀다.

사악. 삭.

주위를 둘러본 뒤 노란 황지에 무언가를 적어 넣었다.

종이가 먹을 빨아 먹는 것을 기다렸다가 조용히 서신을 접어 넣을 때 마침 관인 한 명이 달려와 부복했다.

"부르셨사옵니까, 당상관."

"잘 왔네, 진위태."

진위태는 고개를 한 번 더 숙이고는 주위를 둘러보았다.

"급한 일이신가 봅니다. 눈과 귀는 어두운 자들이니 걱정하지 않으셔도 됩……."

쓱.

말하는 진위태에게 팽석진은 서신을 건넸다.

"지금 즉시, 이것을 팽가로 보내라."

"…알겠습니다."

받아 든 중년 관인은 묻지 않았다.

이유는 알 필요도 없고, 알게 되면 오히려 위험하다. 오랜 관직 생활을 통해 그게 자기에게 더 안전하다는 것을 아는 사람이었다.

"한 가지 더."

팽석진이 눈을 부릅뜨며 말했다.

"긴급한 사항이니 아예 매를 사용하게. 얼마나 걸리겠나?"

"비둘기가 아니라 매라면… 이틀이면 갑니다."

"좋네."

관인이 서둘러 몸을 돌려 나갔다. 팽석진은 천천히 자리에 앉아 눈을 감았다.

"시야를 넓히라고. 좋은 말이군. 하지만 그건 나에게만 해당되는 게 아니라 당상관 당신에게도 해당되는 말인 것 같군."

광휘가 했던 말이 아직도 귓가를 울리는 듯했다.

피식.

"맞는 말이군. 넓게 봐야지."

그는 이제 웃으면서 의자에 등을 기댔다. 눈을 뜨고 창밖을 보니 먼동이 트고 있었다. 희뿌연 초승달은 빛을 잃어 가고 사위는 점차로 밝아지고 있었다.

끼이이이!

밝아지는 창공에 매 한 마리가 기성을 지르며 긴 선을 긋고 갔다.

팽석진은 가만히 그걸 보다가 다시 눈을 감았다.

조금, 이 자리에서 잠을 청하고 싶었다.

＊　　　＊　　　＊

째애앵!

휘둘리는 도검 끝에서 햇살이 부서진다.

쇄액! 쉭! 쉭!

무거운 도가 휘둘릴 때마다 그 끝에서 매서운 바람이 불었다.

뙤약볕이 내리쬐는 아침.

팽가의 중정 앞에는 수많은 무인들이 모여 일사불란하게 통일된 도초를 선보였다.

"개(開)!"

합격 연수처럼, 지휘자의 명령에 한데 모였다가 사방팔방으로 흩어지고.

"폐(閉)!"

타다다닥!

일제히 땅에 도를 박아 넣으며 중정 중앙을 향해 절도 있게 읍을 해 보였다.

척. 척 척.

짝짝짝! 짝짝짝!

"훌륭합니다."

"이건… 완벽합니다!"

전각 아래에서 박수와 감탄이 터져 나왔다. 팽가의 장로들과 당주, 각 조직의 각주들은 만족스럽다 못해 감격한 얼굴로 열렬하게 박수를 쳤다.

"이번엔 누구입니까?"

팽가 무인들이 자리를 옮길 무렵 오장로가 말했다. 그 말에 지켜보던 일 장로가 흐뭇한 얼굴로 말을 받았다.

"우리의 미래지요."

"아……."

둥! 둥! 둥! 둥!

때마침 북소리가 들리자 좌우에 도열해 있던 팽가의 무인들과 지붕 아래에 자리한 인사들의 시선이 남문 쪽으로 향했다.

육 척 삼 촌의 거대한 도를 가볍게 들고 걸어오는 무인은 팽가의 가주, 팽가운이었다.

"후……."

스윽!

기수식은 단순했다.

거대한 도를 왼쪽 어깨에 기대며 비스듬히 눕혀 보이는 투박한 초식.

둥둥둥둥…….

북소리가 잦아들었다. 그와 함께 팽가운은 숨을 고르며 조용히 눈을 감았다.

두두둥!

그렇게 북소리가 끊어지는 순간.

"하압!"

콰아악!

팽가운의 도가 번쩍이며 좌우로 움직였다.

차앗!

한 발짝 이동 후 이번엔 사방으로 휘둘렀다. 팔방풍우의 초식이다.

피잇! 피잇!

여덟 방향으로 쏟아진 강렬한 도풍(刀風)이 바닥을 때리고 지나갔다.

사방을 찢어발기듯 날카로운 도법. 그런데 기이하게도 흘러나오는 기풍은 물 흐르듯 부드러웠다.

차악! 착! 콰아아악!

그렇게 일각 후 팽가운이 호흡을 고르며 중정 중앙을 향해 읍을 해 보였다.

처억.

"……."

"……."

좌우에서 시립한 채 눈을 부릅뜨고 보던 팽가 무인들은 말을 잇지 못했다.

장로들과 당주, 각주들도 입을 다물지 못했다.

훌륭하지 않은 것은 아니었다.

다만 생경해서, 팽가 특유의 맹렬한 기풍에 부드러움이 담기자 뭔가 이질적으로 보인 것이다.

"다들 바닥을 보시지요."

우측 기둥에서 비스듬히 바라보던 한 장년인의 말에 사람들의 시선이 바닥으로 향했다.

그때였다.

쩌저저저저적.

앞서 도풍이 쓸고 지나간, 단단한 청석으로 만들어진 바닥돌에 균열이 생기기 시작했다.

"허어어어."

"아아아!"

그들은 그제야 상황을 이해했다.

팽가운이 생성한 도풍의 성질은 단순히 부드러운 것이 아니었다.

극도로 빠른 것은 오히려 느려 보이듯, 맹렬함이 극에 달하니 되레 부드럽게 느껴진 것이다.

"이것이… 물극필반!"

차가움이 극에 달하면 오히려 뜨겁게 느껴진다고 하던가. 팽가의 모두는 각자 아는 바를 쏟아냈고, 팽가운은 무심하게 꾸벅 묵례를 해 보이고는 조용히 중정을 빠져나갔다.

＊　　　＊　　　＊

저벅저벅.

"어떻게 보셨습니까?"

중정을 나오자마자 팽가운이 곧장 물었다.

팽주환. 현 팽가의 무인 중 가장 강한 팽가비의 수장을 향해서였다.

"많이 달라지셨습니다."

"어떤 부분에서 말입니까?"

"그것이……."

팽주환은 잠시 말끝을 흐렸다.

평소보다 진지해진 팽가운의 시선에서 순수한 무(武)의 열망을 느낀 것이다.

그는 저도 모르게 미소를 짓다가 흠, 헛기침과 함께 표정을 지우며 대답했다.

"무릇 도기(刀氣)는 본래부터 강력하고 파괴적인 힘입니다. 하지만 좋은 것도 과하면 문제가 생깁니다. 특히 오호단문도는 다른 무공에 비해 몇 배나 더 내력 소모가 심합니다. 막심한 내공 소모뿐 아니라 강한 정신을 요구하지요."

"……."

"무공의 본질은 마음을 먼저 단련하는 것입니다. 팽가 또한 그 틀을 따라가지요. 가주께서는 오늘 그것을 제대로 이해하고 계셨습니다. 이미 도기를 발산할 방법을 알면서도 그 아래 단계인 도풍만으로 끝내셨지 않습니까."

"아직 배움이 부족해서 그렇게 한 겁니다."

"전 그것을 대단하다고 여긴 겁니다. 스스로가 어느 정도인지 안다는 것이 어딥니까."

팽주환의 얼굴에 슬며시 미소가 어렸다.

그는 눈 깜박임 하나 없이 자신을 보는 팽가운에게 말을 이었다.

"나무는 바닥을 딛고 일어서고, 여행을 할 때는 별을 보고 갈 곳을 정하는 겁니다. 현재 자신의 경지가 어느 정도인지 정확히 파악하는 건 이미 일가를 이루었다고 말할 수 있는 겁니다."

"저는……."

팽가운은 뭐라 반박하려다 이내 입을 닫았다.

너무 지나친 치하가 아닌가 싶었지만 여기서 부정하는 것도 이상했다.

그는 잠시 생각에 잠겼고, 이내 다시 입을 뗐다.

"사실 그간 좀 부끄러웠습니다. 이제껏 저는 팽가 최고의 기재라는 말을 들었지요. 그래서 저도 모르게 어깨에 힘이 들어가 있었습니다."

하지만 세상은 넓다. 팽가운은 자신이 너무도 한심하게 여겨진 그날을 떠올렸다.

"너무 자책하실 필요는 없습니다, 가주."

팽주환이 고개를 저으며 말을 이었다.

"묵객은 명실공히 천재라 불리며, 광휘라는 이는 장막에 가려져 있으나 능히 십대고수를 능가하는 자입니다. 그러니……."

"그래서입니다."

팽가운이 그의 말을 끊었다.

"그래서 더 뼈저리게 느껴졌습니다. 묵객은 백대고수의 일인이지만, 광휘라는 이는 이름조차 알려지지 않았지 않습니까."

동년배 중에도 자신보다 뛰어난 이가 많았다. 넓은 중원에, 아니 새외까지 돌아보면 알려지지 않은 고수가 얼마나 많을 것인가.

"최소 백대고수, 적어도 후기지수가 아닌 그들과 동등하게 어깨를 견주는 사람이 되고 싶습니다."

"흠."

팽주환은 조용히 턱만 쓰다듬었다.

그는 팽가운이 얼마나 노력했는지, 그리고 재능이 얼마나 뛰어난지 어릴 때부터 보아왔다.

지금의 가주는 말 그대로 팽가의 보물이다.

그러나 상대가 안 좋았던 것일까, 이대로도 대단하거늘 너무 높은 하늘을 보고 있다는 생각이 들었다.

"뜻이 멀리 있을수록 더더욱 천천히 발을 옮기십시오. 그래야……"

말하던 팽주환이 인상을 찌푸렸다.

타다닥!

가주와 수장이 독대하는 이 자리에, 팽가비 하나가 다급히 달려와 부복한 것이다.

"무슨 일인가?"

"급보입니다!"

차악!

팽가운은 두말없이 팽가비가 건네는 서신을 펼쳤다. 그리고 우뚝 몸이 굳어 눈을 부릅떴다.

"가주, 무슨 일입니까?"

꾸우욱!

팽가운의 손에 하얗게 힘줄이 도드라지는 걸 본 팽주환이 물었다.

"…빨리 알려야 합니다."

처억!

팽가운은 대답 대신 팽주환에게 바로 서신을 넘겼다.

"이… 런?"

급히 내용을 읽은 팽주환 역시 안색이 굳어졌다.

"즉시 이 소식을 전달해라. 가장 빠른 매를……."

"가주!"

팽가비에게 명령하는 팽가운의 행동을 팽주환이 갑자기 제지했다.

"이건 직접 움직이셔야겠습니다. 단순히 연통을 넣어선 의미가 퇴색됩니다."

"음!"

그 말에 팽가운이 끄덕였다.

팽주환은 건네받은 서신을 꾸욱 움켜쥐고 다시금 내려다보았나.

황실에 은자림 반란. 시기는 내달 초하루 자시.

—형부 당상관 팽석진

*　　　*　　　*

와글와글!

"이봐! 떠밀지 마!"

"거기 좀 비켜주시오!"

장씨세가는 하루가 멀다 하고 소란스러웠다.

광휘가 왕명을 받아 떠나고 난 뒤 전국 각지에서 모여든 개방 고수들, 즉 개방을 대표하는 십오 조와 장로와 분타주까지 몰려온 상황이었다.

거기다 문주의 부름으로 하오문도들도 대거 몰려왔다.

대부분은 하루 이틀 정도 머문 뒤 북경으로 이동했지만, 그들을 관리하는 관리인들, 지시와 문서를 작성하는 문도 이십여 명은 장씨세가에 머물며 서혜의 지시를 수행했다.

"우와, 저 사람들이……."

"음……."

그중에는 천중단 단원들도 있었다.

장씨세가를 지켜야 하는 의무도 있었지만 광휘의 공백을 메우고 차후 그의 지시를 기다리는 이유였다.

무엇보다 그들은 며칠 전에 묵객과 능자진이 데리고 온 여인을 신경 쓰고 있었다.

은자림이 이 땅을 발칵 뒤집어놓은 목적.

이 모든 음모와 기행이 시작되는 근원이었다.

*　　　*　　　*

"그래도 오늘은 좀 잠잠한가 봅니다?"

화창한 정오의 햇살 속에, 지객당 한쪽 문을 보던 황진수가 중얼거렸다.

담 너머로 빼꼼히 머리를 내밀고 보던 당고호가 고개를 갸웃 거렸다.

"정말 저 아이가 맞느냐?"

"아이가 아니라 여인이라니까요."

"열네다섯 정도로밖에 안 보이는데."

당고호가 투덜대며 몸을 내렸다.

황진수가 갸웃거렸다.

"오늘 처음 보십니까? 사흘 전에도 발작으로 아주 난리가 났 었는데요."

"난 그때 약방에 있었지. 보는 건 이번이 처음이다."

당고호가 고개를 내젓고는 살짝 인상을 썼다.

"근데 그 말이 정말이야?"

"아이고, 말도 마십시오. 사방에서 물건들이 떠다니고 미친 듯이 몰아치는 바람에 아무도 접근하지 못했습니다."

황진수가 진저리를 치며 며칠 전을 떠올렸다.

"하필 개방의 고수들도 식사 때라 주위에 없었고. 천중단이 급히 달려와 제압하지 않았다면… 정말 큰 사고가 날 뻔했습니다."

"흐음, 염력이라……."

당고호는 턱을 쓸어내렸다.

그는 장씨세가에서 '염력'이라는 말을 듣고 '그럴 법하군' 하는 반응을 보인 유일한 사람이었다.

독을 다루는 당가에서는 이따금씩 초자연적인 현상을 부리는 자들이 나타나기도 한다.

만성 독의 일종인 임신 중에 산모의 피에 흐르는 독.

이 때문에 사천당가에서는 기형아나 자폐증을 가진 후손이 종종 태어나곤 했다.

그중에서는 미약하지만 염력, 그러니까 손을 대지 않고 물건을 움직이거나 구부리는 능력을 타고난 아이들도 있었다.

다만, 그런 힘이 건물을 부술 정도로 파괴적인 경우는 당고호 또한 처음 들었다.

"그래서 저 아이가 통제가 안 되나?"

"정신만 들면 바로 발작이 일어난답니다. 그래서 약으로 하루 종일 재운다고 하던데… 사람이 할 짓도 아니고, 그렇다고 안 할 수도 없어서 여간 골치 아픈 게 아니라더군요."

"쯧쯧. 그냥 독을 쓰면 되는 것을……."

당고호가 혀를 차자 황진수가 식겁했다.

"죽이실 생각입니까?"

"죽여? 허허, 네놈이 아직 모르는구먼?"

에헴!

당고호가 턱을 치켜들고 근엄하게 말했다.

"상식적이지 않은 힘, 초자연적인 힘은 결국 정신에서 발생하는 문제다. 그런 건 약처럼 어설픈 물건으로 잡을 수 없어. 독을 써야지."

"약이… 어설퍼요?"

황진수가 갸웃하자 당고호는 눈을 가늘게 뜨며 말을 이었다.

"대저 약이 무엇이냐? 증상을 낫게 하고 예리한 것을 무디게, 무딘 것은 예리하게 맞추는 것이다. 한데 독은? 아예 증상 자체를 싹 잡아버릴 수 있다."

독이라 해도 봉독(蜂毒)은 관절염이나 고질적인 난치병을 치유하는 데 자주 쓰인다.

또한 약이라 해도 인삼, 녹용 등을 너무 과하게 쓰면 어린아이가 대머리가 되거나 생장이 이상해지기도 한다.

"당장 부자(附子)만 해도 적게 쓰면 피를 잘 돌게 하는 약이다. 근데 그게 보통 어디에 쓰이더냐?"

"사약이죠."

황진수는 고개를 끄덕였다.

확실히 이런 때 보면 당고호도 일가의 종주라 할 만했다. 독과 약에 대한 지식과, 그에 대한 식견만은 엔간한 불승이나 도사급이었다.

"흠흠, 네 사부가 이 정도이니라. 케헴!"

"……."

다만 이런 모습만 없으면 정말로 존경할 수도 있는데. 황진수는 내심 탄식하며 고개를 저었다.

"그나저나… 요즘 수련은 열심히 하고 있느냐?"

"아, 예. 물론입니다."

황진수는 화들짝 놀랐다. 얼마 전 당고호가 내준 과제로 갑자기 이야기가 돌아간 것이다.

"냄새, 분말, 점도, 모두 파악해서 세심하게 기록해 두고 있습니다. 그리고 독의 속성을 이용해서 어디에 쓸지도 하루에 백 번씩 적어놓……."

따악!

열심히 설명하는 황진수의 뒤통수를 당고호가 후려갈겼다.

"먹는 건?"

"아니, 그게……."

"이놈아! 독은 일단 먹고 시작하는 거라고 몇 번을 말하느냐! 먹으라고! 일단 처먹으라고!"

"……."

'사람이 독을 뭐 하러 먹어! 이 못난 양반아!'

황진수는 욱하고 치밀어 오르는 불만을 아득아득 씹어 삼키며 고개를 조아렸다.

여기서 대들었다간 당문 전통의 십대독형이 튀어나온다.

달그락! 퍽!

때마침 거친 문소리가 들리자 황진수의 고개가 확 꺾였다.

분명 담 너머에 누워 있어야 할 여인이 사립문을 열고 서 있었던 것이다.

"어? 어?"

"어……."

당고호와 황진수는 순간 말을 잇지 못했다.

이게 어찌 된 영문인지 몰라 서로를 바라보며 멍한 표정을 지을 때였다.

콰아아아앙!

문짝이 터져 나가며 굉음과 함께 사방으로 부서진 나무 파편이 날렸다.

"아… 사부님, 큰일 났습니다. 또 발작이!"

"뭣이야!"

둘은 급히 물러서며 여인과 거리를 벌렸다. 그러기 무섭게 사방에 먼지가 깔렸다.

구구구구궁.

황진수는 말을 잇지 못했다.

지객당이, 건물 자체가 썩은 짚단처럼 무너져 내린 것이다.

"뭐야!"

"으아악!"

지객당 건물 내에 있던 사람들이 식겁하며 비명을 질러댔다. 이곳에 머물고 있던 하오문과 구룡표국 사내들이었다.

"사람을! 사람을 불러오너라!"

그나마 사태 파악이 빠른 것은 당고호였다.

어버버 하며 어찌할 바를 몰라 하는 황진수에게 그가 고함질렀다.

차악!

그러고는 소매를 늘어뜨리며 앞으로 나섰다.

소녀, 아니, 외관상 열네댓으로 보이지만 실제 나이는 스물이 넘었다는 여인에게 당고호가 천천히 다가갔다.

"사, 사부님. 혼자서 괜찮으시겠습니까?"

황진수가 와들와들 떨며 붙잡자 당고호가 한 팔을 휘익! 걷어붙였다.

미색은 나쁘지 않았지만, 여인의 눈은 허옇게 뒤집어져 있고 산발된 머리가 고슴도치처럼 사방으로 뻗쳐 있다.

척 봐도 소름 끼치는 모습이었다.

"제자야, 내가 누구냐?"

"다, 당가의 미래! 다음 대(代)의 천하제일인이십니다!"

그의 물음에 반사적으로 황진수가 대답했다.

당고호는 이제 오연히 고개를 틀며 말했다.

"그래. 이 당고호, 패배를 모르는 남자지."

"……"

불끈하고 한 손을 들어 보이는 당고호를 향해 황진수는 차마 입을 열지 못했다.

민망하기도 했고, 그나마 사부라는 인간이 이걸 못 버티면 어쩌나 하는 고민이 같이 얽혔다.

"빨리 가!"

"사부님, 조금만 버텨주십시오!"

거듭된 외침에 황진수가 급히 외치며 한쪽으로 달려갔다.

스스스스슥.

"허!"

자신만만하게 나선 당고호는 부서졌던 잔해 더미가 그녀의 주위로 솟아오르자 눈이 휘둥그레졌다.

"너무 우쭐대지 마."

그는 다시금 이를 드러냈다.

그러고는 재밌다는 듯 씨익 웃어 보였다.

"하나도 무섭지 않으니까."

『장씨세가 호위무사』제4막 12권에서 계속…